妻好月圓

1

文創風
657

渥丹 著

目錄

序文

渥丹

寫《妻好月圓》這本書之前，我看了很多宅門小說。這類小說，主題都在一個「鬥」字，夫妻相鬥，姊妹相爭，陰謀陽謀，層出不窮。雖然很好看，但總覺得，人與人之間，是不是可以有點不一樣？

於是，有了這套《妻好月圓》。

顧家是個不大不小的家族，女孩們很多，尤其是三房。顧桐月可憐，生母為姨娘，且已經去世，她又生來愚笨，平日裡嫡母不管，府裡下人也苛待她、踐踏她。而慘死崖底、無端重生成為顧桐月的唐靜好更可憐，她乃真正的天之驕女，父母疼愛，兄長寵溺，卻從不知人間疾苦的侯府千金，變成人人可欺的苦命庶女，可說是直接從天堂跌進地獄。

淪落到如此處境的姑娘，要怎樣才能在顧宅後院裡博得一席之地？

重生為顧桐月的唐靜好聰明而有分寸，又極其幸運，嫡母並非不明事理、拚命打壓庶出子女的人，於是她有了機會，設法從陽城顧府回到京城的東平侯府。

這一路，並不容易，顧桐月的出身，注定她比府裡姊妹矮上一截。三房裡，有驕矜卻善解人意的大姊、相互扶持的三姊、嬌蠻卻不任性的四姊，還有受寵且時常給其他姊妹使絆子的六姊，顧桐月秉持初心，從戰戰兢兢到如魚得水，得到嫡母與姊姊們的喜愛，最終想出辦法回到疼愛她的父母兄長們身邊。

這個過程，溫暖有之，歡笑有之；考驗有之，眼淚有之。再來便是她與蕭瑾修的感情，初見時戒備惶恐，相處後，卻是日漸心安與依賴。直到最後，顧桐月才知道，原來她和蕭瑾修的緣分，始於很久很久以前，感情越陳越香，有情人終成眷屬。

我想寫的，就是這樣一個溫暖多於算計、扶持多於爭奪、友愛多於猜忌的故事。情節可能有些平淡，不夠波瀾壯闊，但讀者們在閱讀時，若能從平淡、平凡中，感受到溫暖友善，那這個故事便沒有偏離我的初衷了。

當然啦，故事到底溫不溫暖，我說了不算，大家說了才算哦！

現代社會，人們越來越忙碌，親人間似乎也越來越疏遠冷漠。希望看完這套作品後，我們都能抽出時間，找回失去許久的親情與溫暖。

最後，敬祝每一位親愛的讀者，健康，快樂，安好！

第一章　顧府庶女

過了冬至，陽城的天氣一天比一天冷起來，這日一早便飄起濛濛細雨，空氣冷冽入骨，混合著雨絲，竟比京城的雪天還令人陰寒難受。

「姑娘，您怎麼又將窗戶打開了？外頭天寒地凍，有什麼好看的？」絲毫不掩不耐煩與不滿的嗓音在顧桐月身後響起。

顧桐月回頭瞧了丫鬟巧沁一眼，也不說話，一雙黑沈沈不帶半分思緒的大眼卻盯得巧沁一陣生寒，但有些瑟縮的身子隨即又挺直，皺眉瞧著顧桐月凍得發紅的鼻尖，將手中托盤用力放在桌上。

巧沁心中十分不快，不知上輩子倒了什麼楣，才被分來伺候這麼個主子。庶出就算了，若能機靈些，像三姑娘一般討夫人歡心，日子過得也不會比嫡出的四姑娘差，連帶著底下的下人亦體面許多；偏這位主兒生來愚笨，膽小怯懦，蓮姨娘在世時，尚可維護她，但蓮姨娘的寶貝眼珠子卻不是她，而是五少爺。眼瞧著就要回京，蓮姨娘卻突發惡疾，撒手而去，她所出的八姑娘顧桐月淪落到眼下這般景況，倒也不是稀奇事了。

巧沁瞧著透風的屋子，以及屋中毫不掩飾的頹敗景象，語氣越發不耐煩。「姑娘快些過來吃飯，奴婢還有其他差事呢！」

顧桐月聞言，嘴角泛起幾不可察的冷笑，主子都歿了，還有什麼要緊差事？

她瞧瞧桌上擺的飯，果然與前幾天一樣，不過是一碗冷水泡飯，外加兩道連府裡下人都不會吃的殘羹剩菜。

「姑娘可別嫌棄，這些還是奴婢跟廚房求了好久才求來的。」巧沁見她不動筷，冷言諷刺道：「如今姨娘不在了，咱們蓮心院今時不比往日，姑娘若還想著從前的日子，只怕是再不能了。」

顧桐月沒說話，扒幾口冷飯，便放下筷子。

巧沁二話不說，收拾碗筷就走。

顧桐月躺在床上。

成為陽城知府顧從安的庶女顧桐月已經十天，她想破頭仍想不明白，明明已經死在山洞裡，為何睜開眼，卻變成另一個全然陌生的人？爹不疼、娘不愛便罷，連身分也這般微賤。

她的生母蓮姨娘暴病而亡，活著時百般厭惡有些呆傻的顧桐月。除了她，蓮姨娘還生了一個兒子，正是顧府排行第五的五少爺顧清和，據聞極為聰敏知禮。然則，直到現在，顧桐月尚未見過他，不知是同其他人一般嫌棄她，還是如下人口中所言，真的病倒了。

出身名門、身分貴重的嫡出千金，一張眼卻變成微賤如泥的庶女、傻女，顧桐月恨不能再死一次，可好不容易撿來這條命，哪裡捨得？更何況聽聞顧從安下個月就要回京，想著遠在京城的慈愛雙親，還有四個寵她、憐她的兄長，顧桐月心中一陣激盪，眼淚滾滾而出——

一定要回京城，不只為了父母親人，還有害她殞命的人！

想到身亡於滴水成冰的黑暗山洞，倘若被人推下之際便身亡，或許她還沒有這般恨。偏偏，她在洞中煎熬了足足七日！

她自問身為唐靜好那短暫的一生從未為難過人，甚至因為雙腿殘疾、不良於行而格外自卑，連出門的工夫都少，究竟能得罪什麼人，竟狠心把她推下山崖，置於死地？

顧桐月眼中浮起一抹恨色，伸手摸著健全的雙腿。既然老天讓她以這種方式重新活過來，她誓死也要將此事查個水落石出，無論用什麼法子！

入夜，北風一起，吹得燈籠搖搖晃晃。

蓮心院本是萬籟俱寂，卻被一聲淒厲慘叫打破寧靜——

有個女子赤足飛奔在走廊上，披頭散髮、驚慌失措，邊跑邊回頭看，口中狂亂叫著。

「鬼啊！有鬼……不是我害您！走開……蓮姨娘，我錯了，您放過我……」

身後一抹豔紅身影，在乍明乍滅的燭火下，倏忽閃過便消失。

恍惚瞧去，竟是個無頭女鬼。

淒厲惶恐的聲音驚醒院裡所有人，紛紛探出頭來瞧。

「這是怎麼回事？」有個嬤嬤慌得連衣服都沒穿好，出門一看，跌滾在地、滿面驚惶的女子竟是巧沁。

巧沁緊緊抓著嬤嬤的手，面色慘白，顛三倒四地說：「嬤嬤，有鬼！是蓮姨娘……好可怕！沒有頭……不是我害她，不是我害的……別找我，別來找我啊！」

那嬤嬤一愣，一陣風吹過，襯得夜色越發陰森可怕。她一哆嗦，猛地推開巧沁的手，顫聲道：「妳……妳胡說八道什麼？仔細夫人知道，活剝了妳的皮！」

巧沁瘋狂搖頭，不住往後張望，彷彿身後真有厲鬼追上來。「我沒胡說。有鬼！她來了！她又來了……」

眾人循聲望去，果見遠處飄蕩著一抹紅豔如血的影子，並不時發出咭咭怪聲，似乎正慢慢地靠過來。

嬤嬤呀一聲尖叫，轉身就跑，而其他人早已逃得無影無蹤。

巧沁也想爬起來，沒奈何驚嚇過度，又眼睜睜看著那鬼影越飄越近，終於受不住，慘叫一聲，昏死過去。

此刻，寂然的屋子裡，忽地傳出輕笑。

「裝神弄鬼，這小丫頭想做什麼？」一道清朗卻略顯輕浮的嗓音如此說道。

「你自身尚且難保，還有空閒打量旁人？」另一道低沈醇厚的嗓音低低響起，帶了責備之意。

朦朧月影中，簡陋房間裡的橫樑上，影影綽綽得見一臥一坐兩道身影。

「蕭六哥來了，如何會讓我有事？」躺臥在橫樑上的少年輕輕哼笑，目光自窗戶縫隙中望去，正瞧見那「無頭女鬼」鬼鬼祟祟露出小腦袋來。

他眼力極好，淡淡月色中，依然看得清楚躲在廊柱後、正脫下身上紅衣的瘦小人兒真面目，不由脫口道：「好個精緻如畫的可人兒，可惜太小了些。」

被稱作蕭六哥的男子顯然沒他這樣的好心情，只冷淡掃一眼便收回目光。

「謝望，陽城水深，你不必再留。」

「好哥哥，我就知道你最仗義！」躺臥的謝望歡喜地坐起身，一張臉正現在月影中，外貌俊雅、鳳眼瀲灩，神情間帶著三分不羈和浪蕩，竟是個十分出色的少年郎；只是臉色蒼白，彷彿失血過多的病顏，讓他出眾的外表略顯失色。

被稱作蕭六郎的男子聞言，搖搖頭，淡淡道：「你有傷在身，先走吧！我去引開外頭的殺手。養好傷便即刻啟程回京，我會儘早趕回京城。」

雨後的夜空乾乾淨淨，沒有一絲雲。

顧桐月站在窗前遙望遠方，嘴角微微翹起。

在她很小時，她還沒有變成殘廢，小哥跟她最愛的遊戲正是偷穿父母的衣裳扮演無頭鬼。套上又大又長的衣裳，再用手舉起上衫頂在頭上，可不就跟沒頭的鬼怪一樣！

後來她從城樓上摔下，斷了雙腿，無法行走，小哥便沒再玩過這個遊戲。沒想到過了這麼多年，她還能獨自玩一回。

就算有人疑心，怕也很難懷疑到她這個「傻子」身上。

顧桐月輕輕眨眼，纖長睫毛緩緩合攏。

這時，房門卻被人推開，顧桐月一嚇，藉著廊下微弱的光，驚疑不定地看過去。

出現在眼前的男孩身形瘦削，卻漂亮得不像話，他比顧桐月稍矮些，身上帶著綠水青山般的清澈氣質，乾淨得讓人一見便心生好感，容顏跟顧桐月有七、八分相似。

男孩也瞧見了顧桐月，眼中滿是擔憂，進屋後飛快而小心地關上門。

即便已經知道來人身分，顧桐月也不敢開口說話。

男孩愣了下，察覺出她的不對勁，急步上前，神色焦慮，漂亮的眉眼間滿是擔憂之色。

「姊姊，可是嚇壞了？」

顧桐月黑漆漆的眼眸直直看著他，依然沒有言語。

男孩說完這句話，忽然背過身，捂住嘴壓抑地咳了兩聲，不敢發出太大聲音驚動旁人，憋得臉都紅了。

顧桐月鬧這一齣，正是為了試探顧清和。

顧清和與顧桐月乃一母同胞，她在這舉步維艱的處境裡，第一個想到的人自然是他，不過她與「弟弟」從未謀面，不知顧清和到底會不會管她的死活，若他瞧不起她，甚至根本不管她，便只能再想別的法子。

沒想到，他不但來了，還來得這樣快！而他流露出的關心與緊張，更證明姊弟倆感情是極好的。

她賭對了。

顧桐月有些緊張，卻不知這對姊弟平日是如何相處的，無奈之餘，也只能繼續一臉呆怔地看著他。

「姊姊？」顧清和見她發愣，忍不住上前拉住她的手。「手怎麼這樣涼？這屋裡竟連個火盆都沒有？姊姊，是不是那群奴才又趁我不在欺負妳了？」

他一邊自責地說著、一邊拉著顧桐月到床邊坐下，雙手捂住她冰涼的手，用力揉搓幾下，竟落下淚來。

「姊姊不理我，是怪我這幾日沒來看妳吧？我不是故意不來，我是……」

「我知道。」顧桐月深吸一口氣，鼓起勇氣道：「你生病了，所以不能來。」

「姊姊?!」顧清和愕然地睜大雙眼，在黑暗中緊緊盯著顧桐月的臉，表情震驚。「妳……妳能好好講話了?!」

顧桐月聞言，心一橫，反正她也裝不了呆傻，且顧清和日後是與她最親近的人，在他面前裝得了一時，也裝不了一世。雖然心中忐忑，仍道：「清和，我全好了。」

顧清和驚疑不定。「全好了？」

「你生病時，我也病了一場。從前腦子裡總混沌模糊，這兩日神智忽然變得清明，連說話也不再費力。」顧桐月緊張地看著顧清和慢慢皺起稚氣的眉，不知他能不能接受她編的說詞。「我也不知這是怎麼回事，從前就像作了一場夢，現在只記得你與姨娘，其他的，竟全忘了。」

「姊姊，妳真的全好了？」顧清和仍是愣怔。「以前姨娘找了許多大夫給妳瞧病，都說好不了，怎麼突然好了？」

顧桐月連忙道：「大概是前幾日我病得太厲害的緣故，迷迷糊糊彷彿瞧見姨娘，她不停地走，我拚命追著，想跟她走，卻被她痛罵一頓，罵我自私拋下清和，還道我若真隨她去了，她死了也不能心安，罵著罵著便推我一把，我一跌就醒過來。」

顧清和聞言，喜極而泣，緊緊握住她的手。

「姨娘說得沒錯，姊姊不可以丟下清和！姊姊能好起來真是太好了，是姨娘顯靈，保佑我們呢！等會兒我再去給姨娘燒些紙錢，若非姨娘，姊姊定然也離開我了……」

顧桐月細細觀察他的表情，見他絲毫不似作偽，高興得幾乎要跳起來，稍稍鬆了口氣。

「是啊！我也捨不得丟下清和。」

「姊姊，既然妳好了，怎還任由那些奴才欺負妳？屋裡不但沒個伺候的人，這樣冷的天，竟連火盆也無。妳身子本就不好，如何受得住？」顧清和打量清冷的內室，忍不住惱怒。「姊姊且等著，看我如何發落這些奴才！」說著就要起身。

顧桐月忙拉住他，不甚在意地說：「用不著與她們計較。如今你搬去夫人屋裡，她對你可好？」

尤氏乃顧從安的髮妻，膝下只得兩個女兒，再無所出，便想把顧清和養在她屋裡，可惜蓮姨娘不肯，妄想著母憑子貴。不想，最後顧清和還是住到了尤氏的院子裡。

「母親對我向來都好。」顧清和緩聲道，眉頭卻皺得越發緊了。「姊姊，方才我聽聞蓮心院裡鬧鬼，說是姨娘死不瞑目回來了？」

顧清和到底還小，雖不信鬼神，心裡卻想著顧桐月方才同他說起的夢，對於鬧鬼的事便有些疑惑。

顧桐月微微一笑，鬆開他的手，彎腰從床下拖出一堆衣物。

「如果我不鬧一場，怎能見到你？」

蓮姨娘房裡還有些舊衣物，顧桐月趁人不備去取時，才發現蓮姨娘慣愛紅色，櫥裡的衣物多是大紅。她不過是個婢女出身的妾室，萬沒有穿大紅的道理，但顧府這位夫人竟能容得，可想其若不是膽小怯懦，便是心智堅韌、謹慎隱忍之人。

顧清和目瞪口呆。「姊姊是為了見我？讓人傳個口信，我便來了，何必這般大費周章？」

「我怕貿然尋你，會嚇到你，又驚動旁人；更何況，這院裡誰會聽我的話？」顧桐月淡淡道：「如巧沁、巧妙那般踩低捧高的人，我也不敢用。」

顧清和覺得有理，不住點頭。「我原就覺得那兩人太過奸猾，偏偏姨娘信任她們，姊姊若不喜，明日我便回稟母親，將她們打發出去。再者，姊姊為何不願旁人知曉妳已大好了？這可是天大的好事，父親與母親曉得，也只會高興啊！」

「你我是至親姊弟，我好了，你自然高興，可無緣無故好了，旁人會怎麼想？今晚我又這樣鬧一場，只怕要被人誤會，說成鬼魂作祟，把我當妖魔鬼怪就不好了。」顧桐月細細解釋。「為今之計，得要清和助我。」

「姊姊已經有法子？」

「你附耳過來……」

顧桐月在顧清和耳邊低聲吩咐幾句，顧清和不住點頭。

待兩人商議定，顧清和又叮囑顧桐月好生照顧自己，這才回去歇息。

隔日傍晚，顧夫人尤氏在房中聽貼身丫鬟霜春的回話。

「夫人，方才奴婢從五少爺那邊過來，聽見底下的人在嚼舌根，便喝斥了幾句。」慵懶倚在軟榻上的婦人，年紀約莫三十五、六歲，一身繡金絲牡丹半新碧色長褙，配同色襦裙，珠翠釵環綴於烏髮雲鬢間，襯得容色新靚。

聽見貼身丫鬟霜春的話，她只略揚了下眉。「胡亂嚼舌根的，攆出去都不打緊，不過是訓斥兩句，何須刻意來回我。」

霜春忙笑著解釋。「其他人倒罷了，只是蓮心院的老嬤嬤竟然也在其中。」

尤氏好看的柳眉微微一蹙。「這些年，她越發托大了，我已知曉此事，她不敢來尋妳的不是。」

霜春聞言，鬆了口氣，又聽尤氏問道：「她們都說了些什麼？妳這丫頭一向寬厚，斷不會隨便訓斥她們。」

霜春回話。「老嬤嬤等人都說昨兒蓮心院不太平，夜裡鬧鬼，說蓮姨娘……定是含冤而死，這才化成鬼魂回來作祟。往常伺候蓮姨娘的巧沁，今兒竟病得起不了身，嘴上不住胡言亂語。」

尤氏面色一沈。「這些該死的老貨，竟敢生出這些謠言，是要弄得府中人心惶惶不成？也不瞧瞧眼下是什麼時候，若讓有心人知道，藉機參老爺一本，影響老爺的仕途，看我不剝了她們的皮！」

「夫人息怒。」霜春上前替尤氏拍背順氣。「奴婢已經代您教訓過了，想來日後再不會有人胡說八道。」

尤氏不語，她管這後宅十幾年，什麼事沒經歷過？很快便若無其事地吩咐。「日後再聽見誰多嘴，不用回我，直接攆出去！」

霜春應下，尤氏又問：「巧沁是府裡的家生子？」

「是。巧沁的爹娘都在京裡當差，眼看就要回京，她這一病，不知什麼時候才好。」霜春遲疑著回道。

尤氏淡淡開口。「請大夫來瞧瞧，若回京前還好不了，便留在陽城看守宅子。」

「若大夫人問起來……」霜春有些擔心。

「她自己不中用，總不能讓全家等她。」尤氏不在意地揮手。「大嫂不會為一個奴才為難我。」

霜春聞言，這才放下心，抬頭瞧沙漏一眼。「夫人，該用晚膳了，這會兒老爺還沒回來，只怕又被事情絆住，您先用吧？」

尤氏點頭，又想起一事。「和哥兒可大好了？」

「五少爺已經能起身，方才想過來向您請安，被奴婢攔下。」霜春說著，見尤氏面色不豫，有些心慌。「奴婢自作主張，還請夫人責罰。」

尤氏倚回軟榻上，眼中陰霾漸漸散去。「妳做得很對，和哥兒身子骨兒弱，是該好好靜養，等會兒我去看看他。」

話音剛落，便見另一個丫鬟海秋急步走進來。「夫人，五少爺來了。」

尤氏微愣，瞥了同樣怔住的霜春一眼，起身往外走去，吩咐道：「快讓少爺進來。」

廳裡，顧清和見到尤氏，恭恭敬敬請安行禮。

尤氏瞧他穿得厚實，但臉色仍是病弱的蒼白，便皺眉喝斥伺候他的丫鬟、婆子。「妳們是怎麼伺候的？少爺病著，還讓他過來？」

幾個下人惶恐不安，跪下請罪。

顧清和笑道：「母親息怒，是我非要過來，怨不得她們。我身子已無礙，老拘在屋裡也悶得慌，想陪母親用晚膳。」眨著黑亮大眼，神情有些不安。「兒子是不是打擾母親了？」

「哪裡的話。」尤氏拉著顧清和的手，越打量越是滿意，日後這孩子便是她的依靠，自然要更加用心。「母親巴不得和哥兒日日陪著我才好，只是你前些日子才病倒，好不容易好些，若再累著，可不是要了母親的命？」一邊說著、一邊命人準備顧清和愛吃的菜色，滿腔慈愛幾乎要溢出來。

接著，尤氏又心疼道：「好孩子，才幾日工夫，你瞧著又瘦了許多，這讓母親如何不擔心、不心疼？」

顧清和忙告罪。「是孩兒不孝，累母親費神。」

這般噓寒問暖一番，兩人才在桌旁坐下。

顧清和靦覥地笑笑，開口問尤氏。「最近四姊也著涼，身體可好些了？這幾日我不好去看她，生恐將身上病氣過給她。前幾日去學館時，瞧見坊裡擺出上好脂粉，明兒放學便給四姊買些回來，她見了定然開心。先生說，人只要開心，一切病痛就沒有了。」

尤氏聞言，眼裡滿是欣慰。「你如此惦記四姊，也不枉她疼你一場。」

「四姊照顧我頗多，我惦記是應當的。」顧清和懂事地回答。「明兒我也給母親買些好脂粉回來，聽聞那坊裡的脂粉比京裡的還要細緻呢！」

尤氏聽著，笑得合不攏嘴，口中卻嗔道：「你這孩子，該專心功課才是，那些胭脂水粉哪是你該留意的，讓你父親知道，少不得又要罰你。」

雖然這般說著，她仍高聲吩咐心腹莊嬤嬤。「等會兒給少爺送些銀兩過去。」

顧清和見狀，笑得越發開心。「母親放心，孩兒定不會放鬆功課，日後考取功名，為母親掙得誥命，才不辜負您待孩兒的一片苦心。」

尤氏聽得心中熨貼舒服，展眉點頭。「咱們和哥兒是有大出息的，母親等著和哥兒替母親掙誥命來。」

這時，丫鬟與婆子送上晚膳，尤氏親自為顧清和舀湯布菜，又有霜春、海秋在旁陪著說笑，一頓飯吃得歡聲不斷，好不開懷。

直到用完飯，顧清和才期期艾艾地開口。「母親，孩兒有件事想求您。」

尤氏微挑眉，笑容依然慈祥。「傻孩子，有什麼事，只管告訴母親，母親能做主的，絕不推諉。」

顧清和眼睛一亮，露出依賴信任的神色。「今兒我聽見下人們竊竊私語，說昨晚蓮心院鬧鬼了。」

尤氏聞言，臉色微變，卻淺笑著嗔道：「那些奴才無聊，嚼舌根子呢！這世上哪來的鬼怪？先生沒有教過，『子不語怪力亂神』嗎？」

顧清和羞愧地低下頭。「先生教過的，只是孩兒到底擔心，八姊還住在蓮心院裡，正想使人去打聽，碰巧遇上蓮心院的丫鬟，才知道八姊已經病了好幾日；丫鬟還告訴我，自姨娘去世後，院裡的奴才越發怠慢，給八姊的一日三餐也只有冷飯殘羹。孩兒聽了實在難過，想求母親給八姊尋大夫瞧病，再幫她整頓院子裡的下人。」

尤氏微微瞇眼，道：「我當是怎樣的大事，你關心八丫頭，事事想著她，母親只有高興。這幾日太忙，你又病著，母親這才沒顧到八丫頭，你心裡可怪母親？」

顧清和忙搖頭。「母親撫我、育我、顧我之恩，孩兒雖小，仍銘記在心，怎會怪您。孩兒與八姊日後還得仰賴母親庇護，望母親莫要嫌棄我們。」

「你這傻孩子。」尤氏這才滿意地笑嗔一句。

蓮姨娘行事毫無章法，顧從安擔心她教壞顧清和，自他啟蒙後，便讓尤氏帶在身邊教導，且不允許蓮姨娘接近顧清和。每每提起蓮姨娘，顧清和雖是表情淡淡，但到底是從蓮姨娘肚子裡爬出來的，尤氏如何能不擔心？

不想，顧清和竟主動到跟前表白忠心。

尤氏萬萬沒想到他竟這般聰明，小小年紀便知道給自己和同胞姊姊尋依靠。雖然太聰明的孩子不好掌控，不過瞧他肯為顧桐月求到她跟前，倒也不是薄情寡義之輩，只要將顧桐月拿捏在她手裡，還怕顧清和作怪？

想到此處，尤氏笑得越發慈愛。「八丫頭的事，母親曉得，你寬心養病，母親會處理。」

瞧著顧清和滿臉感激與信任，尤氏心中越發滿意了。

兩人又說了一會兒話，尤氏便命人送他回屋休息。

顧清和一走，尤氏的笑容頓時消失無蹤，神色沈冷地盯著蓮心院的方向。

「立刻給我查，是哪個膽大包天的敢擾少爺清靜，下午在少爺院裡當值的又是誰？」

正巧莊嬤嬤掀了簾子進屋，忙回道：「夫人，來尋五少爺的丫鬟甚是眼生，老奴帶人去找，竟不見那丫鬟。夫人想，咱們府裡有誰會別有用心地指使丫鬟去和五少爺說話？」

尤氏冷哼一聲。「裝了這麼多年，到底裝不下去了！」

莊嬤嬤上前扶尤氏坐下。「老奴瞧著，她雖不是省油的燈，卻沒想到她真有這個膽子給夫人添堵！」

尤氏冷笑。「知道我決定將清和記在名下，她如何坐得住？妳仔細查查，昨兒夜裡的事，是不是也是她搞鬼。」

顧從安有三個妾室，除了去世的蓮姨娘，便只剩魏姨娘與莫姨娘。魏姨娘自小服侍尤氏，身契還拿捏在尤氏手中，豈敢有二心；唯一可疑的，只有莫姨娘了。

霜春應下，不久便回來稟報。「昨夜七少爺又受涼了，莫姨娘寸步不離地照看，並未出院子一步。」

莊嬤嬤聞言，開口道：「她未出院子一步，那她院裡的人呢？為了給七少爺謀個好前程，以前便在夫人面前做小伏低，逮著機會就將七少爺往跟前送，也不想想那病秧子能活幾年；現在知道白費心機，自然心有不甘，想著法子要給夫人添堵！」

尤氏已經冷靜下來。「她越是這般，我偏不遂她的願。」

霜春見狀，遲疑一下，又回道：「方才墨竹院的婆子來說，晚間莫姨娘又親自下廚了，今晚，老爺怕是要去那邊。」

尤氏神色淡淡，並不惱怒。「既如此，吩咐廚房給墨竹院多添幾道菜。」

待霜春出去後，莊嬤嬤才不忿地輕聲說：「您也太縱著她了。」

尤氏淡淡一笑。「她再如何，也越不過我去，不過是個玩意兒罷了。老爺喜歡，便留著，左右不過是給老爺的面子。」頓了頓，又問：「華姐兒還在鬧？」

「姑娘沒鬧了，晚飯還多吃了小半碗。」

尤氏鬆口氣。「也是個不省心的。」

「四姑娘尚且年幼，不明白您的用心良苦，回京後，讓大姑娘勸勸，就好了。」莊嬤嬤寬慰道：「廖家門第如何配得上咱們顧府？日後返京，多少好人家等著咱們挑，待四姑娘想通，自然就沒事了。」

「這幾日定要看好她，莫讓她惹出什麼不可收拾的事來！」

莊嬤嬤點頭。「夫人放心。」

「明日秦大夫來給華姐兒請平安脈，讓他順便去瞧瞧八丫頭，和哥兒既已求到我面前，我也不好撒手不管。」

莊嬤嬤應是，便服侍尤氏歇下不提。

隔日，顧清和再次來探顧桐月，不似上回那般偷偷摸摸，這次身後跟了一堆丫鬟、婆子，俱畢恭畢敬。

蓮心院也不像往昔那般清冷，換了一批下人，再不敢扔下主子去偷懶、喝酒、玩樂。二等丫鬟巧妙聽見顧清和的聲音，忙不迭迎出來。

顧清和見她笑容中帶著討好與諂媚，不由蹙眉，冷淡道：「姊姊可睡下了？大夫來瞧過了嗎？」

「姑娘剛喝完藥，奴婢正要服侍姑娘睡下，不想少爺便過來了。」巧妙生得極水靈，一雙杏眼彷彿含了滿江春水，讓人一望便意亂情迷。「大夫白天來瞧過姑娘，道是沒有大礙，少爺放心吧！」

顧桐月在內間聽見動靜，坐起身，見巧妙殷勤服侍顧清和解下披風，那雙美目直往他臉上瞟，忍不住厭惡地皺眉。

巧妙已有十四、五歲，顧清和才剛滿十歲，她便想打他的主意，仗著姿色，便真以為事事都能如她的意？光看這幾日巧妙對她的漠視與不耐煩，便可知她對從前的顧桐月是何態度。這樣的人品德行，即便美若天仙，顧桐月也不會允許她往顧清和跟前湊！

顧清和比蓮姨娘會識人，見巧妙殷勤地要跟進來服侍，遂神色冷淡地出聲阻止。「屋裡用不著人伺候，出去！」

巧妙愣住，抱著顧清和的披風，訕訕地退出門。

內間裡燭火明亮，炭燒得正旺，把屋子烘得暖洋洋，佈置仍是簡陋，卻比之前多出不少擺件器物。靠窗檀木小几上的大花瓶裡還插了一把開得正好的臘梅，被熱氣烘得清香撲鼻，令人心曠神怡。

顧清和打量一圈，滿意地笑了，快步走向顧桐月，眼睛明亮，表情帶著喜悅與討好。「以後再沒人敢怠慢姊姊了。」

顧桐月抿唇微笑。「都是託和哥兒的福。」

顧清和微微紅了臉。「我都是照姊姊的吩咐做的。有母親發話，那群奴才再不敢欺負姊姊；可是姊姊，為什麼要特地對母親說那些？」

顧桐月笑道：「這後院中，母親最大，我們托庇於她，自然要多奉承些。」話語一頓，目光中生出慚愧。「和哥兒在夫人跟前本不須如此，都是因為我，才委屈你……」

「姊姊。」顧清和不滿地打斷道：「妳我是至親，不過幾句話的事，哪裡就委屈了我？日後切不可再說這些，我不愛聽。」

顧桐月見他板著臉，似乎生氣了，忙笑道：「是我不會說話，和哥兒別與姊姊一般計較，我以後再不會這樣說了。」

顧清和這才滿意，想了想，有些遲疑地看著顧桐月。「今兒我聽說……咱們姨娘是被人害了性命，並非惡疾所致。」

顧桐月沈吟，眸光微閃。「你把那些話說給我聽聽。」

「……說姨娘是遭人殺害，不然好好地，怎就突然患了惡疾？我聽著，那話裡矛頭盡指向母親。」顧清和將聽來的話重複一遍。

顧桐月心下微沈，立刻明白話裡的挑撥之意，語氣沈重道：「只怕是有人不想咱們與母親親近。」

不管蓮姨娘是不是被尤氏謀害性命，顧桐月都不能讓顧清和把她視為仇敵。若蓮姨娘真被害死，這府裡有能力且有動機下手的，仔細推敲，定與尤氏脫不了關係。此時有人放出風聲，離間之心昭然若揭。如果顧清和當真恨上尤氏，尤氏怎能放心把他養在身邊？失去尤氏庇護，他們姊弟只怕連立足之地都沒有！

顧桐月不知蓮姨娘到底是怎麼死的，也不想追究。她只知道，唯有依附尤氏，才能改變眼下艱難的處境，才能順利回京，絕不能任由旁人破壞與阻止！

顧清和低頭思索，也明白過來，眉心染上鬱色。「我從未想過與維夏爭什麼。」顧維夏正是莫姨娘的兒子。

看來，他心裡懷疑的也是莫姨娘。

顧桐月點點頭，伸手拉過顧清和。這個孩子一點就透，知曉莫姨娘的用心後，卻無怨恨之色，小小年紀便有如此胸襟，實在難得。

「我們不與她爭，可你知不知道，有時候，存在就是一種威脅。」

顧桐月說著，面色突地一白，心口猛縮，竟疼得險些彎下腰去。

顧清和的存在威脅到莫姨娘，在尤氏沒有嫡子的情形下，顧清和一旦被記為嫡出，將來便能名正言順繼承這一房，直接損害顧維夏的利益，所以莫姨娘會不忿。

可是唐靜好呢？她不過是個不良於行的閨閣女子，她的存在威脅了誰？

「姊姊，怎麼了？」顧清和敏銳地察覺到顧桐月的蒼白，擔心地瞧著她。「妳的臉色好難看，明兒再叫大夫來瞧瞧吧！」

「沒事。」顧桐月深吸一口氣，緩下突來的心痛，勉強揚起笑臉。「清和，姊姊告訴你，我們無意為難任何人，不過若有人要傷害我們，也要讓他們知道，我們不是那麼好惹的，知道嗎？」

顧清和乖巧地點頭，鄭重道：「姊姊放心，我會保護妳，絕不讓人再欺負妳！」

顧桐月聽著這般貼心的話，忍不住笑了。「是，誰叫咱們和哥兒是小男子漢。」

顧清和被她打趣，微微紅起臉，眼裡卻藏不住驕傲之色。「其實，我也知道那些話不懷好意，所以昨夜陪母親用膳時，便如實告訴她了。」

顧桐月想不到顧清和這般機敏，不由對這個弟弟更看重。「你做得很對。」

這樣很好，莫姨娘想破壞顧清和與尤氏的關係，尤氏知道後，自然明白該如何防範；再有，有莫姨娘引開尤氏的注意，自己這邊應該更好蒙混過去才是。

顧清和得了誇獎，白皙面孔更紅了些，忙岔開了話。「既然大夫已經瞧過，姊姊是不是不用再裝了？明早我便來接姊姊一道去跟母親請安吧！」

「不急。」顧桐月道：「我癡傻這麼多年，哪能說好就好？明日你請安時，只須對母親說我已好了不少，過兩日再提我大好的事；至於大夫那裡，你不用操心，我病癒對他來說是件天大的好事，夫人跟前，他自然知道該如何回話。」

顧清和點頭，一一記下。「我知道該怎麼做了。姊姊放心養好身體，不日就要回京，到時路途辛苦，如果身子不好，恐怕會受不住顛簸之苦。」

顧桐月聽著顧清和的關心之語，心頭微暖。「我知道了。」

顧清和對她而言，是個很特別的人。

唐靜好是東平侯府最小的孩子，父母與三個兄長從小便把她捧在手心裡嬌寵，後又因為受傷無法行走，家人更將她視為眼珠子般地疼。

而現在，顧桐月是個失去生母的半大孩子，再無人百般周到地照顧她，還得肩負起照顧另一個半大孩子的重擔。

前路不明，也許會遇到許多困難，但重生的她依然感激這番遭遇，決定勇往直前。

夜深人靜，風寂星暗。

顧桐月倏然睜開眼，目光清明得彷彿並未睡去。

今晚值夜的是巧妙，因剛才吃了顧清和的排頭，故而十分不悅，守著顧桐月「睡著」

後，便逕自開門，去找相熟的丫鬟說話了。
顧桐月披上披風，就著暗淡星光，信步走出房間。
她毫無聲息地邁過門檻，低頭瞧著健全的雙腿，唇角逸出一抹清淺笑意。能夠自由行走的滋味，竟是如此美好！
夜裡寒風大作，顧桐月拉緊身上的披風，腳下不停地朝西廂走去。
這樣冷的天氣，值夜的丫鬟、婆子想必又偷偷吃酒去了，一路行來，居然連個人影也沒瞧見。
顧桐月忍不住搖頭。以往，東平侯府的主子們雖然寬和待下，府裡卻是極講規矩，事事井然有序，絕不會像顧府這般懶散無狀；或者，是因為蓮心院是府裡最沒有規矩之處？
她一路想著，行至西廂房，在門口停了停，才伸手推開房門。
關上門後，顧桐月吹亮了手裡捏著的火摺子。
目光所及處，地上那幾滴彷彿黑色水滴般的污痕依然在。
此處沒人打掃，加上這痕跡不明顯，尋常丫鬟、婆子進出，想來也不會留意到。
但顧桐月記性過人，早將蓮心院一景一物熟記於心，在「鬧鬼」的第二天，便發現這以前不存在的痕跡。
這是血跡。
這些血令她莫名不安，出現的時日也與她扮鬼的日子太過吻合。
如果有人因此發現她，再揭穿……

她皺眉蹲下，這件事沒被揭露，可想而知不是府裡的丫鬟、婆子做下的。若非府裡的人，難道是外頭來的？會是什麼樣的人，又躲在何處，才在這空盪盪的地方留下血跡？

顧桐月這般想著，猛地抬頭往上。

橫樑上一雙幽暗深邃的眼睛，正居高臨下地看著她。

顧桐月猝然受驚，一屁股跌坐在地，手中的火摺子掉下來，小小一團火焰瞬間熄滅。

蕭瑾修也沒料到，這個扮鬼的小丫頭竟會夜探西廂，還把他看個正著！她驚駭得雙目圓瞪，手卻緊緊捂住嘴，不讓自己發出驚呼。

蕭瑾修眸光微動，從橫樑上飄然落地，未驚起半點塵埃。

顧桐月不由往後退，手掌撐在冰涼地面上，涼意讓慌亂的心瞬間鎮定下來。

「你是誰？」

蕭瑾修淡淡掃她兩眼，抬腳便要離開。

顧桐月心頭一定，黑暗中雖瞧不清這高大男子的模樣，不過看來他並沒有惡意，而且沒打算傷害她。

「你是不是受傷了？」她瞧著那人走到門口，努力仰起小腦袋追著他的背影。他穿了一身玄衣，融在這樣的夜色裡，幾乎分辨不清。

蕭瑾修腳下一停。「妳有話跟我說？」

她那小心翼翼又躊躇不定的語氣，令蕭瑾修察覺到她的心思。

「我不會告訴別人你藏在這裡。」顧桐月壯起膽子道：「關於昨晚的事，請你也不要說出去。」

蕭瑾修眉頭微挑。「妳就那麼篤定昨晚的人是我，不怕錯認？」

原本顧桐月還不能確定，方才只是出言試探，現在聽他這樣說，才肯定自己沒猜錯。

「總、總之，就這麼一言為定吧！」蕭瑾修不說話，默默打量她一會兒。

臨走時，他竟當真點了頭！

第二章　妾室莫氏

顧從安從衙門回來，便被等在二門處的采青請到墨竹院。

見莫姨娘身形單薄等在門口，他不由快步上前，皺眉斥道：「這樣冷的天，也不曉得多加件衣裳，若底下的人伺候得不經心，便打發出去，咱們回京，帶太多人也是累贅。」

雖是譴責的語氣，一雙神采奕奕的眼裡卻是滿意。莫姨娘這樣知冷知熱、溫柔順意，顯然滿足了他身為男人的虛榮與驕傲。

莫姨娘非常漂亮，清靈雙眼、小巧紅唇，目光裡彷彿有著淺淺哀愁，那哀愁是與生俱來的，即使微笑，仍美麗嬌弱，似禁不住風雨的海棠花，惹人憐愛疼惜。

此時聽聞他的話，莫姨娘輕輕笑了，踮腳拍去顧從安大氅上的落雪，柔聲道：「屋裡燃著火盆，我並不覺得冷，下人們都是夫人精心選來的，哪裡會伺候不好。老爺用過膳了嗎？小廚房裡還熱著梅花水晶包。」

「妳又下廚了？」顧從安不太贊同地看她一眼。「這些事自有底下的人，眼看要回京，妳再累出個好歹來，可怎麼好？便是不為自己，也得為維夏多想想。」

莫姨娘聽了，眼眶微紅，攀著他的手臂。「維夏有您教導，妾身還有什麼不放心的。」

她一邊說著、一邊接過大氅，交給身旁的丫鬟，卻聽顧從安說：「維夏身子骨兒弱，妳要多用些心調理好，旁的事，不必太著急。」

莫姨娘心中一顫，垂下頭。「妾身都聽老爺的。」

顧從安並不十分熱衷女色，府裡姨娘不多，膝下子女卻不少，與大房、二房的孩子一起排了序齒。

顧家大姑娘顧蘭月與四姑娘顧華月為尤氏所出的嫡女，排行第七的顧維夏與六姑娘顧荷月是莫姨娘所出。顧桐月姊弟的生母是死去的蓮姨娘，魏姨娘只有三姑娘顧雪月一個女兒。

顧清和從小便展露讀書天賦，顧從安對他傾注十分心力栽培。顧維夏因天生不足，這些年雖想盡辦法調理，仍是病懨懨的，一到冬日，連床榻都起不了。顧從安疼惜之餘，讓莫姨娘好生照顧他，因而眼下快滿八歲，卻未啟蒙，讓莫姨娘怎能不心急！

然而，即使她心有不甘，此時卻不敢再說了。

莫姨娘伺候顧從安用完梅花水晶包，瞧他神情愉悅，便軟語笑道：「今兒老爺心情很好，可是有什麼好事？」

顧從安喝口茶，自得一笑。「京城來信，大哥已經探到口風，這次考評，我乃是卓異，進六部是穩妥的。」

莫姨娘眼睛一亮，溫柔笑道：「恭喜老爺步步高陞，其實憑老爺的本領，即便沒有大老爺周旋，定也能謀到好差事。」

顧從安輕嘆一聲。「我到底是顧家人。」

話雖如此，顧從安面上卻染了鬱色。他是從老太太肚子裡出來的，俗語說手心、手背都是肉，可到底是不同的。

原本外放的差使落在二哥頭上，但二哥自小體弱，如母親的眼珠子般寶貴，母親心疼二哥，捨不得他在外頭吃苦，不由分說，讓他頂替了二哥。外放這些年，他心裡頗有怨言，可身為人子，又怎能責怪母親不公？

莫姨娘自然明白他的心結，體貼地岔開了話。「眼下天氣越發冷了，想來京城比陽城更甚，咱們下個月啟程，不知能不能趕在除夕前到。」

顧從安瞥瞥外頭陰沈的天色。「今年比往年都冷，京城怕是已經下雪，好在陽城距京城不算遠，花大半個月趕路也夠了。那些瑣碎東西不用帶，免得誤了腳程。」

莫姨娘點頭。「已經吩咐下去，只揀重要的裝箱，眼下收拾得差不多，老爺放心吧！」

顧從安滿意地笑了。「妳跟著我這些年，從未讓我操心過。」

這話便是對莫姨娘的肯定與讚賞，莫姨娘含笑受了，輕聲道：「妾身不過是守著維夏與荷姐兒，不似夫人，家裡大大小小的事都得靠她打理。聽聞五少爺病了，夫人衣不解帶地照顧，妾身本也想去探望，不想維夏也著涼了，昨兒折騰一宿才退燒。」說著，微蹙眉心染上擔憂之色，眼中泛起霧氣。

顧從安瞧她一眼，心便軟了三分，拉住她的手道：「和哥兒已大好，妳不必擔心；倒是夏哥兒，怎麼又病了？」

顧從安膝下就這麼兩個兒子，自然寶貝得跟什麼似的，聽聞顧維夏身子不爽，眉頭便緊皺起來。

「老爺也知夏哥兒身體弱，一到冬日便染病，總不見好。」莫姨娘按了按眼角，勉強笑道：「京城裡的聖手大夫多的是，夏哥兒定能好起來。」

顧從安眉心稍展。「嗯，我這就寫信，讓大哥幫忙物色大夫，回京後請來好好醫治夏哥兒。」

莫姨娘聽了，難掩喜色，見顧從安面有倦容，便似不經意地說：「待夏哥兒身體好了，便能跟五少爺一道上學。夫人出自書香門第，妾身只粗略學過幾個字，若把他留在身邊，恐會耽誤他。老爺差事繁忙，妾身不敢期望您親自教導，便私心想著，若夏哥兒也能得夫人指點，像五少爺一般知禮上進，妾身此生也無憾了。」

顧從安聞言，沈默下來。

他不替顧維夏安排，身體不好是其一，其二，即便日後養好，他起步晚，仍差了顧清和一大截。顧清和聰穎，又得他悉心教導多年，顧維夏卻資質平平，將來只怕拍馬也趕不上。別說他，尤氏也清楚得很，這些年雖不曾苛待過莫姨娘母子，卻根本沒有接納顧維夏的意思，偏偏莫姨娘存了這份心思。

顧從安想到這些，有些心煩又無奈，只得道：「現在想這些，為時過早，最要緊的是夏哥兒的身體，等他好了再說吧！」

莫姨娘聞言，表情僵硬一瞬，隨即低下頭。「是妾身太心急了。」

她怎麼能不急？這次回京，只怕顧清和就要正式記在尤氏名下，成為三房嫡長子。她隱忍這些年，全是為了兒子的前程……

莫姨娘捏著手帕的手指幾乎痙攣，垂下的眼裡飛快閃過一抹厲色。

顧從安正與莫姨娘說話，一名容色絕麗的少女歡快地小跑進來，身後跟著兩個丫鬟，不時提醒她小心腳下。

少女約莫十三、四歲，肌膚勝雪，嬌美無比，與莫姨娘有七、八分相似。

「爹爹。」少女跑到顧從安跟前，未語先笑，雙眉彎彎的模樣十分嬌俏。

莫姨娘瞥向顧從安，見他表情一變，笑容和煦、神色慈祥，暗暗得意，口中卻道：「荷姐兒，不許這樣沒規矩！」

顧荷月噘嘴瞧著莫姨娘。「娘，我太想爹爹，一時心急才忘了規矩。」

她說著，嬌俏地對顧從安行禮後，便依偎過去。「爹爹，女兒方才在陪弟弟，弟弟聽說爹爹來了，非要與我一道來，我好不容易才勸住他。女兒這樣懂事，爹爹就不要責罰了吧！」

顧從安哈哈大笑。「荷姐兒最是懂事，爹爹怎會責罰妳。今日夏哥兒可好些了？」

顧荷月與莫姨娘交換個眼神，笑容純善嬌美。「爹爹放心，弟弟的身體已經沒有大礙，方才喝藥，他很乖，都沒嫌藥苦。」

顧從安甚是寬慰地點頭。「這才是我顧從安的好兒子。今兒晚了，明早我再去瞧他，夏哥兒有什麼想吃、想玩的，便與管事說。」

莫姨娘見狀，楚楚面容上微微顯出不安，輕輕嬌聲細語道：「老爺疼愛夏哥兒，妾身既高興又惶恐。」

顧從安見她目中含愁帶霧，心裡又是一軟，想拉她入懷好好安慰一番，又顧忌著顧荷月在一旁，伸出的手便有些尷尬地收回來。
「夫人寬厚，且又是我吩咐的，妳只管安心。」
莫姨娘微微一笑。
這麼多年，恰如她的謹小慎微，尤氏在顧從安面前自有她的經營，即便在外頭，只要提起尤氏，誰不讚她一聲寬和仁善。
莫姨娘心中冷笑，若尤氏當真寬和仁善，顧從安膝下如何只得兩個庶子？她的兒子怎會天生不足？蓮姨娘又怎會無故病死？
但她面上絲毫不顯，嘴裡恭敬又感激地說：「這些年虧得夫人照顧，否則僅憑妾身一己之力，如何照顧得好夏哥兒？」
見妻妾和睦，顧從安更是滿意，想摟著美妾柔情溫存一番，沒奈何顧荷月還在一旁，只好忍耐下來，眼神卻是頻頻朝莫姨娘飛去。
莫姨娘光潔無瑕的面上浮起一抹嬌羞的紅，扯了女兒一把。「荷姐兒，妳的東西可都打點好了？」
顧荷月自是機靈，忙道：「還有些東西沒整理好。爹爹在外忙一天，我便不打擾了，只是有件事，想求爹爹答應我。」
莫姨娘調教得當，幾個女兒中，顧從安偏疼顧荷月，若非過分要求，他向來不會拒絕。
「何事這樣鄭重？」
顧荷月微蹙秀氣的眉，面有憂色與憐憫。「女兒聽聞蓮姨娘去後，蓮心院裡便只剩八妹一人。爹爹也知八妹的性子，這些日子沒少被底下的奴才欺負。女兒心中不安，八妹到底也是爹爹的女兒，但夫人事多，恐顧不上，因此想著，不如把八妹接過來與女兒作伴，也好照顧她。」

顧從安雖不喜歡呆傻的顧桐月，卻對顧荷月的行為十分滿意。「荷姐兒友愛姊妹，爹爹甚是欣慰。」便答應了。

顧荷月笑著告退。

這晚，顧從安自是歇在墨竹院不提。

後院裡，顧從安與尤氏雖不如與莫姨娘那般濃情繾綣，倒也和和睦睦，相敬如賓。

這日，兩人用過早膳，尤氏親手替顧從安披上暖和的石色毛皮大氅，帶著得體的笑意道：「天寒地滑，老爺當心些，衙裡事務忙完，便早些回府吧！」

顧從安拍拍她的手，笑著點頭，忽想起什麼來，語氣淡淡道：「蓮心院那邊只剩八丫頭一個，妳事忙顧不上，便讓墨竹院接過去，也省心些。」

尤氏撫在大氅上的手指一僵，然面上笑容不變。「可是不巧，昨晚和哥兒才與我說要將八丫頭接過來，我這邊的屋子都收拾好了，等會兒便要接人呢！和哥兒跟八丫頭姊弟情深，又有華姐兒在，往後彼此間也好照應。

「再者，夏哥兒的身子到底才是最要緊的，若八丫頭去了墨竹院，莫姨娘恐要手忙腳亂，因此誤了夏哥兒，可如何是好？」

顧從安聞言，抬眼瞧尤氏，語氣有些不滿。「和哥兒病了好幾日，該補上功課才是。」頓了頓，又道：「學業上，妳要多督促著，雖然和哥兒年紀不大，但先生與我都有意讓他明年下場試試。考期已近，妳多辛苦些，小事由妳做主便好，別讓他為小事分了心。」

在他看來，顧桐月搬院子的事自然是微不足道的小事。

尤氏微笑著垂下眼簾，柔聲道：「老爺放心，和哥兒懂事又認真，即便病了幾日，也沒落下功課，明年下場，定不會讓老爺失望。」

顧從安聽了，嚴肅冷淡的神色這才稍緩些，對尤氏點點頭，便大步離開。

尤氏目送他的身影消失在簾後，唇邊柔和的笑意驀地一變，冷哼道：「她手腳倒快，竟搶到了我前面！」

莊嬤嬤笑著安撫她。「她雖搶在前頭，老爺卻是應了夫人，這也是老爺對您的看重。」

「老爺哪裡是看重我，不過是沒將八丫頭放在心上罷了。」尤氏被莫姨娘打了個措手不及，有些心浮氣躁。「方才我那樣講，不過是不想那邊稱了心，八丫頭那樣，若真養在我屋裡，待華姐兒說親時，不知會不會有妨礙。」

莊嬤嬤把新換好的手爐遞到尤氏手中，道：「有老夫人跟您在，四姑娘的親事何須發愁？您也說過，把八姑娘留在這邊，更好拿捏五少爺。那邊迫不及待地要接八姑娘過去住，也是如此。日後五少爺再與您一條心，可那邊天長日久挑撥下來，於您到底不是好事。

「再者，八姑娘雖然呆傻，卻不是胡鬧難管的，您拘著她，不讓她擾了老爺與旁人，家裡人口風緊些，外頭的人哪會知道咱們府裡還有個八姑娘；便是墨竹院的人，為了六姑娘的親事，也不敢在外頭嚼舌根。」

大家族向來一榮俱榮，若旁人知道顧府有個癡傻的八姑娘，難免懷疑其他姑娘是否也有不妥，定然很難說到好親事。莫姨娘不是傻子，自然明白這個道理。

尤氏更是明白，她向來沒將莫姨娘放在眼裡，這幾年，莫姨娘也只敢暗地使些小手段，如今卻是毫不遮掩，自然不悅，略想了想，便道：「把西廂騰出來給八丫頭住，早點將人接過來，免得夜長夢多。」

莊嬤嬤便吩咐霜春與海秋過去，孰料不久她倆卻沈著臉進來回稟。「夫人，墨竹院的嬤嬤已經去蓮心院了！」

莊嬤嬤氣急敗壞。「竟是這樣心急！」

尤氏淡淡笑道：「許是太久沒讓她立規矩，她便忘記了自己的身分。」說著，便吩咐莊嬤嬤親自帶人跑一趟了。

顧桐月坐在椅子上，任由年紀不大卻已顯出嬌美容色的顧荷月拉著手，垂下頭露出懵懂無措的表情。

「八妹可是不認得六姊了？」顧荷月軟語笑問，眼裡卻藏不住不耐煩與嫌惡，拉著顧桐月的手有些僵硬，似連碰碰顧桐月都讓她難以忍受，不知為何莫姨娘非要她親自來接這傻子，平白降低了她的身分。

顧桐月呆呆搖頭，怯怯喊一聲。「六姊。」

顧荷月一愣，直直瞧著顧桐月。平日裡不管如何欺負她，便是下人們對她惡語相向，也沒見顧桐月有半點反應，不喊疼也不懂得告狀。今兒瞧著，雖仍是那副讓人見了就嫌棄的呆傻樣，卻開口說話了?!

顧荷月雖疑心，卻沒有多想，只想趕緊把人弄到墨竹院去，遂道：「還認得六姊就好。聽說妳病了，我便趕緊過來瞧瞧，如今都好了吧？我娘也急得不得了，又聽聞底下的人伺候不周，便叫我來接妳到咱們院裡去，以後由六姊來照顧妳！」

顧桐月呆呆垂著頭，眼角餘光瞥見顧荷月帶來的丫鬟、婆子滿屋子轉來轉去收拾東西。顧家雖算得上名流世家，但規矩卻令人想搖頭。庶出姑娘如何能稱呼自己的姨娘為娘？若非恃寵而驕，便是主母有意放任的結果。

顧荷月沒得到顧桐月的回應，並不以為意，掃了屋裡的擺設一眼。「我見八妹這裡沒什麼東西可收拾的，妳們只揀八姑娘慣常用的帶走就行。」又吩咐道：「手腳俐落些，別讓我娘等急了。」撇撇唇，想著日後要與這傻子共處一室，本就不耐煩的表情更添了陰沈的鬱色。

因顧清和請求尤氏照看顧桐月，尤氏為表誠意，這兩日不但替她延醫問藥，屋裡原本被收走的擺設器物也送回來一些，又讓針線房連夜趕製幾套新衣，故而一番收拾，倒能拖延一會兒。

但東西快收完了，還不見尤氏院裡的人過來，顧桐月心裡便忍不住有些發急。

即使莫姨娘再得寵，論身分尊卑，她永遠越不過尤氏；且尤氏娘家不容小覷，可莫姨娘只是出身平凡的妾室，唯一的靠山便是顧從安。

再者，顧清和要被記在尤氏名下，她若跟了莫姨娘，不但尤氏不能放心，只怕日後顧清和也要被莫姨娘拿捏。

還有她自己，如今已是十二歲，再過兩年便要議親，誰家都會選養在夫人屋裡而非養在姨娘身邊的姑娘。且莫姨娘接她過去不過是為了拿捏清和，給尤氏添堵，根本不可能真心對她好；尤氏卻不一樣，為了清和，面子上也會做得挑不出錯來。

她不會猜錯，若尤氏當真不把莫姨娘放在眼裡，是那等認為只要顧清和在她手裡便萬事足的淺薄之人，便不會做足這些表面工夫。

顧桐月想著此節，袖裡的手指慢慢放鬆，抬眼望望屋中火盆升騰的通紅火焰，安靜地眨了眨眼，不期然地想起昨夜那一幕。

連她自己都想不到，面對昨晚那個陌生男子，她竟有勇氣開口要求他，而那個瞧著冷面無情的人，在臨走時，當真點了頭！

不過一夜，被視如敝屣的顧桐月變成了搶手的香餑餑。

她自回憶中醒過神，唇邊含著一抹淡薄笑意，傾聽外頭的動靜。

「還不快將八姑娘的東西接過來。」腰圓膀粗的莊嬤嬤不慌不忙指使身旁的小丫鬟，瞥了因氣憤而滿臉通紅的顧荷月一眼。「煩勞六姑娘一早過來幫八姑娘收拾東西，夫人知道了，定要誇六姑娘懂事孝順。」

顧荷月沒想到真有人要跟她搶顧桐月這個傻子，還是尤氏院裡的。平日她仗著顧從安的疼寵，很不將底下的人放在眼裡，但不敢對尤氏的人明目張膽地不敬。

「莊嬤嬤，先前爹爹已經同意讓八妹住到墨竹院去，我忙著收拾屋子，這才忘了稟告母親。不管如何，我可是奉了爹爹的命令來的，莊嬤嬤還是讓開，不然爹爹知曉，怪罪下來，即使莊嬤嬤是母親身邊的老人，爹爹面前怕也不好交代。」

莊嬤嬤瞧著顧荷月虛張聲勢的模樣，笑道：「老奴不敢為難六姑娘，今早老爺臨走時將八姑娘的事明明白白交給夫人做主，夫人這才讓老奴來接八姑娘去正院。莫姨娘並未知會夫人，便把人接走，這於禮不合吧？老爺、夫人平日總誇姨娘懂事，這回怎麼這般魯莽？」說著，她笑看脹紅了臉的顧荷月。「六姑娘若不信，不如親自去問老爺或夫人，何必為難我們這些當差的下人？」

顧荷月皺眉，不甘地嚷道：「爹爹先應了我，怎可能轉眼就變卦？」

「這老奴就不知道了。」莊嬤嬤仍是笑盈盈。「夫人已經用過早膳，六姑娘該去請安了，這裡放心交給咱們這些奴才。」

莊嬤嬤意在提醒顧荷月，這內院裡，當家做主的是夫人而非莫姨娘，她一個庶出女兒不將嫡母放在心上，這是大不敬。二來，也告誡她，她到底是府裡的主子，不要自降身分與奴才爭執拉扯，傳出去，傷的可不是奴才的臉面。

顧荷月聽出莊嬤嬤的言外之意，咬牙扯著帕子道：「多謝嬤嬤提醒，只是八妹方才已經同意搬去墨竹院，不如嬤嬤再問問，八妹是願意跟妳走，還是同我去。」

莊嬤嬤聽了，皮笑肉不笑地說：「夫人那邊還等著信兒，可耽擱不起，六姑娘非要鬧，便請您隨老奴一道去見夫人，自有分曉；至於八姑娘，能與夫人住在一起，可是天大的福分，旁人想住進正院，是沒有機會的。」

顧荷月聞言，像被人當眾打了一巴掌，難堪地咬緊了牙。她雖是主子，卻因這庶出身分，被個老奴才這般打臉，只恨自己不是從夫人肚裡出來的；且莊嬤嬤是尤氏的心腹之一，她不敢太過放肆，只能眼睜睜瞧著她喚人進裡屋將顧桐月領出來。

莊嬤嬤看見顧桐月，越過顧荷月上前，敷衍地行了半禮，笑道：「八姑娘，日後便要與夫人、五少爺住在一處，定是高興壞了吧？」

這話本是說來氣顧荷月的，也沒指望顧桐月給她回應，不想顧桐月竟怯怯地開口——

「日後與母親、弟弟在一起，便不會分開了吧？」

莊嬤嬤愣住，精明銳利的眼睛上下打量顧桐月，片刻後收起訝異神色，笑容越發盛了些。「瞧八姑娘說這孩子話，再幾年，即使夫人想留妳，妳也不肯了。」

話落，便帶著眾人離開了蓮心院。

一群人簇擁著顧桐月到了正院。

顧荷月落在後面，雙目恨恨盯著莊嬤嬤與顧桐月。

「姑娘，八姑娘她怎麼……」扶著顧荷月的丫鬟喜梅覷著她陰沈的臉色，小心翼翼地問：「奴婢進府以來，從未聽見八姑娘開口說過話呢！」

顧荷月冷笑。「她又不是啞巴，哪裡不能說話？只是從前被教訓，不敢開口罷了。妳說得沒錯，依她那性子，又是個傻子，今兒瞧著是有些不對勁，妳先回去，將這邊的情形告訴我娘，好讓我娘心裡有數。」

喜梅忙應下，趁人不備，悄悄往墨竹院去了。

眾人進屋，尤氏坐在羅漢床上，身旁站著一名身著素色衣衫、容貌清麗的女子，正低頭屈膝服侍尤氏喝茶；而尤氏腳邊竟是半跪著的莫姨娘，秀美小巧的面容微微發白，正舉著美人槌，一絲不苟地給尤氏捶腿。

顧桐月進來，便察覺屋中氣氛壓抑，飛快掃一眼便垂下目光。府裡情形，她早已打聽得差不多，因而已在心中猜到了那三人的身分。

尤氏也在打量顧桐月，見她披著素銀織錦滾白狐毛披風，幾乎裹住全身，唯步履間露出青蓮裙裾，顯得清雅纖弱，雖未長開，身量也矮了些，尚嫌青澀，然五官清麗絕俗，已露絕色姿容，竟與她剛死去的親娘長得有八、九分相似。

不過，她面上並無蓮姨娘慣有的張揚跋扈，而是畏畏縮縮地跟在莊嬤嬤身後，完全上不得檯面。

尤氏在許久以前遠遠地見過顧桐月，這幾年因顧桐月被蓮姨娘關在蓮心院裡，又是個不受人喜歡的孩子，她便沒費心關注。今日見她的長相，想著以前蓮姨娘無數次的打臉，心裡遂有些不喜，但瞧著顧桐月畏縮膽怯的模樣，又瞥了腳邊的莫姨娘一眼，不平之氣到底還是消去了些。

「八姑娘，這就是夫人了，快給夫人請安吧！」莊嬤嬤輕輕地推顧桐月一把。

顧桐月戰戰兢兢上前，神色驚惶地抬頭看尤氏，屈膝行了個不甚標準的福禮，口中吶吶道：「桐月請母親安，願母親身體安康，福澤深厚。」

尤氏聞言愣住，身旁的兩位姨娘亦是一愣，齊齊看向顧桐月，表情皆是難以置信。

莊嬤嬤笑著解釋。「夫人可也嚇了一跳？方才老奴也嚇得不輕，問了八姑娘身邊伺候的巧妙，道是這幾日八姑娘服完秦大夫開的藥，已是大好了呢！」

「大好了？」尤氏蹙眉，疑惑地看向莊嬤嬤。

莊嬤嬤道：「如今八姑娘不但說話清楚，方才來的路上，老奴臨時教姑娘見夫人要行的請安禮，不想八姑娘只看老奴做一遍，便分毫不差地學了去。恭喜夫人，日後身邊又多了個貼心乖巧的姑娘陪伴，兒女雙全，真真是天大的喜事！」

尤氏聞言，心底有了數，露出溫和慈祥的笑容，對顧桐月招手。「這麼多年的病症，如今大好了，確是天大的喜事。八丫頭，快到母親身邊來，讓母親好好瞧瞧。」

顧桐月露出嬌怯感激的笑容，走到尤氏身邊，怯怯地喊了聲。「母親。」

尤氏笑著應下，口中唸佛，拉過顧桐月的手，一邊打量、一邊親切笑道：「真是菩薩保佑，咱們顧家歷代祖宗保佑，瞧瞧，八丫頭也長這樣大了，再過兩年，定出落得比妳姊姊們更好看；只是這身子骨兒瞧著太弱了些，日後得好好調理才行。」

站在她身後的魏姨娘笑著奉承。「夫人說得極是，八姑娘當真如玉人兒一般，幸而如今都好了，日後可得好生孝敬夫人。」

顧桐月聞言，略有些無措地低下頭，口中應是。

「往日妳被拘在蓮心院，想來府裡的人都認不齊全，等會兒妳姊姊們過來請安，再好好認識認識。咱們屋裡只有妳四姊姊一個姑娘，日後要好生相處。」尤氏殷殷叮囑。

顧桐月忙應下，尤氏這才指著剛剛說話的人道：「這是魏姨娘，妳三姊的生母。」

顧桐月與魏姨娘相互見禮，不著痕跡地將她的溫和神色收在眼底。

接著，尤氏又指著腳邊的美人說：「這是莫姨娘。」語氣明顯比剛才冷淡，眼睛卻盯著顧桐月。

顧桐月依舊靦覥害羞地與她見禮，又規矩地退回尤氏身邊，沒多瞧莫姨娘一眼。

尤氏見狀，滿意地笑了。「妳已經見過妳六妹了吧？原是要接妳去墨竹院住，因莫姨娘要照看身子不好的夏哥兒，我便做主把妳接過來，雖然如此，還是要問問妳，可願意住在我這裡？」

尤氏這話是要顧桐月當眾開口，想住在這裡，就得明確拒絕莫姨娘。

如此，莫姨娘當眾沒臉，心裡自然對顧桐月存下芥蒂，亦讓顧桐月明白，除了尤氏，她再沒別的選擇。

顧桐月知曉尤氏不會讓她兩邊得好，選了她，必定要得罪莫姨娘。這般想著，便紅著臉，小聲道：「弟弟說，以後都跟母親住在一起，要我好好聽母親的話。」

落後一步進屋的顧荷月瞧見本該在墨竹院的親娘如此卑微地跪在地上給尤氏捶腿時，已是一肚子火，再聽見顧桐月的話，忍不住哼了一聲，扯著帕子，陰沈沈瞪著顧桐月的背影，對身旁的丫鬟冬梅使眼色，附在她耳旁吩咐兩句。

冬梅渾身一顫，目中露出哀求，卻被顧荷月狠瞪一眼，不敢再耽擱，在顧荷月的遮掩下，悄悄出了屋。

尤氏笑道：「和哥兒是個明事理的，八丫頭也這樣懂事，果然是我的福氣。」

接著，莊嬤嬤與魏姨娘一唱一和恭維著尤氏，莫姨娘悶不吭聲盯著自己的腳尖，緊緊抿唇，一言不發。

尤氏瞥見莫姨娘的神色，淡淡道：「這事，妳別怪桐月，老爺不讓妳將人接過去，是怕妳太過操勞，到底夏哥兒的身子才是最要緊的，若有個萬一，不僅是妳，老爺與我也要承受不住。眼看要回京，途中難免艱苦些，如果他撐不住，心疼的還不是妳這做娘的。」

莫姨娘垂頭，低低應道：「夫人說的是。」握著美人槌的白皙雙手，手背上青筋突突直跳，被掩在袖下，無人窺見。

氣氛正是融洽，卻見四姑娘顧華月滿面怒容地闖進來。

「母親，聽說您讓人把那傻子接到咱們屋裡來了？若讓旁人知道我跟個傻子住在一處，往後哪還有臉出門見人！」

顧桐月聽見，被尤氏握著的手猛地一抖，神情驚懼。

尤氏微蹙眉，安撫地拍拍顧桐月的手背。「這是妳四姊，她性子急，說話不中聽，莫要往心裡去。別怕，她性子雖不好，心地卻是好的。」

顧桐月抬眼偷偷瞧顧華月，似失神般喃喃道：「四姊好美。」

這話雖是奉承，卻不全然是。

顧華月不同於顧荷月的嬌美可人，也不似尤氏的嫻雅靜美，更非莫姨娘那般我見猶憐。她穿著火紅銀狐毛大斗篷，面容明豔，白淨面龐沐浴在陽光下，眉梢因怒氣而高挑，大眼掃到顧桐月時微微瞇起，顯得狹長而冷豔，微微仰頭，修長頸項挺出優美驕傲的弧度。

尤氏見顧桐月瞧呆的模樣，忍不住笑了，卻見顧華月猛力拽過顧桐月，讓她險些站不穩，立時皺眉，嚴厲喝斥。「什麼傻子？華月，這是妳八妹，日後切不可再胡說。如今八丫頭已經好了，往後妳們姊妹住在一處，要和睦相處才是，妳是姊姊，得好生照看妹妹。」

顧華月眉心一擰，盯著顧桐月細細打量，命令道：「好了？那妳說句話來我聽聽！」

顧桐月忙上前與她見禮。「桐月見過四姊，四姊安好。」

顧華月見狀，繞著顧桐月走一圈，仍是疑惑。「真不傻了？」說罷，伸手往顧桐月臉上擰了一把——

她下手極重，顧桐月猝不及防，又不敢躲，痛得直吸氣。

顧荷月瞧著顧桐月盈淚欲滴的眼睛，分外快意，不動聲色瞧向莫姨娘，見她眼中帶著讚賞之色，心中越發得意起來。

方才，她使人將這消息透露給正心氣不順的顧華月，依她的脾氣，必定會鬧一場，只要顧華月鬧起來，表明不喜歡顧桐月，往後待在這院裡，顧桐月哪有好日子過？

尤氏忙喝道：「華月，如何能對妹妹這樣無禮！一大早便這樣吵吵嚷嚷，越發沒有規矩了，還不趕緊向妳八妹道歉！」

顧桐月哪敢讓顧華月道歉，含著淚，細聲細氣道：「母親切勿責怪四姊，四姊是與我玩笑呢！我……我不疼……」心裡卻是惱怒交加。

東平侯府的唐靜好長那麼大，沒人敢動她一根手指頭！現在，卻是別人想打就打、想罵就罵。雖知如今這身分避免不了，可她骨子裡的矜貴驕傲，依然令她對此事感到難堪！

顧華月被尤氏當眾斥責，深覺沒臉，惱怒地瞪向顧桐月。「誰要妳替我說話了？日後最好給我安分些，若做出丟人的事情來，看我怎麼收拾妳！」

顧桐月忙道：「四姊別惱，桐月不敢。」

顧華月睨著顧桐月唯唯諾諾的模樣，哼了一聲。「不敢最好。」

顧荷月冷眼瞧著顧桐月的卑躬屈膝，心中暗罵她無用，日後定是顧華月的出氣筒。

「行了。」尤氏瞪著顧華月，又將顧桐月拉回身邊，含笑道：「妳四姊就是這樣風風火火的性子，其實沒有惡意。別怕，如果她欺負妳，儘管與母親說，母親自會替妳教訓！」

顧桐月悄悄瞥向噘嘴不滿的顧華月，吶吶道：「桐月會聽四姊的話，不惹四姊生氣。」尤氏道了幾聲好，又拉過顧華月。到底是自己生的，雖惱她不聽話，但瞧她的臉色不太好看，切切叮囑幾句後，就聽丫鬟稟告，說是三姑娘來了。

三姑娘顧雪月緩緩行來，雖然容色比不得屋裡任何一個姑娘，卻勝在氣質清純，唇邊噙著溫暖笑意，看起來甚是賢淑端莊。

她恭敬地向尤氏請安，又笑著見過姊妹們，便柔順地站到旁邊，幫魏姨娘服侍尤氏。

「坐下說話吧！這些丫鬟、婆子在，哪裡用得著妳們伺候。」尤氏接過顧雪月新換的熱茶，笑著讓她與魏姨娘坐。

顧華月本是聞訊來趕顧桐月，見她不似從前那般呆傻，且對她敬畏有加，便沒了為難她的興致，領著丫鬟先走了。

顧荷月也想走，沒奈何尤氏沒開口，且魏姨娘與顧雪月都得了座，莫姨娘卻還跪在那裡服侍尤氏，心知尤氏是故意折辱莫姨娘，越發恨起顧桐月來。

正惱恨間，便聽外頭的喜梅高聲對門口的丫鬟悲呼。「求姊姊快稟告夫人，七少爺又不好了，讓姨娘趕緊回去瞧瞧吧！」

顧荷月聞言，心中一喜，面上卻是焦急。「母親，七弟又發病了。」

尤氏不語，吃了口茶，才淡淡道：「既然夏哥兒身體不好，妳們便回去瞧瞧吧！」

莫姨娘應是，撐著發麻的腿慢慢起身，恭敬謝過尤氏，便要領著顧荷月離開，卻聽尤氏不疾不徐地道——

「從前憐妳身子弱，又有夏哥兒要看顧，便免了規矩，只是再不久就要回京，老太太最是重規矩，為了日後不出錯，往後規矩該重新立起來了；若讓老太太以為我這些年在外頭連房裡的人都管束不好，怕老爺也要沒臉。」

莫姨娘低聲應是，又等了等，見尤氏再無別話，才急步離開正院。

顧桐月不動聲色地將這一切收在眼裡，若有所思地垂下眼，安靜地聽尤氏與顧雪月輕聲說話。

同是庶女，尤氏幾乎不理會顧荷月，對顧雪月卻十分親切，問她這些日子都在做什麼。

顧雪月溫順回答。「眼見著天氣越發冷了，我便思量著為母親做件絨面厚披風，只是擔心做得不好，反浪費料子，這幾日正跟莊嬤嬤學呢！」說著，抿嘴一笑。「幸而莊嬤嬤不嫌我笨，願意指點，否則那披風也不知什麼時候才能做好給您送來。」

莊嬤嬤笑著接話。「三姑娘的女紅已經很好了，老奴過去，也只是幫忙分分線，哪裡算得上指點。」

尤氏讚了幾聲好，又吩咐霜春。「三姑娘這身衣裳還是去年的花色，妳去庫房取了那粉紅薔薇的織錦料子，送到三姑娘房裡去。」

顧雪月聞言，忙起身推辭。「母親不必為女兒費心，今年的冬衣早送了來，還有好幾身沒穿呢！這身衣裳穿著舒適，才捨不得扔，倒讓母親誤會我沒衣裳穿，來這兒騙您的好料子來了。」

尤氏點頭，瞧向滿臉堆笑的魏姨娘。「雪姐兒就是惹人疼，是妳教得好。」

魏姨娘不敢居功，欠身道：「是夫人教導有方，平日裡，我也只教她做做女紅而已。」

尤氏笑著受了。「雪姐兒這樣乖巧，妳功不可沒。」

接著，她轉頭對顧桐月道：「妳的東西，我都派人送過去了，妳去瞧瞧，缺了什麼，便使人跟我說。」又吩咐顧雪月。「雪姐兒，妳也去幫妳八妹看看。」

顧桐月與顧雪月點頭應是，行禮告退後，帶丫鬟與嬤嬤們出去了。

第三章　亮相於人

顧桐月一行人在莊嬤嬤的帶領下，穿過圓月亮門，便望見茂盛湘竹後雅致幽靜的廂房。

莊嬤嬤笑咪咪地引顧桐月與顧雪月進屋。「八姑娘，夫人安排您暫住西廂，快回京城了，姑娘先將就著些。」

顧桐月打量一眼，屋裡早已燃起兩盆炭火，一進去便暖得從心裡舒暢起來。陳設還算精美，收拾得乾淨舒適，雖比不得她在東平侯府的閨房，卻也看得出，尤氏並非沒有用心。

「母親費心了。」顧桐月忙道，流露出感激滿足的神色。「煩勞嬤嬤回稟母親，我很是喜歡。」

顧雪月拉著顧桐月的手，微笑道：「那座屏風原是放在母親屋裡的，是母親最愛惜之物，八妹一來，母親便給了妳，可見母親果然疼愛八妹。」

顧桐月瞧向那三扇花好月圓的屏風，驚喜卻不安地說：「既是母親的愛物，我怎麼能……還請莊嬤嬤讓人將屏風送回母親屋裡吧！」

莊嬤嬤把顧桐月的神色收進眼裡，滿意笑道：「夫人疼愛姑娘，姑娘就別推辭了。日後比這屏風更好、更貴重的，只要有夫人在，便不會少了姑娘的。」

顧桐月聞言，紅起臉，眼裡滿是孺慕之情。

莊嬤嬤與顧雪月這番唱雙簧，意在提醒，只要她攀牢尤氏這棵大樹，少不了她的好處。

「姑娘們且自在說話，老奴四處看看，若有不合意的地方，儘管開口。」說罷，指揮丫鬟、婆子做事去了。

顧雪月見顧桐月神色略有些局促，笑著拉她略略看過屋子，道：「這裡還有些亂，待她們收拾好再進去細瞧，咱們先去院裡走一走。」

顧桐月點頭，隨她出門。

雖是冬日，院子裡的湘竹卻長得極好，蒼翠欲滴。旁邊是池塘，漣漪陣陣，游魚可數。陽城不似京城嚴寒，池中倒是未曾結冰。

「四妹極喜愛這池裡的錦鯉。」顧雪月指著池裡游來游去的魚兒，微笑道：「這些魚都是她親自養的，絕不許旁人餵食。」

雖然顧雪月未明說，顧桐月卻知她在提點——正院是顧華月的地盤，別犯了她的忌諱。

「多謝三姊。」

顧雪月聞言，不由看了顧桐月一眼。「聽說之前妳大病一場，險些沒能熬過來。常云大難不死，必有後福，八妹的身子好轉，福氣便也跟著來了。」

「不瞞三姊，這些年渾渾噩噩，我也料不到能有今日，若不能好，我情願跟著姨娘一道去了，免得連累旁人。」顧桐月低頭，唇邊笑意頗為苦澀。

顧雪月忙安慰她。「都是三姊不好，本是高興的事，倒惹得八妹傷感，往日我不好去看妳，望妳不要介懷。」

顧桐月搖頭。「往日我那副模樣，實在污了姊姊們的眼，只盼姊姊們別記得才好。」

顧雪月會心一笑，自袖中取出兩物。「今兒算是八妹的喬遷之喜，三姊沒什麼好東西，這荷包和帕子是我親手繡的，三姊手笨，繡得不好，八妹留著日後賞人也使得。」

顧桐月接過來，卻見荷包與帕子不但針腳細密，上頭的圖案更是別致出色，便知顧雪月太過自謙，讚道：「三姊還當我是傻子嗎？這樣好的繡品，我見所未見，定要好好收起來，才捨不得賞人呢！」

顧雪月微笑，又不著痕跡地提點了顧桐月幾句。

顧桐月心中感激，卻生出一絲疑惑，隨即釋然。她與顧雪月同是庶女，都要仰仗尤氏鼻息生活，顧雪月肯提點她，想必是同病相憐的緣故。

顧雪月又道：「我與姨娘住在紫竹苑，八妹得了空，便過去坐坐。」

顧桐月點頭答應。「三姊的女紅這樣好，我正想著，日後有機會定要請妳多指教呢！」

顧雪月抿嘴笑起來，攜顧桐月的手剛逛完院子，丫鬟便來請她們回屋了。

莊嬤嬤站在門口迎接，笑咪咪道：「兩位姑娘，屋裡已經收拾妥當，姑娘們瞧瞧，可是有不妥的地方。」

顧桐月忙道：「辛苦嬤嬤了，我瞧著已是很好，讓嬤嬤費心。」隨即有些尷尬地瞥莊嬤嬤一眼。

這時本該打賞，沒奈何她囊中羞澀，一點銀錢也無；再來，像她這樣剛恢復神智的傻子，身上沒有金銀之物，才顯得正常。

莊嬤嬤會意，笑道：「八姑娘客氣了。」說著，喚出一名身量高眺、皮膚白皙、看起來約莫十四、五歲的丫鬟。「夫人聽聞姑娘身邊的巧沁病了，讓屋裡的香扣過來伺候。」

香扣上前行禮，神態從容恭謹，落落大方，並不因從夫人屋裡調來服侍她這樣的庶女而有埋怨之色，顧桐月一見便喜歡。

莊嬤嬤又派了四個還未留頭的小丫鬟和兩個粗使婆子與灑掃丫鬟給顧桐月。

顧桐月感恩戴德地謝謝尤氏，又謝過莊嬤嬤。

莊嬤嬤見狀，自是滿意，回去向尤氏交差。

顧雪月也未久留。「妹妹一早起來，想必也累了，快回屋歇息吧！」

顧桐月送她到垂花門，正要轉身往回走，卻有個小丫鬟一蹦一跳地跑來，見著顧桐月忙請安行禮，聲音又脆又響。「奴婢是五少爺屋裡伺候的，今早五少爺出門前，吩咐奴婢將這個交給八姑娘。」掏出一只荷包遞給顧桐月。

顧桐月從她手裡接過沈甸甸的荷包，立時明白顧清和的用心，壓下湧上胸口的暖意，在巧妙好奇的打量下，把荷包順手交給香扣，溫和地對小丫鬟笑道：「辛苦妳了，屋裡有糕點、果子，讓巧妙給妳裝一些。」

巧妙見顧桐月毫不猶豫地將荷包交給香扣，立即不悅地皺眉，聽到顧桐月的話，只好不情願地領著小丫鬟往屋裡走。

小丫鬟抬起笑彎的大眼謝過顧桐月，歡快地隨著巧妙去了。

「姑娘，這荷包……」香扣扶著顧桐月，神色間略有些遲疑。

「想是五弟知道我囊中羞澀，特意讓人送來的。」顧桐月似不在意地點明道：「妳是夫人屋裡出來的，最是妥帖，我很放心。」

香扣聞言，忍不住抬眼看向顧桐月，見她仍是笑咪咪的模樣，彷彿對她極是信任與依賴，遂點頭道：「姑娘相信奴婢，奴婢定會仔細管著姑娘的東西，不讓姑娘失望。」

顧桐月頷首。「我新來乍到，許多規矩不懂，日後還得請妳多提點。」

「姑娘言重了。」香扣忙道，心裡明白顧桐月的顧忌。她傻了這麼多年，突然好了，又搬進正院，自然不能行差踏錯半步，惹了尤氏的厭棄。

話落，主僕倆才回屋。

兩人進去，幾個小丫鬟和婆子上來拜見主子。

顧桐月只問了名字，便依賴地瞧向在她身邊服侍的香扣。

巧妙瞥見，不甘地看香扣一眼，搶先開口道：「咱們姑娘最是和善，能伺候姑娘是大家的福氣；不過話說在前頭，若有人仗著姑娘年紀小又和善，便欺負姑娘，到時可別怪姑娘不留情面。」

巧妙踰矩，是想壓香扣一頭啊！

顧桐月垂下眼，把玩手邊的茶盅，眼角餘光卻仔細打量香扣的神色，見她神色仍是淡然，未見惱意，心中不由點頭，尤氏屋裡出來的人，果然不同一般。
底下的丫鬟、婆子忙應下，巧妙得意地看香扣一眼，這才望向顧桐月。「姑娘，她們的差事？」
顧桐月笑著放下茶盅，眼裡盡是懵懂之色。「我也不懂，妳與香扣姊姊商量安排吧！」
巧妙滿意地笑起來。「姑娘放心，奴婢定會安排妥當，不讓姑娘煩心。累了這麼半天，姑娘不如先歇歇，等會兒好陪夫人用飯。」
顧桐月點頭，香扣便伸手扶她起身，含笑道：「奴婢方才來時，夫人便吩咐奴婢告訴姑娘，說今兒姑娘也累了，不用特意過去陪夫人用飯，讓姑娘好生歇著，明兒再去請安。」
巧妙聞言，臉上笑容僵住，悻悻地瞥了香扣一眼。
顧桐月只作未見，感激又羞澀地笑著說：「母親這樣體恤，真是我天大的福氣。」
香扣道：「夫人最是和善仁慈，對府裡的姑娘、少爺憐愛有加，姑娘日後便曉得了。」
說罷，扶著顧桐月回裡間歇息。
巧妙見香扣竟就這樣旁若無人地將顧桐月扶走，神色一變，恨恨瞪香扣一眼，轉頭便安排起丫鬟、婆子的住處跟差事，沒打算與香扣商量了。
夫人屋裡出來的又怎樣？她爹娘可是老太太的人，他日回了京城，誰更有體面，還未可知呢！
是夜，屋裡的事，顧桐月一概不管，只冷眼看著巧妙趾高氣揚指揮小丫鬟們做事，或打或罵，都只當沒看見。

巧妙見狀，還想為難香扣，卻被香扣雲淡風輕地化解，氣得她直跺腳。

顧桐月冷眼瞧著，心裡默默有了數。

翌日，香扣服侍顧桐月起身，為她挑了件白貂毛長褙子換上。

「昨晚姑娘睡得可好？」

顧桐月笑彎了眼睛，神情很是天真。「我從未睡過這樣又軟又暖的床鋪，可舒服了。」

從前的顧桐月被蓮姨娘關在院子裡，又是那樣癡傻，底下人不但不會盡心服侍，只怕暗地裡沒少剋扣、欺負，日子能好過到哪裡去？

想到這裡，香扣的笑容中多了一絲憐惜，輕聲道：「姑娘用完早飯，就該去向夫人請安了。」

顧桐月點頭，吃完飯，主僕倆便去了正院。

正院裡，尤氏換上石榴紅繡百變團花褙子，下套同色織金花卉燈籠裙。

莊嬤嬤站在她身後，將她黑鬒鬒的頭髮梳成高髻，插兩支赤金鳳頭簪，覺得素淡了些，又從妝盒裡挑揀色澤通透的碧玉金鳳簪簪上，金鳳口中銜著的珍珠一直垂到耳邊，這才覺得妥當了，舉起靶兒鏡子讓尤氏瞧。

尤氏滿意地點點頭，但微蹙的眉心仍沒鬆開。

莊嬤嬤見狀，問道：「夫人可是為少爺昨日的行事而氣惱？」

尤氏將紅玉手鐲戴在潔白手腕上，眼神沈鬱。「竟是毫不避嫌地拿銀子過去，這不是在打我的臉嗎？」到底不是親生的。

「夫人怕是想岔了。」莊嬤嬤清楚，其他事都好說，唯獨對顧清和，因不是親血脈，尤氏總免不了猜疑之心，遂笑著安撫道：「少爺向來孝順您，怎會故意打您的臉？八姑娘與他乃是一母同胞，他自然會上心些，想是年紀還小，又擔心八姑娘手邊沒銀子用，這才派人送去，沒有顧慮到夫人。若少爺當真對夫人有別的心思，悄悄叫人送去便是，哪裡會這樣大張旗鼓，弄得人盡皆知。」

尤氏瞇眼。「不是跟我耍心眼，以此提醒我該給八丫頭實惠？」

莊嬤嬤失笑。「夫人，少爺才多大，又是您看著長大的，他是怎樣的人，夫人不是最清楚嗎？」

尤氏聞言，眉心終於緩緩舒展開來。「妳說得沒錯，是我想多了，平日和哥兒跟華月也甚是親厚，有什麼好的，總想著她。」

尤氏說著，沈吟一下。「挑兩盒首飾給八丫頭送去，吃穿用度比照華姐兒的分例。咱們不缺這幾個錢，如果她懂事，我不會為難她，不過是多副嫁妝而已。」

「夫人所言甚是，如此一來，少爺對您只會更感激。」莊嬤嬤見尤氏心情轉好，跟著鬆口氣。「少爺送去的銀錢，八姑娘毫不猶豫交給香扣管著，夫人想，她是從未見過這樣多銀子的小姑娘，巧妙跟她的時日比香扣更久，卻捨巧妙而就香扣，不正是因為對您的信賴？」

尤氏勾起嘴角笑了。「香扣辦得不錯。」

莊嬤嬤也笑。「奴婢代夫人打賞過了。」

尤氏點頭，見霜春挑簾進來。「夫人，五少爺來向您請安。」

顧清和要去學館，因此早早便過來。

尤氏出來，先對他嘘寒問暖，又事無鉅細地問服侍他的丫鬟、小廝，關心起居，慈母的模樣十足。

接著，莊嬤嬤捧著兩個盒子出來，瞥顧清和一眼後，才笑著打開蓋子，放在尤氏面前。

「剛才夫人吩咐奴婢給八姑娘準備首飾、頭面，奴婢已經備好，請夫人過目。」

顧清和一怔，目光落在滿滿的珠寶上。「母親，這麼多……都是給八姊的？」

尤氏對他吃驚的神色很是滿意，輕笑道：「如今桐姐兒也是大姑娘了，日後還要隨我出門，這些尋常飾物是不能少的。母親先給她這些戴著，若不夠，母親還有呢！」連對顧桐月的稱呼也改了。

顧清和面上泛起感激與孺慕之情。「母親真好。」

「你跟桐姐兒都是母親的好孩子，在我心裡，與你們四姊一般無二。」尤氏拉過顧清和，溫柔地替他撫平微縐的衣襟，嗔道：「日後別再說這樣的客氣話，母親不愛聽。」

顧清和用力點頭，小臉紅撲撲。「孩兒記下了。今兒父親休沐，可是還未起身？」

尤氏臉色微變，昨晚顧從安又沒回正院，不用想都知道他歇在哪裡。

「咱們要回京，衙門裡事情多，你父親這才晚了些。不用特地等著請安，功課要緊，你先出門吧！」

顧清和乖巧點頭，尤氏瞧著時辰不早，又叮囑幾句，便讓他去學館。

「夫人，奴婢瞧著少爺與您的感情越發好了。」莊嬤嬤笑著奉承。「只要少爺與您一條心，夫人還有什麼好擔憂的？那邊再得意，也生不出第二個兒子來。」

尤氏微笑點頭。

這時，霜春又掀簾進屋。「夫人，魏姨娘來了。」

跟在後面的魏姨娘移步上前，恭敬請安後，便站在尤氏身邊伺候。

「墨竹院沒動靜？」尤氏見魏姨娘畢恭畢敬地服侍著，淡淡問道。

霜春表情為難地看向莊嬤嬤。

尤氏見狀，心裡有數，眸光輕掃過去。「吞吞吐吐做什麼？有什麼是說不得的？」

霜春覷了垂眸服侍尤氏漱口的魏姨娘一眼，才小聲道：「剛剛老爺讓人來稟，說莫姨娘身子不舒服，今兒便不過來請安了。」

尤氏一頓。「知道了。」但冷淡語氣到底還是沒能掩住話裡的嫌惡。「如今天氣一天比一天冷，怕是莫姨娘身子禁不住，受了寒。莊嬤嬤，去請個大夫來幫她瞧瞧，別過了病氣給老爺和七少爺。」

莊嬤嬤目光微閃，含笑道：「奴婢這就讓人去請大夫。」說完，便出門了。

墨竹院裡，丫鬟采青看著莊嬤嬤帶來的面生大夫，勉強笑道：「煩勞嬤嬤親自領大夫來給姨娘瞧病，為免過了病氣，嬤嬤請這邊吃茶。」又吩咐其他丫鬟。「采藍，妳們幾個陪嬤嬤說說話。」

莊嬤嬤聞言並不惱，笑咪咪地看大夫一眼，便隨采藍與幾個丫鬟進耳房，吃茶說話。

采青這才鬆口氣，打起簾子讓大夫進屋。「不知這位大夫怎麼稱呼？」

大夫捋著兩撇小鬍子，耷拉著眼皮，也不亂看。「老夫姓成，家住城西柳水巷，姑娘還有疑問嗎？」

采青聽了，唇邊的笑意一僵，訕訕道：「成大夫別多心，奴婢不過隨便問問罷了。我們姨娘只是夜裡受了寒，請大夫開個方子便成。」

「那怎麼行。」成大夫嚴肅而冷漠。「待老夫瞧過妳家姨娘的病情，才能開方子。」

采青微皺眉，飛快看裡間一眼，暗暗將一只頗有分量的荷包塞進成大夫手中，輕聲道：「我家姨娘在裡間，麻煩成大夫了。」

成大夫仍是垂著眼，面無表情地收起荷包。「請姑娘帶路吧！」

采青見狀，終於鬆口氣，笑著將成大夫引進屋。「老爺，夫人請大夫來幫姨娘瞧病。」

顧從安身著青色道袍，正坐在窗邊看書，抬頭看一眼，不甚在意地揮手。「既是夫人請的，讓他給姨娘瞧瞧吧！」

采青應是，領成大夫進了內間。

另一邊，香扣與硬要跟來的巧妙陪顧桐月去尤氏的正院請安。

剛進門，便聽見屋中傳來的歡聲笑語。

香扣抿嘴笑道：「定是四姑娘在裡面呢！」

顧桐月笑著點頭，巧妙卻撇撇嘴，嘀咕道：「一聽便是四姑娘的聲音，還用得著妳巴巴地說出來？」

香扣仍是笑咪咪的樣子，彷彿沒聽見巧妙的刻薄話。

莊嬤嬤從另一頭走來，顧桐月忙招呼。「莊嬤嬤。」

莊嬤嬤笑著上前行禮，顧桐月卻飛快攔住她。「嬤嬤是母親跟前服侍的人，我怎能受嬤嬤的禮？」

莊嬤嬤是尤氏的乳母，是她跟前最體面的人，別說她們這些庶女，連尤氏嫡出的兩個姑娘都要敬她幾分。

「夫人福氣就是好，不僅大姑娘、四姑娘孝順，八姑娘與五少爺也貼心懂事，不像旁人，全然不顧規矩禮數，在府裡還好，日後去了別人府上，可是要吃大虧。」莊嬤嬤笑盈盈地說著，打起簾子讓顧桐月進屋。

顧桐月心中微動，抬頭看莊嬤嬤一眼。

莊嬤嬤卻不再說了，引著顧桐月進屋，上前對倚在軟榻上的尤氏道：「夫人，莫姨娘的確是受了寒，一早便高熱不退，老爺留了六姑娘在墨竹院照看。」

正挨著尤氏撒嬌的顧華月聽見，眉心一皺。「憑她再尊貴，也不過是個賤妾罷了，爹爹老糊塗了嗎，竟讓六妹妹這個主子去照顧妾室，若傳出去，咱們顧府的臉面還要不要了？」

「閉嘴！」尤氏瞪著顧華月，纖細手指狠戳她光潔飽滿的額頭。「有妳這樣說父親的？」頓了頓，才淡淡道：「既然她真病了，老爺不能總待在那裡。眼下事務繁多，如果不小心染上病氣，耽誤回京的行程就不好了。」

莊嬤嬤忙道：「奴婢也是這樣勸老爺的。夫人放心，老爺已經去了外院，說午間來陪夫人用飯。」

尤氏點頭，攬著顧華月，又吩咐道：「我記得庫房裡還有兩支五十年的人參，還有些阿膠之類的，妳親自送過去，既是病了，便好好養著。這幾日府裡擺宴，叫她不要出來走動，免得過了病氣給貴客。」

莊嬤嬤目光一閃，笑著應是，便出去了。

顧桐月這才上前，恭敬行禮。「女兒給母親請安。」

尤氏打量她幾眼，見她穿著全新白貂毛長褙子，配淺紫色燈籠裙，襯得肌膚白皙，既不張揚也不顯得素淨，滿意地點點頭。

「快起來，昨兒睡得可好？」

顧桐月起身，微紅著臉看尤氏。「女兒睡得很好，床鋪很暖，多謝母親為女兒費心。」

「這是什麼話。」尤氏嗔道：「我是你們的母親，自該好生照顧你們。」說著看向香扣，又問：「八姑娘可用過早飯了？」

「姑娘急著過來給您請安，用得不多。」

「這傻孩子。」尤氏唇邊笑意漸深，轉頭吩咐霜春。「去廚房吩咐一聲，四姑娘與八姑娘都在我屋裡用早飯。」

霜春應是，掀簾子去了。

幾人安靜地用完早飯。

尤氏一邊漱口、一邊打量顧桐月，見她舉手投足絲毫不見窘迫，甚至隱隱帶著雍容華貴的氣質，一頓飯下來，風儀姿態甚至壓倒顧華月，不免心中稱奇，猜想或許是香扣或莊嬤嬤提前指點過她，便沒放在心上，只暗暗點頭。

這時，尤氏想起明日出行的事，笑著對顧華月姊妹道：「之前約了幾家女眷去大慈寺還願，明日妳們跟著去湊湊熱鬧吧！」

顧華月撇撇嘴。「我不想去。」

尤氏眸光微動，點頭微笑。「不去也好，好生在家裡歇著，別給我惹事。」轉而望向顧桐月。

顧桐月忙回道：「我甚少出門，難得母親不嫌棄，定是要陪母親一道去的。」

如今她的雙腿能行走，再也不用擔心旁人落在她腿上那些或憐憫、或嘲笑的目光，巴不得走個夠本。

何況，女子能出門的機會本就不多，即便只是去廟裡，她也不想錯過。

尤氏聞言，神色有些遲疑，想了想，還是點頭應下。

顧桐月明白尤氏擔心什麼，只是轉開眼眸，假裝沒瞧見她的為難。

想來這顧府八姑娘不但從未出現在人前，更甚者，外人連聽都沒聽過，明日別人見到她，必定有一番打聽。

母女三人又說了一會兒話，顧雪月與魏姨娘便來請安。

尤氏問了顧雪月，顧雪月也想去大慈寺，便讓她先回去準備，又打發顧華月，只留顧桐月說話。

「母親，可是女兒做錯了什麼？」顧桐月佯裝害怕，慌張地扭著手指頭。

「不是，別緊張。」尤氏見她這般小心翼翼，心中略略舒坦，輕聲安慰後，才道：「桐姐兒，有件事，母親想先跟妳說一聲。」

「母親有事儘管吩咐。」顧桐月忙忙表示忠心。

尤氏輕嘆一聲。「妳是好孩子，但因為妳以前生病，從未出過家門，外人不知咱們府裡還有個八姑娘，如今妳病好了，日後少不得要出門見人，我便想著，先帶妳出去看看。」

「多謝母親為我著想。」

「先別急著謝我。」尤氏擺擺手，神色為難地瞧著她。「明日旁人見了妳，必然會問起，為了妳的名聲，母親只得告訴她們，從前妳待在莊子上養病，近日才接回來。妳記住了，若有人問起，便這樣回答吧！」

顧桐月滿口應下，養病怎麼也比癡傻好聽。

尤氏滿意地點點頭，讓她回去準備明日出行的東西。

尤氏要去大慈寺的消息很快便在府裡傳開了。

顧荷月陪著被尤氏以病為由禁足的莫姨娘說話，聽聞消息後，便讓人去打聽明日有誰會去，尤氏又約了哪幾家女眷。

在府裡，莫姨娘雖比不得尤氏，卻自有經營，采藍很快便來回話。「夫人約的是房家、廖家，還有雲家這三家。」

莫姨娘還未說話，顧荷月就搶先問道：「哪個廖家？」

「是廖通判家的夫人與姑娘們。」

顧荷月目光一轉。「明日四姑娘不去？」

「四姑娘覺得沒趣，不願意去呢！」

顧荷月與莫姨娘相視一笑。「她一定會去的。」心裡各自有了算計……

第四章 公然搶奪

翌日一早，顧桐月穿戴整齊，帶著香扣匆匆趕到正院。

臨出門時，她清楚看到沒能跟去的巧妙眼中掩不住的怒意與不甘。

香扣自然也看到了，不過與顧桐月一樣，只當沒瞧見。

房裡，顧雪月與魏姨娘已經先到了，讓顧桐月意外的是，不但顧華月盛裝打扮地過來了，連顧荷月也赫然在列。

尤氏神色淡淡，看不出高興還是不高興。

顧桐月依禮，一一見過眾人，便眼觀鼻、鼻觀心地坐在顧荷月下首。

顧荷月瞧著顧桐月身上的新衣服及首飾，饒是已見過不少好東西，仍面露不滿與嫉妒。

尤氏把顧荷月的神色看在眼裡，幾不可見地勾出嘲諷笑意，這才放下茶盞看向顧華月。

「昨日不是說不想去？」

顧華月的細白臉龐泛起淡淡紅暈，避開尤氏的目光，撥弄著皓腕上的金絲手鐲。「悶在府裡也是無趣，不如去外面散散心。」

尤氏哪裡會信她的說詞，淡淡嗯了聲，又瞧向顧荷月。「妳姨娘病著，我原以為妳定要留在府裡陪著，不想……不過既然妳求妳父親發了話，便跟著去吧！妳不小了，素日裡也出過幾次門，這次雖然都是相熟的女眷，也得謹守禮數本分，不可做出失禮踰矩的事來。」

顧荷月的臉頓時脹得通紅，在座四個姑娘，尤氏哪個不敲打，偏偏只敲打她，彷彿她最頑劣不堪。心中憤怒至極，卻不敢表露半分，忍氣起身應道：「是，女兒謹記母親教誨。」

此時，有婆子進來回話，道門房已將馬車準備好了。

尤氏這才起身，領著顧桐月幾個往外走去。

門外，尤氏上了最前頭的馬車，顧華月與顧雪月緊跟著上了第二輛。待她們都上車，香扣才攙著顧桐月上去，顧荷月早已在車裡坐定了。

「今日八妹真是好看，定是下了工夫打扮的。」

馬車一走動，顧荷月便笑咪咪地看向顧桐月，目光落在她髮髻上，白玉髮簪淌著流光，簪在漆黑髮中，顯得晶瑩剔透，襯得端坐的顧桐月優雅又貴氣。

顧桐月原以為顧荷月定會趁著馬車裡只有她們倆時拿她出氣，不想她竟是這樣姿態，心中不由提高了警覺。

她正想恭維顧荷月兩句，孰料眼前一花，顧荷月已伸手抽走她頭上那支白玉簪，順勢插進自己的髮間。

「這簪子真真不錯。」顧荷月笑望著顧桐月，輕輕晃頭，語氣親暱。「妹妹妳看，這簪子戴在我頭上，是不是更好看些？」

顧桐月被她的舉動弄得目瞪口呆。

動手的顧荷月正滿意地摸著頭上的簪子，臉上露出得意與挑釁的神色。

理所當然地搶走她的東西，不得不說，這樣的體驗於顧桐月而言，也十分新鮮。
顧桐月定了定神，傾身劈手將簪子奪回來。
顧荷月一愣，繼而臉色大變。「顧桐月，妳這是幹什麼?!」
這樣理直氣壯的質問，令顧桐月忍不住笑了起來。
顧荷月看著她唇邊漾起的笑意，越發惱怒，伸手就要去搶顧桐月握在手裡的白玉簪。
顧桐月側身避過，冷眼看她。「六姊妳要做什麼？」
顧荷月怒瞪著眼，咬牙低吼。「給我！」
「什麼？」顧桐月微微挑眉，還真當這簪子是她的了？
「少跟我裝傻，快給我！」
顧桐月看她一眼，將簪子背在身後，防她上前來搶，漫聲道：「六姊若只是想看，吩咐一聲，我自會雙手奉上；但六姊卻想據為己有，便恕我不能給妳了。」
顧荷月愣住，作夢也想不到，原本這個她想打就打、想罵就罵的傻子，如今不但敢跟她搶東西，還這樣直言不諱地諷刺她！
半晌，她才回過神來，想上前強搶，可臉皮沒那麼厚，只能恨恨地瞪顧桐月一眼，惡狠狠地呸一聲。
「當那簪子是什麼稀罕物，我沒見過？連破爛玩意兒都當成寶，這種東西，我多的是！」
顧桐月只是笑了笑，並不接話。

這白玉簪是尤氏給的，的確不是稀罕東西，僅勝在其色純正，質地細膩，紋理均勻，是上等白玉雕琢打磨而成。

對從前的唐靜好而言，這自然不珍貴，隨手打賞下人也不會心疼，可是對現在一窮二白的顧桐月來說，卻是頂頂寶貝的；再者，若尤氏知道她連自己的東西都護不住，只怕以後對她再不會這樣大方。

顧荷月被顧桐月打了臉，見狀又罵兩句，便悻悻地扭過頭去，不理人了。

馬車出城，走了約莫大半個時辰，便緩緩停下。

香扣從後面的下人馬車趕過來，扶顧桐月下車，眼角餘光瞥見臉色鐵青的顧荷月，有些擔憂地看向顧桐月。

「姑娘……」

顧桐月對她笑笑，語氣輕快。「母親在前面等著，我們快過去吧！」

香扣不著痕跡地打量顧桐月一番，見她神色如常，看起來並未吃虧，這才放心。

相較於香扣的從容，被顧荷月暗暗下死手掐著的冬梅，痛得一張臉幾乎要變形，卻只能生生受著，忍痛提醒道：「姑娘，夫人看過來了。」

顧荷月這才鬆手，深吸一口氣，扯出笑，緩步走向尤氏。目光在尤氏身旁的顧華月身上一轉，那笑容便暗暗顯出冷意與快意來。

明知尤氏不喜，她還硬要跟來，可不是特地來拜菩薩的！

因尤氏常來大慈寺，又早派人來打點，便有小沙彌候在山腳下，招呼顧桐月等人換乘肩輿，由護院和丫鬟、婆子護著往山上去。

大慈寺是陽城最負盛名的寺廟，建寺年月已經不可考。寺廟籠罩在松林柏木之間，眼下雖是隆冬時節，仍滿目蒼翠；山路由青石板鋪就而成，遠遠望去，如一條蜿蜒的青龍。

顧桐月睜大眼，貪婪地看著眼前這一切。

當她還是唐靜好時，因為怕旁人異樣的目光，而鮮少出門；即便出去，父母兄長也會提前打點好，保證她要去的地方除了家人之外，不會有閒雜人等。這樣雖能避免旁人的目光，卻也少了許多趣味。

有一次，她無意間聽見她房裡的小丫鬟抱怨，既然出門這樣麻煩，不如不要出門。心裡雖然難過，卻並未放在心上，還當玩笑般與小哥說。後來，她再也沒見過那個小丫鬟，府裡的下人們在她面前亦是戰戰兢兢，弄得她更加沒趣，便再也不纏著出門了。

她想著，忽地自嘲一笑，要是那天她能忍住誘惑，沒有偷溜出門，現在也不會變成這樣。

倘若她還是東平侯府那個唐靜好，如何能像現在這樣，肆意貪看眼前的風景？

此時已近晌午，金色陽光在青石板階梯灑下柔美動人的光圈，微風送來廟裡的檀香味，讓人感覺安寧祥和，彷彿世態靜美，無可挑剔。

肩輿在寺門前停下，有引客僧上前領著眾人前往大殿。

顧桐月等人跟著肅穆虔誠的尤氏叩拜、上香。尤氏吩咐莊嬤嬤奉上準備好的香火錢，又點上長明燈，這才隨著小沙彌去往專為顧府女眷備下的禪院歇腳。

與尤氏約好的三家女眷已經先到了，眼下也在禪院休息。

顧家女眷還未走到禪院，就有一陣香風襲來——

「顧夫人，妳總算來了，我都快望穿秋水了。」

顧桐月定睛一看，迎面而來的婦人年紀已經不小，面容卻帶著嬌豔風情，親熱地上前與尤氏見禮，目光飛快在幾個姑娘臉上掠過。

「廖夫人慣會說話。」尤氏笑道，轉頭對顧桐月姊妹說：「妳們幾個，還不快來見過廖夫人。」

她吩咐著，卻似不經意地瞥顧華月一下，隨即遞個眼神給莊嬤嬤。

莊嬤嬤會意地點點頭。

顧桐月姊妹上前向廖夫人行禮，廖夫人一一扶了，滿口好話地讚顧府姑娘一個賽一個漂亮。因廖夫人與尤氏常常碰面，早已見過顧府的姑娘們，獨獨沒瞧過顧桐月，又因顧桐月難得一見的好容貌，忍不住多看幾眼。

「這是貴府哪位姑娘？」

尤氏笑道：「這是府裡的八丫頭，因身子不好，便寄養在莊子上。我今日來還願，也是為了她身子大好的緣故。八丫頭年紀雖小，卻難得的懂事孝順，當年送她走，我極捨不得，如今總算回到我身邊。」

廖夫人眼裡閃過一抹訝色，隨即笑著恭維尤氏。「這樣的好性子，又是如此容貌，真是夫人的福氣，讓我好生羨慕呢！」說著，拉過顧桐月的手，賞個荷包給她。

顧桐月紅著臉謝過廖夫人，留意到她的目光往顧華月身上掃了好幾次。

正說著話，房夫人與雲夫人聞聲也迎出來，身後烏壓壓跟著一群人。眾人又是一番見禮，尤氏推出顧桐月，讓她在人前露了一回臉，也得了不少見面禮。

接下來，幾位夫人引著自家姑娘們分別見過後，這才簇擁著往禪院而去。

雖然顧桐月的首次亮相令她得到不少關注，但她也明白，那幾位夫人親熱、賞她東西，不過是因為尤氏的關係，否則只怕沒人願意放低身段來親近庶女。大人們尚會留些面子情，可那幾位嫡出的姑娘，態度就冷淡得很明顯了。

這幾位夫人中，以尤氏為尊；姑娘們中，則以顧華月為尊。

顧桐月瞧見廖家二姑娘挽著顧華月，態度比其他姑娘們少了幾分恭謹，模樣親暱；而顧華月對她亦十分親切，不似面對旁人時那般冷淡與不耐煩。

顧雪月雖也是庶出，但平日裡常跟著尤氏出門的緣故，與別家姑娘相熟，也能說上幾句。

只剩顧桐月落在後面，顯得有些孤單。

香扣見狀，張嘴想安慰她，又不知說什麼好。

顧桐月瞧出她的用意，對她笑了笑，眼角餘光瞥見顧荷月似也有意落後幾步，與房家小姑娘說話，不過小姑娘似乎有些瞧不起她，愛理不理的，顧荷月竟也不氣餒，仍與她搭話。

「聽聞大慈寺後山有片很大的花海，一年四季都有不同的花呢！妳想不想去瞧瞧？」顧荷月笑咪咪地對房家姑娘說，並未刻意放低聲音，因此好幾位姑娘都聽見了。

雲家的姑娘笑道：「那花海當真如一片海般，平常走上三、五個時辰也逛不完呢！如今正是隆冬時節，想來冬梅一定開得極美。」

雲家姑娘話音一落，其他姑娘也很想去瞧瞧。

廖家姑娘便笑著對顧華月道：「華月，咱們去看看吧！」說時，不著痕跡地對顧華月使了個眼色。

一直留意顧華月的顧荷月看到了，唇角不由勾起。「四姊待在屋裡也無趣，咱們一道去瞧瞧吧！日後回京，想再來看看，也不可能了。」

前頭的廖夫人聽見了，笑著對尤氏道：「不好讓姑娘們陪我們乾坐著，不如放她們自個兒去玩？」

尤氏目光微動，瞧向顧華月。顧華月只是怔怔的，不知在想什麼。

房家姑娘已經跑上前，她不過八、九歲，正是好玩的年紀。

「母親，我也要去看梅花。」

房夫人笑著望向尤氏。「山上沒什麼生人，派護院、婆子跟著姑娘們，不會有事的。」

尤氏雖不願，卻不好駁了她們的話，勉強笑道：「也好，拘著她們聽我們說話，甚是無趣，姑娘們出一趟門也不易，好好去玩吧！」

話落，她看向莊嬤嬤，見莊嬤嬤會意點頭，這才稍稍放心。

姑娘們得了話，便興高采烈地出禪院，往後山走去了。

顧桐月將尤氏與莊嬤嬤的神色收在眼底，又瞧見顧荷月面上藏也藏不住的詭色，便不想去蹚這渾水。

「母親，姊姊們都去看花了，我留下來陪您吧！」

已經走出幾步的顧雪月，聞言停下腳步。「不如我留下吧！大慈寺我來過不少次，八妹卻是頭一次來呢！」

尤氏神色微緩，朝顧桐月兩人招手，讓她們走近，笑著道：「好不容易出來一趟，妳們也去玩吧！我這裡有丫鬟、婆子，哪裡用得著妳們服侍。」

她拉著顧桐月，表情甚是鄭重。「妳頭一回出門，跟緊三姊、四姊，別讓母親擔心。」

叮囑完顧桐月，尤氏又交代顧雪月。「妳是姊姊，定要看顧好妹妹！」頓了頓，語氣似乎比方才更輕柔了些。「妳行事素來妥帖，定不會教我失望，對嗎？」

尤氏的語氣不但令顧桐月不安，顧雪月聞言亦是變了臉色，飛快抬眼望去，見尤氏正目光沈沈地瞧著她，忙點頭應道：「母親放心，女兒定會仔細看顧好妹妹們，不叫母親憂心。」

尤氏這才滿意地點頭。

廖夫人眸光微閃，笑著說：「顧夫人拳拳慈母之心，實在叫我等汗顏啊！」

尤氏放開顧桐月的手，瞧著她們倆攜手追著眾人去，這才收回目光，笑容淡淡道：「我家桐姐兒頭一回出門，我實在放心不下，太過囉嗦，讓妳們笑話。」

廖夫人忙奉承她，眾人說笑著，往禪房去了。

姊妹倆出了門，顧雪月牽著顧桐月，對她笑了笑，但那笑容看起來有些苦澀。

顧桐月心中一動，果然不是她多想了。

尤氏要她緊跟著顧華月，又交代顧雪月看顧好妹妹們，實則是要她看顧好顧華月吧？難道她知道今天會發生什麼事，才這般鄭重交代？

顧桐月瞧亦步亦趨跟著顧華月的莊嬤嬤一眼，尤氏防範到如此地步，必然不會是她多想；倘若顧華月真的出事，只怕她跟顧雪月都沒有好下場。顧雪月定知事情有多嚴重，臉色才這樣難看。

顧桐月又看看笑意盈然的顧荷月，最先提出去看花的人就是她。

大慈寺的後山全用以種植各色花木，這個時節雖不像春天那般百花齊放，然而大片冬梅與山茶輝映著，開得正好，繁茂綿延，彷彿要連到天邊。日光暖暖，空氣似被花香浸潤，一陣風過，花瓣漫天飄落。

顧桐月看著顧不得矜持、歡喜撲向花海的姑娘們，心裡不由苦笑。

若只是單純來看風景，她自然十分歡喜，可眼下她卻是帶著任務，花海這樣大，稍一錯眼，便再找不到顧華月，哪裡還有觀景的閒情逸致。

眼看顧華月就要被廖二姑娘拉進林子裡，莊嬤嬤年紀大腳步跟不上，顧桐月忙看向顧雪月，顧雪月亦是滿臉緊張，拉著她追過去。

然而林子花木繁多，待顧桐月與顧雪月過去，哪裡還有顧華月的影子？

兩人同時白了臉。

「莊嬤嬤，看見四妹了嗎？」顧雪月拉著氣喘吁吁趕來的莊嬤嬤，連聲追問。

莊嬤嬤搖頭，焦急道：「三姑娘，八姑娘，咱們趕緊分開找，定要找到四姑娘。」

顧桐月環顧四周，顧荷月也不見了身影。

「不如叫六姊幫忙找。」顧桐月心下一合計，小聲對莊嬤嬤與顧雪月說道，意在提醒這兩人，今天的事情只怕跟顧荷月脫不了干係，尋到她，說不定就能找著顧華月。

莊嬤嬤微怔，顧雪月若有所思地看顧桐月一眼。

莊嬤嬤很快明白過來，決定分開行動。「就照八姑娘說的，老奴去尋六姑娘，三姑娘、八姑娘找四姑娘。」

顧桐月悄悄鬆了口氣。

莊嬤嬤往南邊走，顧雪月神色有些複雜地瞧著顧桐月。「八妹去北邊，我往西邊找，可好？」

顧桐月坦然迎視她的目光，點點頭。「這林子裡的樹木雖被人修整過，不過三姊還是要當心些，這裡到底是後山，裡頭有沒有野獸不好說，太深遠的地方就不要去了。」

顧雪月聞言，心中微暖，面上帶了笑。「這本該是我囑咐妳的，妳也要小心些。」

顧桐月應是，往北邊趕去，為了盡快找到人，便讓香扣也從另一個方向去尋了。

路上，顧桐月碰到幾位房家的姑娘，問了她們，都道未看見顧華月。

這花海委實太大，顧桐月走得腳瘆也沒瞧見顧華月和她的丫鬟，不免有些氣餒，只祈禱莊嬤嬤和顧雪月已經找到人。

眼見位置離人群越發遠了，四周也寂靜得讓人有些心慌，顧桐月便不再往山裡走，轉身時，卻險些驚叫出聲——

前方的樹下站著一個人。

那人著墨底銀線繡如意紋衣衫，站在漫無邊際的雪濤花海中，身影清俊，有種說不出的傲世之感；一雙陰鬱冰冷的黑眸，濃黑不見底，帶著懾人心魄的寒冰氣息。

顧桐月忍不住又多看一眼，這人的身形竟莫名有些眼熟，可她不敢多看，垂下雙眸，以平息心中的驚駭。

顧從安是陽城知府，他的家眷與其他官家夫人前來大慈寺上香，寺中僧人如何敢怠慢，且尤氏又提前打點過，自然不會放陌生人進來。

這個渾身透著肅殺之氣的男子，不可能是顧荷月指使得了的，應與她無關。

「妳……」蕭瑾修眉峰微蹙，眼神冰冷。「跟蹤我？」一眼就認出了顧桐月。

顧桐月慌忙搖頭，脫口道：「我不認識你。」但一說完，便驚詫地抬起頭——

從聲音裡，她認出這人正是曾做過顧府「梁上君子」那位！

光天化日下，他又出現在她面前，隨即想通，她在這人身上看到了大哥的影子，他有著與大哥一般無二的鐵血與狠勁。

唐靜好最怕的人就是被封為鎮國將軍的大哥唐承宗。其實唐承宗對她的疼愛不亞於其他兩個哥哥，可她就是怕，怕他跟眼前這人一樣，明明不動聲色，卻讓人覺得心顫的氣息。

蕭瑾修微微瞇眼，打量顧桐月的目光精明銳利。

她穿著水綠衣裙，烏黑長髮梳著少女常見的垂鬟分肖髻，髮上插著一支白玉簪子，雖簡單卻不失精美貴氣。瞧上去不過十歲出頭，臉色不知是因為害怕還是怎地，白得有些厲害，不過仍難掩她精緻秀美的顏色。

顧桐月有點害怕，看蕭瑾修正審視著她，白著臉囁嚅道：「我同家人來上香，跟家姊走散了，正到處找她，並非跟蹤你。」他總不會以為她這樣一個手無縛雞之力的閨閣少女有本事跟蹤他來到此地吧？

「嗯。」蕭瑾修淡淡應了聲。

顧桐月瞧他不再說話，雖感覺不到惡意，卻也不能再待下去——孤男寡女的，若被旁人看見，她渾身是嘴也說不清楚，於是遙遙對著蕭瑾修福了福身。

「我無意打擾，實在抱歉，此處風景甚美，公子慢賞。」

顧桐月說完，就要轉身離開，突然聽到嗖的一響，伴隨這響聲，她側頭瞧去，只見蕭瑾修頭頂那株素心冬梅似受到了震動，花枝搖曳，花瓣紛揚。

蕭瑾修的手裡，赫然抓著一支漆黑的無羽箭。

顧桐月的目光落在他手上，那隻抓著箭的手，手指修長、骨節分明。

她愣了一下，才看向他的臉。

蕭瑾修的臉上帶著懾人殺氣，令人膽寒，眼睛漆黑如墨，但嘴角竟掛著微笑！

一眨眼工夫，林子裡突然出現了數名黑衣蒙面人，手持刀劍，將蕭瑾修團團圍住。

顧桐月再大膽，也只是一介女流，且從前連門都少出，遇過最悲慘的事，就是被人推下山崖，眼下這樣的陣仗，把她狠狠嚇了一跳。

她明知這些人是衝著那名男子來的，此時應該趕快離開這是非之地，說不定還能保住小命，偏生發軟的雙腿不聽使喚，她僵在原地，一步也動不了。

相較於她的驚駭，被圍困的蕭瑾修則顯得鎮定多了，甚至還抽空看了顧桐月一眼。

黑衣人顯然也發現了顧桐月，但沒把她放在眼裡，等收拾完蕭瑾修，再結果一個手無縛雞之力的小女子，不過是輕而易舉之事。

蕭瑾修緩緩抬手，抽出佩劍，明晃晃的劍鋒在陽光下格外耀眼，帶著森冷光芒，筆直指向前方。

「妳還不走？」

他的話音才落，黑衣人已群起而攻。

顧桐月手腳冰冷地看著梅樹下的搏命廝殺，哪還顧得了端莊矜持，連跌帶爬地往來時路奔去。

有黑衣人欲提劍去追，持劍的手卻被蕭瑾修眼也不眨地砍下。

蕭瑾修從容自若地遊走於刺客間，分神看看前方踉蹌奔走的瘦弱身影，她跌了一跤，很慌張地回頭看看，又起身跑了。

剛才，沒跑幾步遠的顧桐月被橫生而出的樹枝絆倒，聽見身後的兵戈聲，又慌又怕地轉頭去瞧，正巧看見蕭瑾修砍掉黑衣人手臂這一幕，鮮血噴濺而出，嚇得她心膽俱裂，不敢再逗留，手腳並用、連跌帶爬地跑走了。

顧桐月憋著一口氣拚命跑，直到聽見前方傳來姑娘們的歡笑聲，才敢稍稍鬆口氣。

「八妹！」

顧桐月正白著臉、扶著樹幹大口喘氣，便聽到耳邊傳來顧雪月關切的聲音。

「這是怎麼了？」

顧雪月疑惑地瞧著顧桐月，她的裙襬滿是污泥，頭髮散落，扶著樹幹的雪白手掌擦破皮，蹭了些泥土，整個人看起來狼狽極了。

「三姊……」

這時聽見顧雪月的聲音，於顧桐月而言，無疑是天籟，卻又忍不住回頭望一眼。不知那人最後會怎樣，雖然他看起來很厲害的樣子，可到底敵眾我寡。

顧雪月忙走到她身邊，飛快而俐落地替她整理衣裙頭髮，低聲問：「發生什麼事，怎麼弄成這樣？」

顧桐月不知該怎麼跟顧雪月解釋，又怕她擔心，便道：「在前頭看見一條蛇，嚇了一大跳。三姊不妨跟其他姑娘說說，這裡實在不安全。」

顧雪月眉心微皺，瞧著顧桐月的目光多了抹懷疑。

這個時節，哪來的蛇？

但她沒多問，因為眼下重要的不是這個，遂隨手拉了個小丫鬟，告訴她林子裡有蛇，讓她知會其他人後，迫不及待地問顧桐月。「妳也沒找到四妹？」

顧桐月這才想起自己的任務，顧不得手疼腳疼，忙道：「我往裡面走了很久，並沒有看見四姊。莊嬤嬤那邊可有消息？」

顧雪月眼中的失望與擔憂越發濃重，搖搖頭。「莊嬤嬤也沒有找到，我剛才遇到她，她先回禪院了。」

這是去回稟尤氏了。

顧桐月心中一沈，不抱希望地說：「香扣她們還沒回來，或許有消息也說不定。」

話落，香扣與顧雪月的丫鬟白果神色匆匆而來。

白果附在顧雪月耳邊說了幾句話，顧雪月的臉色變得如同她的名字一樣白。

香扣的臉色不比顧雪月好看，面帶憂色，只來得及對顧桐月說句不好了，便見顧雪月神色惶惶，跟著白果小跑著往東邊去。

定是顧華月出事了。

顧桐月忙提起裙襬跟在顧雪月身後，香扣扶著她，飛快地說：「我們找到了四姑娘，她跟廖三少爺在一起。」

廖三少爺？顧桐月蹙眉。「今日不是只有女眷？廖家那位三少爺怎麼會混進來？」

顧華月和廖三少爺？難怪她對廖二姑娘不同於別的姑娘，難怪今日一早尤氏瞧見妝扮得光彩照人的顧華月時，臉色會不大好看，難怪顧荷月忍著被尤氏敲打，也要跟過來。

倘若今日真傳出閒話來，顧華月名聲有虧，不得不與廖家結親，不僅尤氏，只怕顧從安也要氣得吐血。廖家門第不高，乃商賈出身，無得力背景，如今做到通判，不知砸了多少銀子，若沒人提攜，怕是一輩子都做不成京官。別說顧府嫡女，便是庶女，廖家都算高攀。

廖夫人胃口當真不小，看不上庶女，偏要謀顧華月這嫡女。

她的想法，顧桐月能猜到幾分。顧華月是尤氏所出，倘若真讓自己兒子娶了顧家嫡女，為了顧華月好，尤氏與顧從安也會不遺餘力地提攜廖家。

廖夫人心裡明白，尤氏瞧不上廖家門第，但眼見顧從安就要攜家眷回京，她哪坐得住；但她沒想過，不管她如何謀算，即便讓人將廖三少爺與顧華月堵在一間房裡，尤氏最後仍不同意這門婚事，又該怎麼辦？得罪了尤氏，得罪了京都的顧家，廖大人的烏紗帽未必能保得住，到時可就得不償失了！

顧桐月又想，憶及顧華月的反常，立刻明白廖夫人敢放手一搏的原因——

顧華月是願意的！

香扣跟著尤氏來過大慈寺好幾次，對寺廟中的格局十分熟悉，輕聲回答顧桐月的問話。

「想來是從寺廟東面的角門混進來。」

「除了廖家三少爺，可還有別的男子混入？」顧桐月頓了頓，想起梅林深處被圍攻的冷峻男子。

「奴婢並未見到其他人。」

「可瞧見六姑娘？」顧桐月又問。

香扣想了想，道：「彷彿有看見六姑娘身邊的喜梅，卻沒見著六姑娘。」她也是個通透人，顧桐月一點，即明白過來。「奴婢去回夫人？」

「不用，莊嬤嬤已經回去夫人身邊。」尤氏哪裡不知這件事與顧荷月有關，顧桐月在這當頭提起顧荷月，是因香扣是尤氏的人，到時不管是為自己還是她，少不得要將責任往罪魁禍首身上推。

顧荷月承擔尤氏大半的怒火，她和顧雪月就算被波及，應該也不會太嚴重吧？

四人匆匆忙忙趕到林子東邊，這處遍植高大的茶花樹，四下點綴早開的各色杜鵑，綽約相間，又遠離房舍禪院，是以此處雖景色不錯，卻沒有人費力氣跑這麼遠，更顯得此處幽深寂靜。

再往前，幾叢雪白的杜鵑後，是一塊屏風般大小的巨石，巨石後建了座亭子，因亭子較小，又隱於石後，若不留心，極難發現。

顧桐月與顧雪月尚未走近，就聽見那邊隱隱傳出說話聲——

男子情意綿綿的語氣帶著苦澀與不捨。「四妹妹，妳就要回京，日後咱們只怕再也不能像今日這般見面，或許此生亦無緣了。我知以廖家門第，斷斷配不上妹妹，沒奈何……」

「三哥哥何以這般妄自菲薄，在我心裡……三哥哥是最好的。」顧華月輕聲細語，難掩羞澀與情意。

已行到巨石旁的顧桐月與顧雪月對視一眼，臉色皆是難看。

「妹妹不必安慰我，廖家什麼身分，妹妹又是什麼身分，只怕妹妹一回京，媒人便要踏破顧府門檻，到時妹妹如何還能記得我這個人。」廖三少爺很是哀傷無奈。「今日冒昧相約妹妹到此，已是無禮至極，本沒指望能見到妹妹，不想妹妹竟來了。妹妹不知道，我心裡有多感激妳能來——」

廖三少爺的語氣陡然變得激動，顧桐月與顧雪月聽見顧華月輕叫一聲，不清楚那邊發生了什麼事，臉色大變。

男女七歲不同席，更別提私下相約。私下相約便罷，誰不會派人把守，以防旁人發現，這兩人倒好，周圍竟連個守著的人都沒有。

顧桐月想，若非顧華月太過相信廖家兄妹而命身邊的丫鬟避開，便是廖家兄妹做了手腳，說不定其中還有顧荷月火上加油，目的便是要讓人看見他們在一處。

顧桐月抬眼張望，見顧雪月也同樣警覺地打量著四周，卻還不能輕舉妄動。

「妹妹，此處並不安全，許多話我不能一一對妹妹細說，眼見妹妹就要走了，我……我求妹妹能賞我一物，當是可憐我對妹妹一番心意，讓我有個念想。」廖三少爺的語氣顯得很是急切。

巨石另一頭，顧雪月的臉色已經難看得無法形容了。

女子的貼身之物如何能隨便送給外男！倘若顧華月真的送了，日後變成廖家勒索顧府的把柄，如何是好？顧家女兒如此不知禮義廉恥，與外男私通之事一旦傳出去，顧家其他女兒別想有好親事！

顧桐月見顧雪月已是忍耐不住，就要衝過去，忙伸手拉住她。

顧雪月微愣，見顧桐月朝她使眼色，眉心微蹙，猶豫一下，還是隨著顧桐月退後幾步。待兩人站定，顧雪月急得嗓音都變了調。「八妹，我們必須阻止四妹做傻事，絕不能任由她將貼身物品送給旁人，否則日後便說不清了。」

顧桐月輕聲道：「三姊少安勿躁，咱們這樣貿然衝出去，便是不顧四姊的臉面了。」她和顧雪月只是庶女，除了尤氏，必要時還得仰仗嫡女的鼻息過活；尤其她與顧華月住在一處，若得罪了顧華月，沒有好果子吃。

「眼下哪裡顧得了這麼多，便是招四妹的恨，也不能由著她這般。八妹別攔著我，若等四妹將東西給他，可就來不及了。」

顧雪月已經決定，尤氏與顧華月，她總要得罪一個；即便不為這兩人，也得顧慮著顧家女兒的名聲。如今她已是十四，正是議親的好年紀，她不允許在這當頭發生任何對顧家女兒不利的事情。

顧桐月見顧雪月已急紅了眼，忙拉著她又往後退了好幾步，示意香扣和白果仔細守著。

顧雪月快急瘋了，正想質問顧桐月要做什麼，卻聽她突然揚聲喊道：「四姊，妳在這裡嗎？」

顧雪月微愣，不太明白顧桐月的用意。

顧桐月顧不上跟她解釋，嘴裡又喊：「三姊，只剩這裡沒找了，可四姊會不會根本不在？要是丟了四姊，怎麼與母親交代？」一邊說、一邊拉著顧雪月往巨石靠近。

顧雪月如何還不明白顧桐月的用意，來不及驚訝她竟如此聰敏，連忙配合她，亦提高聲音說：「這裡甚大，咱們仔細找找再說。那裡有塊大石頭，走了半天，妳也累了，不如先歇歇腳再繼續找。」

顧桐月道：「我不累，四姊的安危要緊，我們還是先找到人。四姊，妳在哪裡啊？」

隨著顧桐月與顧雪月漸漸走近，巨石後的兩人也慌了，一陣環珮叮噹聲響起，伴隨顧華月有些慌亂的聲音傳來——

「三姊，八妹，我在這裡，妳們先別過來，我方才跌跤，衣衫有些不整。」

顧雪月和顧桐月的心同時一沈。

「四妹，可傷到哪裡了？咱們是姊妹，又不是男子，還避什麼嫌，快讓我們瞧瞧，可是傷得厲害了？」

顧雪月說完，臉色鐵青地拉著顧桐月轉到巨石後，只見顧華月目光閃爍，臉色脹紅，神色尷尬地站在亭子裡。她身邊長相俊秀的廖三少爺雖看似手足無措，眼裡卻閃過一抹狐疑，還往顧桐月與顧雪月身後望了好幾眼。

「原來四姊在這裡啊！」顧荷月的聲音猝不及防地在眾人耳邊響起。

與她同行的，還有其他三家的姑娘，此刻她們的表情也很複雜。雲家姑娘年紀最長，微微蹙眉，將目光從顧華月與廖三少爺身上收回，瞥向旁邊的顧荷月時，明顯帶了不悅。

她父親乃陽城同知，顧從安是他的上級，剛才她聽說顧荷月焦急地在尋顧華月，這才好心叫上另幾位要好的姑娘幫忙找，誰知竟瞧見了這樣一幕；再看顧荷月唇角那掩不住的得色，便知她與其他人是被顧荷月利用了。

同行的姑娘們也明白過來，又是尷尬、又是不安。

顧雪月見狀，袖下的手劇烈顫抖，火焰般的目光恨不能在顧荷月臉上燒出兩個窟窿來。

顧荷月恍若未見，笑盈盈道：「四姊來這裡也不說一聲。方才聽說妳不見，三姊和八妹到處尋，我放心不下，便請幾位姊妹幫忙找，不想，四姊竟與廖三少爺躲在這裡說話。」

顧華月臉色發白，緊抿著嘴沒說話，面上瞧著鎮定，其實心裡已亂成一團，無數念頭從腦子裡閃過，卻抓不住最重要的那一點。眼前有許多臉孔，可她忽然看不清上面的表情，她的心一點一點沈下去，身子在越發寂靜怪異的氣氛中，難以克制地微微顫抖。

「三姊。」顧桐月見顧華月只曉得發呆，而那廖三少爺竟還往她身邊湊一步，嫌人家看到的不夠，不由眉心一動，輕聲喚顧雪月。「四姊要哭了，妳快說句話呀！」

顧雪月深吸一口氣，略略收起臉上的怒意，強自定心，似嗔似怒地對顧荷月道：「妳也不小了，當著諸位姊妹的面，怎還這般口無遮攔，也不怕大家誤會。」

「誤會什麼？」顧荷月似笑非笑地瞧著臉色慘白的顧華月。「三姊與八妹難不成沒有四處尋找四姊？四姊與廖三少爺在一處，不也是姊妹們親眼所見，我哪句話說錯了？」

顧雪月聞言，板起臉，嘴角微抿，神情嚴厲。「之前我們是在尋四妹沒錯，不過四妹早派丫鬟來說她在此處賞茶花，我與八妹才會找到這裡。廖三少爺到此處時，我們早已到了，哪是妳說的那般。」

「六妹，從小母親便教導我們大度，莫要小肚雞腸。妳和四妹在家不過鬧了點小爭執，便當著眾姊妹的面往四妹身上潑髒水，別人信不信且不說，只妳這般行事，便要讓人笑話了，六妹是想讓顧家淪為旁人的笑柄嗎？」

這話已是最嚴厲的警告，顧荷月也姓顧，弄臭顧華月的名聲，於她只有壞處，沒有好處。

眼下顧雪月只盼著顧荷月消停，明白事情有多嚴重，不要再鬧下去。

顧桐月默默瞧著顧荷月的神色，知她不會如顧雪月所盼，暗暗著急。

果然，顧荷月挑眉，反駁道：「三姊這話可不對，四姊是母親的掌上明珠，我如何敢跟她起爭執，更別提往四姊身上潑髒水。誰不知四姊與廖家少爺自小便是青梅竹馬，如今咱們家就要回京城，四姊捨不下這情分也沒什麼，只是不該這樣偷偷摸摸，讓旁人看了笑話，也讓家人這樣著急。

「還有廖三少爺，你若真的喜歡四姊，請人上顧府提親就是，你們的年紀相配，母親疼愛四姊，只要四姊喜歡的，母親必不會反對……」

「住口！」顧雪月氣得小臉通紅。「說得越發不像話了，什麼偷偷摸摸、喜不喜歡，這是妳一個姑娘家該說的話？想來平日裡莫姨娘太縱容，才讓妳這般輕狂不曉事。我已與妳說過，我們到來之前，廖三少爺並不在，是無意間碰上，才說了幾句話，哪是妳口中那般不堪。如果不信，妳可以問問八妹，她從不說謊！」

顧桐月忙細聲細氣地接話。「三姊說得沒錯，因為四姊瓔珞上的金鎖片不見了，我們才散開來找，不想廖三少爺撿到了，正要還給四姊呢！」
她眼尖地瞧見原本該在顧華月瓔珞上、刻有她名字的金鎖片此刻正握在廖三少爺手中，便立時尋了這樣的藉口。
顧雪月也注意到了，急忙走近顧華月與廖三少爺，臉上勉強帶笑，語氣卻不怎麼好。「正如八妹所說，咱們找半天沒找到，竟是被廖三少爺撿著。四妹，還不快謝過廖三少爺。」
顧華月也鎮定下來了，深深看顧荷月一眼，這才轉頭瞧向廖三少爺。
「這鎖片是我出生時，外祖家特意命人打的，又請高僧開光加持過，是護我平安之物，無論如何也丟不得，多謝廖三少爺替我尋回鎖片，我必回稟母親，厚謝廖三少爺。」
廖三少爺聞言愣住，面上現出迷茫又受傷的神色。
顧雪月等不及讓丫鬟去取鎖片，幾步上前將鎖片搶過來，交給顧華月。
「四妹，貼身之物何等重要，還不趕緊收好了！」
「那、那個是……」廖三少爺想阻攔。
顧雪月冷冷看著他。「今日的事，母親定會好好感謝廖三少爺，想來父親知道此事後，也會誇讚廖大人教子有方。」
廖三少爺聽了，臉色微變，目光閃爍，越過顧雪月去看顧華月。
顧華月卻低下頭，不再看他。
顧雪月話裡的意思已經很明顯，倘若廖三少爺敢傳出什麼來，不只他，他的父親也會受這事牽連，別說丟官，說不定連命也沒了。

廖三少爺本就不是個大膽有主意的人，被顧雪月這樣一嚇，已是失措，此刻顧華月又是這樣態度，如何令他不心慌？

雲家姑娘見狀，忙笑道：「原是誤會一場，說開也就無事了。廖三少爺，咱們這裡都是女眷，你看……」

廖三少爺聽了，求助的目光望向顧荷月。

顧荷月未料到事情竟會發展成這樣子，又惱恨顧桐月三、兩句話便將廖三少爺好不容易哄到手的鎖片搶回來。旁觀的姑娘們怕惹上麻煩，紛紛出言遮掩過去，她再鬧，只會得個無理取鬧、小肚雞腸、陷害嫡姊的名聲，落不著半點好。心下再不忿，也不好開口多說什麼，只得跟眾人回禪院。

出了這樣的事，各家夫人早已得到消息，不好再留，等姑娘們回來，便匆匆散了。

廖夫人想跟尤氏解釋，但尤氏冷著臉，並不理會，逕自帶著顧華月姊妹打道回府。

第五章　心有成算

「母親，我錯了。」

顧府正房中，顧華月滿面羞愧地跪在尤氏面前，眼眶泛紅，眼角猶有淚痕。

向來疼她的尤氏卻未叫她起身，面無表情地坐著，只端著茶盅喝茶，瞧也不瞧她一眼。

屋子裡只留下莊嬤嬤伺候，她心疼地看看顧華月，又望向尤氏，開口替顧華月求情——

「夫人，姑娘已經知錯了，地上涼，姑娘身子弱，不如先讓她起來吧！」

「知錯？」尤氏冷哼一聲，重重放下手裡的茶盅。「今日若非雪姐兒與桐姐兒極力斡旋，她要闖下多大的禍來！讓她跪，跪到她真的知錯為止！」

尤氏只當顧華月是為逃避懲罰才主動認錯，是以口氣這般嚴厲，心中仍十分恐懼，明知墨竹院的人不懷好意，卻自以為安排妥當不會出事，待得知來龍去脈後，竟出了一身冷汗。

若那金鎖片落在廖家手中，後果當真不堪設想；不說顧華月的閨譽，廖家胃口本就大，定會以此事相脅，倘若提出顧家達不到的要求，為了顧家的前程和名聲，老太太與顧從安只怕再也容不下顧華月，她這一生就真的完了。

顧華月的眼淚不住往下流，膝行至尤氏身邊，抱住她的腿，哭道：「母親，我真的知錯了。我不該輕信他人，不該不聽您的話，險些將自己置於險境！我已經明白，今日的事，不僅跟墨竹院有關，也跟廖家有關，定是他們串通好要騙我的金鎖片，我都想明白了。」
早在大慈寺與顧荷月對峙時，顧華月就想明白了。從昨日無故傳到她耳裡的消息開始，她便落入了旁人的算計中。
這圈套並不高明，她還是一步一步走了進去，就因為她喜歡廖三少爺。顧荷月知道她的心思，也了解她的脾氣，算準她聽聞廖家會前往大慈寺，一定也會跟去。若無顧雪月與顧桐月努力為她周旋，替她解圍，等顧荷月鬧得旁人都知道她將貼身之物送給廖三少爺，即便渾身長滿了嘴，她也解釋不清。
但令她最失望與痛心的，是廖三少爺的哄騙。他對她說了那麼多，無非是想騙她的金鎖片，還差點就當眾說出那鎖片是她送給他的；如果他真喜歡她，肯為她著想，又怎會任由顧荷月詰難她——連他也是跟顧荷月串通好的。
那一刻，她突然就想通整件事的來龍去脈。
「妳真想明白了？」尤氏面色稍霽，仍是皺著眉。
顧華月點頭。「她們先使人透露消息給我，又通知廖家，才讓我險些釀成大禍。都怪我不聽母親的話，沒看出廖家人的狼子野心。母親，以後我都聽您的，再不犯錯。」
若因她的緣故，令顧府百年清譽蒙羞，老太太不但容不下她，連尤氏也要被她連累。老太太本就不喜尤氏，日後回京，尤氏恐怕連頭都抬不起來。
她並不是蠢笨之人，回府後，便來尤氏跟前認錯了。
尤氏聞言，面露欣慰之色。「想明白就好，吃一塹，長一智，妳得牢記今日的教訓。」

莊嬤嬤笑著上前扶起顧華月。「好了、好了，事情並未發展到不可收拾的地步，四姑娘又藉此知道廖家人不懷好意，說起來還是因禍得福呢！」

尤氏拉過顧華月，摟在懷裡，心疼地替她擦乾臉上的眼淚。

今日的事，她當然能阻止，但她沒有阻止且任其發生，何嘗不是想藉機給顧華月一個教訓。顧華月一直長在她身邊，平日裡將她護得太嚴實，以至於她越大越不肯聽話，如今吃了虧，得到教訓，日後行事自會小心謹慎。

再有，她也想乘機試探顧雪月，結果讓人十分滿意。

尤氏安慰顧華月一番後，便喚來丫鬟，陪她回房休息。

莊嬤嬤目送顧華月出去，喜孜孜地說：「夫人您瞧，姑娘一經事，可不就懂事了。」話落，卻見尤氏面上若有所思，又問：「夫人可是想著如何收拾墨竹院？」

尤氏不在意地揮揮手。「且讓她病著吧！至於荷姐兒——」

「六姑娘去了外書房。」莊嬤嬤撇嘴接話，表情又是憤恨、又是不屑。「聽說已經跪了半個時辰。」

「她倒聰明。」尤氏嗤笑。「老爺居然捨得讓她跪著？」

「老爺還沒回府呢！六姑娘向來伶俐善辯，老爺對她比旁的姑娘又多了幾分疼愛，今日的事，怕又要輕輕放下。」莊嬤嬤十分不滿。「為何夫人要縱著她呢？」

「她們蠢就蠢在自以為攀緊老爺，便能為所欲為，卻不知，若我容不下，她們就算步步不離老爺，我也有法子讓她們永不見天日；但我偏不這樣，反而縱著她們、由著她們，嬤嬤道是為何？」

尤氏說完，笑得輕快，眼神卻如淬了毒的箭般銳利。

莊嬤嬤一愣，這才想明白，隨即跟著笑起來。「夫人高明，等回了京城，才是她們噩夢的開始！」

最厲害的懲罰方式，莫過於此——由著她們囂張，縱得她們越發不知天高地厚，等回到京城那個等級分明、嫡庶分明的顧家大宅後，自有她們的苦頭吃。

「夫人心中有成算，老奴就放心了。」莊嬤嬤又道：「今日看似三姑娘功勞最大，老奴冷眼瞧著，若非八姑娘機靈，從旁提點，只怕三姑娘未必能處置得這樣好！八姑娘小小年紀，竟有這份機靈，實在令人難以相信，不久前，她還是個傻子呢！」

尤氏既已料到顧荷月與廖家要搞鬼，又想試探顧雪月會不會盡心，自然早已安排妥當；如果顧雪月有異心或處理不好，莊嬤嬤自會出面收拾殘局，斷不會讓顧華月吃虧。

所以，顧桐月的舉動就落在了莊嬤嬤眼裡。

尤氏點頭。「桐姐兒的伶俐倒是少見。嬤嬤妳說，從前她是真的傻嗎？」

莊嬤嬤知道尤氏犯了疑心，想了想，謹慎道：「以前，老奴無意間撞見巧妙哄八姑娘吃餿得連狗都不肯吃的飯，還要她跪在地上學狗叫才給吃……老奴瞧著都覺得可憐；若從前八姑娘有這份機靈，如何會被那些小蹄子糟蹋？或許是八姑娘有造化，才突然開了竅。」

尤氏聽了，覺得有幾分道理，遂不再懷疑，吩咐道：「這次她跟雪姐兒功不可沒，嬤嬤去庫房挑些東西，親自走一趟吧！」

莊嬤嬤笑著應是，告退去了庫房。

西廂裡，顧桐月剛換上家常衣裳，顧清和就來了。

香扣上了茶，便有眼色地退出去，巧妙卻磨磨蹭蹭不肯走。

顧桐月出聲將她打發出去，顧清和這才放鬆下來，道：「姊姊今日辛苦了。」

顧桐月聞言，笑裡多了抹欣慰。「要說辛苦，三姊比我更辛苦些。」

顧清和雖小，可今日的事情竟沒能瞞得過他，想來也有自己的方法可探聽。

「我回來時，瞧見六姊在外書房跪著。」

「六姊是個聰明人，闖下這等大禍，父親會不會輕輕放過？」顧桐月試探著問。她還未見過顧從安，不知他的脾性如何，因而拐著彎想從顧清和嘴裡了解一二。

顧清和想了想，撇撇嘴，難得露出孩子氣的神情。「父親向來偏愛他們姊弟，六姊又跪了那樣久，再加上莫姨娘求情，父親頂多罰六姊禁足幾日罷了。」

顧桐月蹙眉，若顧從安這樣處理，哪有半點百年大家的風範！

「母親呢？她也不理會？」今日被算計的可是尤氏嫡親的女兒，就算不為顧華月討回公道，墨竹院如此打她的臉，她竟也忍得？

「母親定是知道父親的意思，所以才懶得理會，如此還能博得大度的名聲。」顧清和一針見血地說。

顧桐月聞言，心頭一跳。本以為顧清和年紀小，不懂後宅陰私，不想他都看在眼裡。

「姊姊，府裡許多事，想來妳已無印象，我與妳說這個，不過是想給妳提個醒，有些人或事，不能只看表面。」顧清和認真地說。

顧桐月定了定神，點頭道：「嗯，你的話，我都記下了，別只顧著擔心我，眼下莫姨娘雖只顧著與夫人一爭長短，可你也要當心些，說不定哪天她回過神來對付你。」

顧清和卻緩緩笑了，表情頗為不屑。「她不是沒動過手，只是顧忌著父親與母親，不敢太過放肆，母親又總防著她，不讓我沾那邊送來的東西。之前我不與妳說，是不想讓妳擔心，現在瞧著她連母親都敢不敬，說不定哪天就要對妳不利。」

顧桐月聽了，不由瞪大眼睛，之前還當顧清和什麼都不懂，教他存有防人之心，孰料他根本就是個小人精。

顧清和見狀，冷哼一聲，乾脆為顧桐月解惑。「母親想將我記在名下，莫姨娘的算盤落空，哪還肯像從前那般隱忍。」

「可是母親並沒有收拾她。」顧桐月又道，實在好奇顧清和到底知道多少。

顧清和笑得意味深長。「姊姊且看著，等回了京城，一切便分曉了。」

顧桐月見他賣關子的小模樣，也不追問，笑著轉過話頭，問他上學累不累，先生教得用不用心，學館裡的飯食合不合胃口……

姊弟倆說了好一會兒話，顧清和才告辭回去休息。

當晚，顧從安回了正院，用完飯後，不像前幾日般抬腳就走，而是待在房裡。

尤氏見狀，喚人進來伺候梳洗。服侍完，待丫鬟都退出去，兩人一起躺下。

「今天的事，我聽荷姐兒說了。」顧從安的語調隨意，聲音卻清晰。「那孩子知道錯了，我罰她禁足直到咱們啟程回京，妳看這樣可好？」

燭光下，尤氏的臉色被映照得明明滅滅，笑容飄忽，眼神中卻有掩不住的淡漠與譏誚。

「老爺可知今日荷姐兒險些釀下何等大錯？」

顧從安輕咳一聲。「她還小，言行上難免無法面面俱到，日後妳多教導她，女孩兒家，罰得太重，顏面上也不好看；再說，今天這事不能全怪她，都是廖家弄出來的，我定不會輕易放過，否則廖家還當顧府是什麼人都能算計的！」

尤氏聽顧從安把過錯推到廖家頭上，也不動氣，但被暗影遮掩住的眼神中，卻是濃濃的嘲弄，輕嘆一聲，附和道：「是啊！廖家膽子竟這樣大，少不得要給他們一點教訓。」

顧從安聽著尤氏溫和順從的回答，又見她並未動氣，心下滿意，伸手把尤氏摟進懷裡。「家有賢妻，夫復何求啊！」

尤氏聞言，噗哧一聲笑了，保養得極好的纖纖玉指若有還無地在他胸口劃圈，吐氣如蘭。「老爺慣會打趣人。」

顧從安見狀，心頭猶如被隻瞧不見的小手撩撥著，又癢又熱，順勢捉住尤氏的柔荑，湊近唇邊親了又親。

「夫人可是誤會我了，老爺哪裡是打趣，這分明是老爺的真心話。」

尤氏欲語還休地瞪他一眼，直瞪得顧從安渾身發燙。他已經許久不曾與尤氏親熱，尤氏這模樣，讓他想起洞房花燭夜時，她也是這樣瞪了他一眼。

尤氏又嗔道：「莫姨娘正病著呢！老爺不去瞧瞧她？」

「病了自有大夫瞧，我又不是大夫，去了有什麼用。」

這當頭，顧從安哪裡想得到莫姨娘，更何況今晚在正院留宿，也是存心想晾晾她。

顧荷月還小，大慈寺的事如何能計劃得這樣周全？就算莫姨娘真的清白，此事與她全無關係，但教養不好女兒也是她的錯。顧從安雖格外寵愛莫姨娘，但無論如何她也是越不過尤氏去，因而才直接回了正院，也是存了安撫尤氏之意。

「莫姨娘若聽到老爺這話，不定要傷心成什麼樣。」尤氏桃花眼半瞇，眼瞳彷彿秋畫的湖水，半媚半清，恰到好處的慵懶勾人。

「老爺我若去了墨竹院，夫人就不傷心？」顧從安撫著尤氏散落在枕邊的長髮，調笑著說道。

尤氏伸出雙手勾住顧從安的脖子，口中卻說道：「老爺愛去便去，看我會不會傷心。」

顧從安志得意滿地笑了，伸手扯落紗帳……

這日，顧從安從外書房回到正院，便見尤氏指揮丫鬟、婆子傳菜，正準備著晚飯。瞧見顧從安，尤氏立時溫順地迎上來，把手爐遞給顧從安。「老爺，外頭涼，您先拿著。」

顧從安原本板著的臉色便放鬆了幾分，看看桌上的佳餚，挑眉道：「今兒怎麼備了這麼多菜？」

「我留了華姐兒和桐姐兒用飯。」尤氏低眉屈膝地笑著。「老爺許久未曾見過桐姐兒，想必忘記她長什麼模樣了吧！」

顧從安聞言，眉頭一跳，尤氏恍若未覺，繼續道：「我瞧見時，也嚇一大跳，桐姐兒都長成大姑娘了；不僅如此，她的病竟是好了，再不似從前那般呆傻，我歡喜得不得了，想讓老爺也見見，這才留她們用飯。」

「病好了？」顧從安仍是皺著眉頭，狐疑地盯著尤氏看。

尤氏抿唇笑道：「是呢！這會兒華姐兒正在隔壁教她寫字，我方才過去瞧，桐姐兒的字跡雖笨拙些，卻練得十分努力，一直不肯休息。」

她說著，轉頭吩咐莊嬤嬤。「妳去請兩位姑娘過來，順便把八姑娘寫的字拿來給老爺瞧瞧。」

莊嬤嬤應聲去了，尤氏轉過頭，見顧從安仍是蹙著眉心，心裡了然，也不等他開口，又道：「老爺可還記得，明兒黃夫人要帶著她家哥兒來做客？」

顧從安聞言，表情慎重起來。「黃大人可會隨行？」

「老爺忘了，黃大人的官階比老爺高呢！」

顧從安一拍腦門。「是、是，等明兒宴客完，我再投帖子去拜訪。」

尤氏笑著點頭。「正是這個理。」

顧從安握住尤氏柔若無骨的手。「黃大人可是先帝欽點的狀元郎，又在擁立新帝時立了大功，眼看次輔就要退下來，許多人猜測，黃大人很有可能會接替這位置；若我能與黃大人交好，日後官途自會順遂許多。夫人與黃夫人是手帕交，少不得要夫人多費心了。」

黃大人名黃玉賢，妻子姓肖，正是尤氏自幼的閨中密友。

尤氏笑瞋他一眼。「老爺說的什麼話，老爺好了，咱們府裡上下才好呢！您放心，琴姊姊自小與我要好，否則也不會應下我的邀請。明天，琴姊姊的哥兒會一道前來，那孩子小時便聰穎過人，今年剛滿十八，雖說比華姐兒大四歲，不過略大些也沒什麼，老爺覺得呢？」

顧從安雙眼一亮，點點頭。「那明兒我可得好生瞧仔細了。」

尤氏抬頭，與他相視而笑，才似不經意地問道：「方才老爺進來時，臉色彷彿有些不好，可是有什麼事？」

顧從安神色一頓，低頭瞧著尤氏溫良和順的笑容，遂將嘴邊的話嚥下去。「不過是衙門裡的事，不提也罷。」

尤氏點點頭，微垂的眼裡閃過一絲嘲弄之色。想來是莫姨娘又在背後說她的不是，顧從安帶著怒氣回正院，原是要質問一二的。

莫姨娘蠢就蠢在太高估她在顧從安心目中的地位，前程與女人，顧從安的選擇永遠不會是後者。

尤氏服侍顧從安淨完手，就見莊嬤嬤引著顧華月與顧桐月走進來。

顧華月神色不豫，顧從安對於顧荷月的懲罰，在她看來就是偏心偏到沒邊了！雖然這些年早已習慣父親的偏袒，可心裡終究過不去，表情便顯露出來。
霜春打起簾子，顧桐月走在顧華月身後，忍不住拉拉她的衣袖。
「四姊……」
「怎麼？」顧華月臉上雖有不耐煩，語氣倒不生硬。顧桐月與顧雪月替她解圍的事，她放不下身段對顧桐月表示感謝，但對顧桐月的態度卻明顯軟和了許多。
「父親會不會不喜歡我？」顧桐月很是緊張地瞧著她，小心翼翼地問。
顧華月聞言，面上的不耐煩便不見了，仍有些彆扭，語氣卻很溫和。「既然母親喊妳來，妳便把心放在肚子裡；再說……」頓了頓，到底還是沒將心裡的話說出來。她雖驕縱了些，卻不是不明事理，昨日顧桐月幫了她，她便欠她一個人情，今天自然不會袖手旁觀。
顧桐月信任地看著顧華月。「有四姊在，我就不怕了。」
這般依賴又軟軟糯糯的腔調，讓顧華月心中不由生出幾分豪氣，牽過她的手往屋裡走。
「平日裡父親雖不苟言笑，對待子女卻很和藹可親，妳不要怕，跟著我就行了。」
顧桐月點頭，見她的神色已經沒了先前的沈鬱與不悅，悄悄鬆了口氣。
雖然顧華月不滿顧從安對顧荷月的處置，即便她是嫡女，若面對顧從安時流露出怨懟，必定會招顧從安不喜。雖然她完全可以不用插手去管這件事，但頭一次見顧從安，她還是希望氣氛能夠好些，讓他留下好印象。
兩人一進屋，顧華月便親暱地挽住顧從安的手臂，咧開大大笑臉，清脆喊道：「爹。」

顧從安神色一軟，伸手點點她挺翹的小鼻子，語氣不由透著溫柔。「這麼大的人了，還這般愛撒嬌，若讓旁人瞧見，還不笑話妳啊！」

「我只在爹面前撒嬌，旁人如何能瞧見？」顧華月愛嬌地跺腳。「今兒爹休沐，也不陪女兒。」

旁邊的尤氏瞧著父女和睦的樣子，神色一鬆，嘴角噙著和煦的笑意。

霜春見狀，上前兩步，附在尤氏耳邊輕輕說了幾句。

尤氏有些驚訝，瞧向沈默站在一旁的顧桐月。

「眼看要回京城了，爹手裡的差事還沒交代完，待過兩日，爹陪妳去莊子玩上一天可好？」顧從安甚是慈愛地說。

他輕輕放過顧荷月，心裡難免對顧華月有愧疚，且此時她不但不怨怪他，還這般信任、依賴，讓他不由對這個向來驕矜的女兒生出疼愛來。

「真的？」顧華月開心得嗓音都變了。「只帶女兒一個？」

「華姐兒。」尤氏不悅地瞪她一眼，乘機把被晾在一邊、拘謹捏著衣角的顧桐月拉過來。「母親是怎麼跟妳說的？」

顧華月嘟起嘴，瞧向顧桐月。「母親要我照顧好八妹。」

顧從安順著她的目光望去，就見顧桐月脹紅著小臉，正偷偷抬眼看他，一副激動得想親近卻又不敢的孺慕之色。

顧從安神色一頓，面上的笑容隱沒不見。

顧桐月似受了驚，慌忙垂下頭，不安地咬著發白的唇瓣。

尤氏鼓勵地拍拍她。「桐姐兒，還不快給妳父親請安。」

顧桐月這才上前一步，細細的嗓音帶著輕顫道：「女兒桐月給父親請安。」

「爹，雖然八妹笨了些，但已經比從前好太多了。」顧華月搖著顧從安的胳膊。「上午我教八妹識字，只教五遍，她就能記住，還寫了好些字呢！就是寫得不大好。」

顧華月說著，莊嬤嬤便將手中的紙捧到顧從安眼前。

顧從安遲疑一瞬，才接過那疊紙，隨意翻兩下，又看向顧桐月。「這真是妳寫的？」

顧華月立時不滿地皺眉。「爹，女兒什麼時候騙過您？女兒教了許久，才讓八妹的字能勉強見人，可是女兒的功勞呢！」

顧從安笑起來。「是是是，我們華姐兒最懂事能幹。」

他說著，目光自顧桐月臉上滑過，語氣不似方才那般冷。「妳是顧府女兒，若不能寫得一手好字，他日出門會被嘲笑看輕。妳們姊妹中，華姐兒的字最好，日後好好跟她學。」

顧桐月猛地抬起眼，似難以置信地看著顧從安，清亮大眼慢慢漫上水霧，又是歡喜、又是不安地道：「女兒謹記父親教誨！」

說話間，菜已經上好了，眾人便入席用膳。

安靜地吃完飯後，顧從安一邊接過尤氏親手泡的茶、一邊問道：「明日宴客之事，可都安排妥了？」

尤氏見他淺啜一口茶水，面上泛起滿意與放鬆的表情，才笑道：「老爺放心，我都安排好了，必不會出岔子。」

顧從安點點頭，這些與各家往來的事，尤氏從未讓他失望過。

「桐姐兒拘在蓮心院多年，只有昨兒跟我出去走了走，許多人都不知道咱們府裡還有個八丫頭。」尤氏笑咪咪地瞧向規矩坐在一旁的顧桐月。「我便想著，明兒也叫桐姐兒露露臉，日後回京好出門走動，老爺覺得呢？」

顧桐月聞言，受驚地抬起眼，這回是真的被驚到了。

原以為尤氏肯給她機會，讓顧從安見見她已是大度，但把她推到人前，更方便日後走動，對她這樣的庶女來說，簡直是嫡母天大的恩賜！

依她對尤氏的了解，沒有好處的事，她斷然不肯做，即便為了顧清和，她也沒必要做到這樣的地步。之前送首飾，不過是面子情，為了籠絡顧清和；但現在尤氏竟肯給她這樣的機會，難道是昨日她維護顧華月的獎賞？

顧從安瞥了顧桐月驚愣的小臉一眼，微微皺起眉。「黃夫人是貴客，若被衝撞，可是不妥；不如讓雪姐兒、荷姐兒多見見客，她們也不小了。」

顧桐月聞言，似失望般地垂下頭。

顧華月嘴邊噙笑，但眼神瞬間變冷。昨天才禁足，今天就被放出來見客，這算哪門子的懲罰？

尤氏見狀，不經意地握住顧華月緊絞著帕子的手，揚起笑臉瞧向顧從安。

「雪姐兒的確不小了，只是她向來乖巧孝順，我私心裡不想她離得太遠，待將來回京，青年才俊遍地都是，到時再細細為她挑門好親事，也來得及，不管如何，都不能委屈了她。

「至於荷姐兒，她排在雪姐兒、華姐兒後面，倒是不急，況且莫姨娘病著，這幾日，她一直親自守著。老爺也知道，女眷們身嬌肉貴，萬一不小心過了病氣給客人，就不好了。」

說著，她端起手邊的茶喝了一口，又道：「再者，以往這樣的場合，她們是見過的，桐姐兒卻是頭一回，下午我便叫莊嬤嬤教教她規矩，必不會在客人面前失禮。」看向顧桐月。「桐姐兒不會讓父親、母親失望吧？」

不管尤氏的打算是什麼，此時顧桐月都只有感激的分。「讓父親、母親費心了，桐月一定好好學，必定不會丟臉。」

尤氏滿意地笑起來，顧從安嘴角微動，看了顧桐月兩眼，勉強點頭。「既如此，便聽夫人安排吧！」

墨竹院裡，喜梅正向莫姨娘回稟打聽來的消息。

「什麼？明兒府裡真要宴客？」顧荷月瞪著喜梅。「妳沒聽錯？」

「奴婢是聽廚房的嬤嬤說的。」喜梅脖子一縮，小聲道：「管事一早便出門採買，說夫人交代了，不吝錢財，一應物事都要最好的，不能怠慢貴客。」

「可打聽到有什麼人要來？」躺在床上的莫姨娘見顧荷月皺眉發呆，忍住不適接著問。

她的臉頰燒得通紅，稍稍一動，額上便沁出冷汗，纖白手指死死抓著錦被被面，恨得幾乎要咬碎一口銀牙，無論如何也想不到，尤氏竟敢這般明目張膽地整治她！

前幾日，尤氏下令要重新立規矩，她便知去正院請安又要受辱，乾脆裝病，顧從安果然憐惜她，不讓她過去。

不想，尤氏竟讓莊嬤嬤帶大夫來，還不是府上慣用的，她雖有警戒，卻沒多想，更何況她還給那大夫塞了不少銀兩，誰料仍是讓人得手。一帖藥下去，竟真的發熱，又不能對顧從安說她是裝病。顧從安雖寵她，卻容不得她對他耍弄小手段，尤氏定也清楚這一點，才毫無顧忌地出手，弄得她苦不堪言。

喜梅抬眼瞧見莫姨娘額角直跳的青筋，小心翼翼回道：「奴婢聽正院的婆子說，錦城巡撫黃大人要攜眷回京述職，途經陽城。夫人得了消息，送帖子邀黃夫人，黃夫人應下，夫人又請陽城有頭有臉的夫人作陪。」

莫姨娘聽著，倒抽了口冷氣，喃喃道：「那黃大人可是朝廷正二品大員，黃夫人也是咱們大周朝五大士族出身，又有誥命，夫人怎麼請得動她？」

「奴婢聽聞，夫人與黃夫人好像是手帕交，已經許多年沒見，是以夫人一送帖子，黃夫人便應下。」喜梅大費周章才打聽出這些來。

「竟藏得這樣嚴實，往日裡一點風聲都沒聽到！」莫姨娘咬唇，忽地心中一動。「除了夫人們，可還有別的客人？」

莫姨娘並非京城人士，是顧從安於任上時抬進府裡的，這些年一直在外頭，對京裡的事知之甚少，自然不曉得尤氏竟有這樣極有臉面的手帕交。

喜梅忙回道：「黃夫人唯一的嫡子也會來。黃少爺天資聰穎，曾被陛下欽點為皇太孫侍讀，可惜他那時身子弱，無法勝任，便跟著黃大人到了錦城。聽那些婆子們的意思，夫人彷彿有意與黃家結親，明兒打算讓老爺先相看黃公子。」

「果然。」莫姨娘咬牙。尤氏定是防著她攪局，才讓她一病不起！

顧荷月回過神，扯著帕子，咬唇瞧向莫姨娘。「如今娘病倒了，我又被禁足，莊嬤嬤還傳了夫人的話，叫我好生照顧娘，旁的事莫要理會，這是不打算讓我見客呢！」

她只比顧華月小幾個月，雖然顧華月還未訂下親事，但她是嫡女，要好親事輕而易舉；但她卻不一樣，縱然父親再寵愛她，她的親事還是要尤氏說了算。即便尤氏顧忌著顧從安，不敢隨隨便便把她嫁了，卻也不會為她費心，說不定還會選一門面上好看、裡頭卻苦的親事，她不得不為自己的前程多做打算。

「我兒，別著急。」莫姨娘靠在大迎枕上，憤恨的神色慢慢平復下來。「妳父親向來疼妳，妳去求他。」

「有用嗎？禁足是爹爹親口說的，萬一不管用……」顧荷月神色黯然。平日裡她過得不比嫡出的顧華月差，可一到這種時候，就覺得分外不甘，身分上差了，便永遠差一截。「況且夫人不讓我見人，即便我出去也無用，說不定還要被顧華月排擠，現在她一定恨不得生吃了我。」

她曾跟著尤氏出門，即使在這小小的陽城裡，只要顧華月在，她這庶出女兒便只能淪為陪襯，永遠也融不進嫡出圈子，只能與庶出姑娘們待在一處。幾次後，她便再也不願與顧華月一道出門。

「咱們且先觀望著。」莫姨娘伸手將神色不豫的顧荷月摟進懷裡，柔聲安撫。「若黃少爺真是人中龍鳳，即便咱們成不了，娘也有法子叫她們竹籃打水一場空！」嗓音越發柔軟，然而原本溫和的眉眼卻泛起戾氣。

顧荷月伏在莫姨娘懷裡，眼神裡流露出怨毒。「沒錯，我得不到的，她也休想得到！」

翌日，顧桐月剛剛用過早飯，霜春便特地來送衣裳和頭面。

「夫人擔心三姑娘與八姑娘的衣飾不夠，特命奴婢給姑娘們送些來。八姑娘離得近，便先挑吧！」

霜春說著，側開身，讓身後捧著托盤的丫鬟上前。

顧桐月的目光驚喜地在托盤間掃來掃去。「霜春姊姊，這……這太多了，前日母親才給我許多，已經夠了，霜春姊姊還是給三姊送去，讓她挑吧！」

霜春將她的神色收在眼底，笑著道：「夫人發了話，八姑娘儘管挑就是。」

顧桐月露出躊躇不決的模樣，拿不定主意，只好瞧向香扣。「香扣，妳幫我選。」

巧妙聽了，眉頭一皺，上前笑道：「姑娘，以往蓮姨娘的衣裳、首飾都是奴婢管著呢！奴婢眼力還不錯，不如讓奴婢替您挑。」

本欲上前的香扣聞言，腳下一頓，便站在原地。

霜春微微挑眉，目光自巧妙身上移到顧桐月臉上。

顧桐月猶豫一下，卻在巧妙發亮的眼神下搖搖頭。「不是我信不過妳的眼光，只是今日來的都是母親的貴客，香扣原是母親屋裡的人，自是見慣這樣的場面，為了不失禮，還是香扣替我選吧！」

巧妙的笑瞬間僵在臉上。

霜春暗暗點頭，眼裡多了抹笑意。香扣這才上前替顧桐月挑了件淡水紅的小襖，與同色的馬面裙。

霜春目光微閃，心中讚賞，卻故作不解地指著另一件石榴紅對襟織錦長裙。「這件比那件漂亮許多呢！」

香扣笑道：「這件衣裳雖美，可八姑娘尚小；三姑娘便不同了，她身量高，壓得住。」

霜春聽了，不再說話，只抿著嘴笑。

接著，香扣又挑了支盤枝翡翠攢珠步搖。步搖做工精細，翡翠晶瑩，既貴重又不顯得太過張揚華美，與那身衣裙十分相襯。

最後，香扣挑好手鐲，霜春便告退，領著丫鬟、婆子去了顧雪月的院子。

顧桐月打扮妥當，帶香扣去了正院。

尤氏頗有深意地打量著顧桐月。她略施粉黛，容色嬌美，但這些年身體底子虧了，顯得太過瘦小些，襯著這身衣裙，也只似個粉妝玉琢的小姑娘。

顧桐月自然沒有漏看尤氏眼中的滿意。

她明白，尤氏會送衣飾來，不過是為了試探，若她不識抬舉選了華麗衣裳，蓋過顧華月的風頭，就算她剛立功，尤氏瞧在顧清和的面上，懶得打壓，只如顧荷月一般晾著不管，到了年紀隨便打發出去，也夠她受了。

她裝作什麼都不懂，不敢挑選，讓香扣做主，一副沒見過世面的模樣，看在霜春眼中，自是她軟弱，這樣的人最好拿捏；但無主見也不行，容易受人挑唆，尤氏並不樂見，因而在巧妙主動請纓時，她選擇依賴香扣之舉，會讓尤氏更滿意。香扣是尤氏屋裡出來的，就是尤氏放在顧桐月身邊的眼睛。

她不是不會猜度人心，只是從前坦誠待人，也當人家會坦誠待她，若非遭遇那場無妄之災，只怕到現在還以為人人都是好的。

顧桐月將苦意藏在心裡，嘴角綻開羞澀笑容，不安地扯了扯衣袖。「母親，女兒這樣可是有什麼不妥？」

尤氏笑著搖頭。「並無不妥，咱們桐姐兒生得好，穿什麼都好看。」

顧桐月紅了臉，吶吶道：「都是母親給的衣裳好看……」

兩人正說著，就見海秋打起簾子迎顧雪月進來。

顧桐月與尤氏不約而同地看過去。

今日顧雪月著月白小襖，下配蔥綠裙子，顯得素淨，頭上戴了赤金寶石步搖點綴。中規中矩的打扮，不出色也不黯淡，清清爽爽的，瞧著很是舒服。

顧桐月微笑瞇眼，全府就沒有一個人是笨的。

尤氏嗔道：「雪姐兒，昨天不是才叫妳別穿得這樣素淨，怎麼今兒還穿成這樣來了？」

顧雪月抿嘴一笑。「母親差霜春姊姊送來的衣裳都很好看，只是女兒穿慣這些顏色，怕突然換鮮豔的，連手腳都不知道如何擺，在客人面前丟您的臉。」

「這孩子，讓我如何說妳才好。」尤氏嘆口氣。「罷了，莊嬤嬤，把我盒子裡那兩支玉蘭金釵拿來給三姑娘戴上。」

顧雪月看看含笑站在一旁的顧桐月，道：「這怎麼行，倒像是女兒特意來討母親的好東西呢！我瞧著八妹比我還素淨，母親可給了什麼好的？八妹別藏著掖著，快讓三姊瞧瞧。」

顧桐月裝出一副不知所措的模樣，紅著臉去看尤氏。

尤氏笑著瞪顧雪月。「妳這猴兒，自己拿了我的好東西不說，還幫著桐姐兒，罷了，誰叫我是妳們的母親。桐姐兒還小，首飾戴得太多，倒顯累贅……」沈吟了下，轉頭吩咐莊嬤嬤。「把那串珊瑚手釧拿來，八姑娘膚白，配珊瑚紅正好。」

顧桐月連忙道：「謝謝母親。」

顧雪月含笑提醒。「八妹只謝母親哪裡夠。」

顧桐月趕緊轉向她，笑得嬌憨可愛。「多謝三姊。」

尤氏唇邊笑意更深了些，點頭道：「姊妹之間就要這般友愛才好。霜春，快去瞧瞧四姑娘怎麼還沒過來？」

正說著，外院的管事嬤嬤來回話了。

顧雪月見狀，伸手拉著顧桐月，道：「母親先忙著，我與八妹去瞧四妹。」

尤氏點頭應下，顧雪月與顧桐月便攜手往顧華月屋裡走去。

雖然都住在正院，但顧桐月還沒去過顧華月的屋子。

顧華月剛妝扮好。她身段窈窕，淡掃蛾眉，穿上石榴紅繡嫩黃折枝玉蘭織錦長衫，銀線祥雲紋立領上滾著白狐毛，裙裾用金線縫綴了碎紅寶石，拖曳在地，腰束綴滿珍珠的流蘇絛，隨著屋中光影流動，當真是光彩照人，華麗非常。

而那套紅寶石頭面更是別致，掐絲累金纏枝海棠嵌紅寶石步搖，每片花瓣上都鑲著碩大圓潤的珍珠，金珠流蘇綴著剔透的紅寶石，晶瑩耀眼，一瞧便不是凡品。

從前在東平侯府裡，什麼樣貴重稀罕的東西沒見過，但此時顧桐月也只能如沒見過世面的人般，流露出豔羨的神色來。

她用眼角餘光瞥向身邊的顧雪月，便見她眼神一閃，卻很快垂眸，笑盈盈地上前。「今兒四妹當真豔光照人，我都看呆了，妳瞧八妹，可是還沒醒過神來呢！」

顧華月再是矜驕清高，聞言也微微紅了臉，瞪向睜著大眼、呆呆瞧她的顧桐月，抿嘴道：「三姊又取笑我，我倒喜歡三姊這樣的清爽。」

她打量完顧桐月，目光落在她頭上，蹙眉道：「八妹打扮得太素淡些，等會兒客人見了，還以為是咱們府裡的丫鬟呢！桃仁，把我那支鳳頭金簪拿來。」

顧桐月忙搖手。「四姊，母親已經給我許多首飾了……」

「妳不要我的東西？」顧華月挑眉。

顧桐月頗為無奈。「不是……」

自從顧桐月在大慈寺幫忙解圍後，顧華月對她不但客氣許多，出手更是大方得很，這兩日明裡暗裡賞了不少東西給她。

顧桐月吶吶解釋著，接過桃仁遞來的鳳頭金簪，緊緊握在手心，心裡卻是翻江倒海般的難受。

從前她隨手打賞底下人時，也是這般姿態？

東平侯府的唐靜好高高在上，陽城顧家的顧桐月卻是微賤如泥，一舉一動、一言一行皆要揣測再三，還不知能不能在府裡有立足之地。翻騰恨意幾乎要壓制不住洶湧而出，幸而手心被簪子刺得生疼，讓她在顧華月與顧雪月發覺前醒過神來。

此時，丫鬟麥冬掀簾進來，道：「夫人派人傳話，客人要到了，請姑娘們到花廳去。」

姊妹三個應好，一起出了院子。

第六章　再見謝望

幾個姑娘剛穿過垂花門，走在前頭的顧華月突然停下來。

顧桐月與顧雪月順著她的目光瞧去，便見顧荷月亭亭玉立地等在那裡。她穿著淡綠色兔毛滾邊綺羅長裙，上面繡的茉莉花瓣栩栩如生，配湖綢大氅燈籠裙，繫淡黃色鑲金絲腰帶，襯得腰越發纖細，盈盈不足一握。

顧荷月見到她們，便親熱地迎上前，無視顧華月瞬間黑下來的臉。

「妳們終於來了，讓我一陣好等。」

顧華月聞言，面上的憤懣惱恨如開閘的洪水，眉眼一橫，幾乎就要發作。

顧雪月拉住她。「四妹，母親正等著我們。」

顧華月恨極了顧荷月，即便與廖三少爺私會的事被顧桐月與顧雪月敷衍過去，但當時在場的哪個是傻子？面上當作什麼都沒發生，不過是礙於父親與顧家，至於心裡是如何想她的，她不用猜也知道。

今天，她本不想出來，母親卻道，越是避而不見，別人越會坐實那天的猜想，唯有若無其事、底氣足足的，旁人才不敢胡言亂語。是以瞧見恍若無事人的顧荷月時，才會險些壓不住自己的脾氣。

顧荷月笑盈盈地望向顧華月，似乎算準她不敢發作。「還以為今日四姊定要報個身子不適，不見客，不想竟是我自以為是了。」說著，捂嘴一笑，模樣天真又無辜。

顧桐月哪裡看不出顧荷月是有意激怒顧華月，只是不明白其動機，但她已是正院的一分子，又要討尤氏歡心，此時不好再沈默，遂輕笑道：「六姊這話卻是好笑，四姊身子向來很好，如何就要報不適？倒是父親才因出言無狀罰妳……」拉長聲調，停了下來。

顧華月目光一閃，露出滿意的笑，接話道：「妳不是在禁足？」

顧荷月看看顧桐月與顧雪月，明白有這兩人在，自己討不了便宜，眼珠一轉，打量著她們的妝扮，眉頭微微一挑，眼底流露出不屑及輕視。

「怎麼，父親沒有告訴妳們嗎？」顧荷月佯裝驚訝。「昨晚見到父親，父親道今日貴客臨門，雖然罰我禁足，但我是顧府女兒，自該與姊妹們同進退。」

顧華月冷哼一聲，揚首越過她，懶得再同她費口舌。

顧桐月低眉屈膝地要跟上，卻被顧荷月親暱地挽住手，似笑非笑地道：「八妹好口才，真是讓我刮目相看。大家是姊妹，日後八妹可得多教教我，讓我好好學學妳的伶牙俐齒。」

顧桐月平靜地抽回手，彷彿聽不出她言語中的嘲弄，微笑道：「六姊過獎，妹妹愚笨，哪及得上姊姊的伶俐半分。」

顧荷月還欲再說，顧雪月伸手來牽顧桐月，笑笑地對顧荷月道：「時辰不早，先去花廳見母親吧！」說罷，緊走幾步，帶顧桐月跟上前頭的顧華月。

顧荷月扯緊帕子，咬牙瞪著她們的背影。

喜梅打量她的神色，小心道：「姑娘，咱們也快過去吧！落在客人後面就不好了。」

「要妳來提醒我！」顧荷月低吼，手指狠狠掐在喜梅胳膊上。「還杵著做什麼？」喜梅痛得臉色發白，卻不敢叫出聲來。

顧桐月三姊妹到達花廳時，尤氏已經先到，目光落在顧華月身上，滿意地點點頭，正要說話，就見顧荷月領著丫鬟跟進來，臉上的笑容便淡了。

「荷姐兒怎麼來了？」尤氏放下手邊的茶盅，臉色冷淡地問。

顧荷月噙著笑，表情坦然地上前行禮，不慌不忙地回話。「父親道今日宴客，怕您忙不過來，便吩咐女兒跟三姊、四姊一起替母親招呼客人，為您分憂解勞，別讓您累著。」

尤氏聞言，袖中的手指一緊，雙眼微瞇。

到底還是讓那賤人得逞了！

她瞧著與顧華月並肩而立的顧荷月，不過一介庶女，竟妝扮得如此明豔，隱隱有壓過嫡女之勢。

尤氏目光轉冷，嘴角卻帶著笑意。「既來了，等會兒見了客人須得規規矩矩，莫要再失了禮數，丟妳父親與我的臉。」

顧荷月臉上一僵，但知曉眼下尤氏除了這般敲打諷刺她一番，也不能奈她何，因而臉上又掛了笑，不痛不癢道：「是，謹記母親教誨。」

這時，丫鬟進來稟道：「夫人，黃夫人的馬車已經到了門口。」

尤氏忙起身。「妳們且隨我到二門迎客。」

姑娘們齊聲應是，顧華月挽著尤氏走在前頭，顧桐月三個緊隨其後。

一行人浩浩蕩蕩到了二門，不一會兒，便見黃家的車緩緩駛來。

馬車停下，尤氏便急步上前迎接。

婆子放好腳凳，打起車簾，身形窈窕、氣質端莊的肖氏從馬車上走下。她今日著了銀紅繡銀絲桃花長褙子，下套同色織金花卉棕裙，黑鬒鬒的頭髮梳成高髻，通體貴態、舉止高雅。

肖氏瞧見尤氏雙目含淚地迎向自己，一時也紅了眼眶，緊走幾步，握住尤氏的雙手。「一別十數年，妹妹可好？」

尤氏打量著黃夫人，眼角濕潤，嗓音哽咽。「妹妹一切都好，琴姊姊呢？」

「好，好。」黃夫人連聲道：「我也很好。」

尤氏按了按眼角。「姊姊還和從前一樣，這些年，竟是沒什麼變化。」

「哪能不變，孩子都大了，我自然也一日一日地老了。」黃夫人笑著攜著尤氏，對身後的少年招手。「生哥兒，還不快來見見尤姨。」

黃泰生走上前，眾人目光齊齊落在他身上，見他眉眼俊朗，風度翩翩，對尤氏行禮。

「姪兒見過尤姨。」

尤氏眼裡的滿意幾乎要溢出來。「好孩子，小時候，尤姨還抱過你呢！一晃眼，竟長這樣大了，姊姊真是好福氣！」

「對了，望哥兒，你也過來。」黃夫人又對另一個少年招手，轉頭對尤氏介紹道：「妳可還記得我大姊？望哥兒便是她的孩子，慣是貪玩，半年前竟一個人跑到錦城，急壞了她。」

「怎會不記得，從前在京中，雲姊姊對我亦是諸多照顧，後來雲姊姊嫁到謝府，便見得少了。」尤氏說著，看向舉步走來的謝望。「這孩子長得與雲姊姊很像呢！」

謝望笑盈盈地走上前，模樣英俊，不遜於黃泰生，卻有種懶洋洋的不羈之感，連行禮也是灑脫隨意。

因有外男在而躲在婆子、丫鬟身後的顧荷月雖竭力掩飾，但還是看直了眼睛，目光在謝望與黃泰生之間來回游移。

顧華月不屑顧荷月的舉動，卻也忍不住偷偷打量了兩眼。

誰也沒有發現，顧桐月盯著謝望，表情驚愕，目光複雜，黑眸深處似有火焰灼灼燃燒！

黃泰生與謝望見過尤氏後，便由外院婆子引到書房去見顧從安。

尤氏這才對幾個女兒道：「快來見過肖姨母。」

四個姑娘這才越過婆子、丫鬟上前，顧荷月神色不定，目光忍不住往已走遠的黃泰生與謝望瞟去。

顧雪月微垂著頭，眼角餘光將顧荷月的舉動收進眼裡，不由皺眉。

顧華月目不斜視，一派嫡女風範。

落在最後面的顧桐月已經平靜下來，低首下心，眸光幽深，靜如千尺寒潭，無一絲波瀾。

在陽城見到謝望，她始料未及，那張與謝斂相似卻又更稚嫩的臉，瞬間擾亂她的心湖。如果唐靜好還活著，來年五月，她就會嫁進謝家。

謝望，是唐靜好未來夫婿謝斂的同胞弟弟。

謝望只比唐靜好大一歲，自小一起長大，但他們並不和睦。雖然唐靜好很想跟未來的小叔子好好相處，但謝望並不領情。他對唐靜好彷彿帶著天生敵意，甚至當面說過她配不上他出色的兄長。

既如此，即便涵養再好，唐靜好也無法喜歡謝望了，兩看兩相厭。

剛才瞧見謝望時，她激動得險些露出馬腳，但很快明白過來，即便見到他，又有什麼用？若讓謝望知道她就是唐靜好——這廝不嚷嚷得全大周都知道，就不是謝望了！

至於兄弟倆的母親謝夫人，是個和藹慈祥的婦人，從沒嫌棄過唐靜好不良於行，對她總是熱情周到又細緻體貼，謝府新得了好玩的東西，從不會忘記給她留一份，待她恍若親生。謝望是她最小的兒子，性子跳脫頑劣，謝夫人疼他如眼珠子，卻也因謝望對唐靜好惡作劇而狠狠杖打過他，他因此在床上躺了足足三日……

如今，得知唐靜好的死訊，謝府上下是悲痛不已，還是鬆了口氣？

「琴姊姊，這便是我那讓人不省心的四丫頭華月。」尤氏拉過顧華月，口中嗔道：「還不快向肖姨母請安。」

顧華月乖巧行禮，得了肖氏好一頓誇，拉過她的手細細打量一番，褪下手腕上的血玉手鐲，套在她手腕上，笑盈盈地對尤氏道：「華月生得真好，這眉眼可是像極了妳，我記得妳年少時，便是如此惹人疼。」

尤氏自是沒有漏看肖氏的舉動，見她如此喜歡顧華月，心裡愉悅，口中卻道：「這樣珍貴的東西，怎好給這孩子，若不小心磕著、碰著，就太可惜了。」

「這有什麼。」肖氏不甚在意。「我一見華月就喜歡得緊，便給她戴著玩吧！」

顧華月身旁的顧荷月早已看直了眼。她也見過好東西，一眼便瞧出這是品質最上乘的血玉，正如尤氏所言，顏色這般純粹、毫無瑕疵的血玉，極為珍貴難得，肖氏卻眼也不眨地送給顧華月，還輕描淡寫地說給她戴著玩。

顧荷月咬著唇，心臟幾乎要怦怦跳出胸口，盯著顧華月手腕的眼睛似要冒火。

顧華月瞥見顧荷月的目光，不屑地勾了勾唇角，甜甜笑著對肖氏道謝。

尤氏也發現了，心中冷哼，面上卻是笑盈盈，挽住肖氏的手。「姊姊一路辛苦，外面冷，咱們進屋裡好好說話。」卻沒有介紹顧荷月幾個的意思。

顧荷月臉上一僵，飛快瞧尤氏一眼，不甘地咬牙退到旁邊。

顧雪月彷彿早有所料，平心靜氣地跟在尤氏身後。

顧桐月打起精神，隨尤氏與肖氏進了暖閣。

待肖氏舒服地坐下，尤氏才喊幾個姑娘來，雖是笑著，笑容卻比介紹顧華月時淡了些。

「妳們三個也來見過肖姨母。」又轉過頭對肖氏道：「這是三丫頭雪月，六丫頭荷月，八丫頭桐月。」

三個姑娘連忙上前，顧荷月越過顧雪月走在前頭，身形窈窕，盈盈下拜。

「荷月給肖姨母請安。」

肖氏知道尤氏只有兩個嫡親女兒，目光落在精心妝扮過的顧荷月身上，泛起一抹輕視之色，淡淡點頭。

顧荷月見狀，面上一白。

尤氏不管她的尷尬模樣，語氣親暱地嗔道：「雪姐兒，妳是姊姊，怎地這般沒規矩，還不快帶妳八妹見過肖姨母。」

這話聽著是斥責顧雪月沒規矩，可誰聽不出來，她口中真正沒規矩的，是撇下姊妹的顧荷月。

顧雪月帶著笑，這才牽著顧桐月的手上前，恭敬溫順地行禮，隨即垂眉順眼，安分規矩。顧桐月亦是如此。

肖氏揚起笑。「都是好孩子，快起身吧！」轉頭吩咐身後的丫鬟。「把我備的見面禮拿出來。」

丫鬟便將備好的荷包一一遞給顧桐月等人，笑著道：「一點小東西，留著把玩吧！」

幾個姑娘謝過後，顧華月依著尤氏坐下，顧桐月姊妹也入座。

尤氏與肖氏簡單互道幾句近況，其他女客就陸續到了。因要回京，加上肖氏前來，陽城官家女眷得了消息，遂不時派人上門打聽可有宴請之事。於是，尤氏與顧從安商量，又問過肖氏，索性邀她們一道來，當是離別宴。

暖閣熱鬧起來，尤氏也開始忙了。

「華月，帶妳們的小姊妹去園子裡玩吧！」尤氏見邀請的客人都到齊了，便吩咐顧華月招呼來做客的姑娘。

顧從安在陽城連任兩任，顧家姊妹與其他官家姑娘也熟識，姑娘們聞言，立即起身擁著顧華月往園子走去，留下夫人們說話了。

因是冬日，園子裡沒什麼花卉可賞，是以尤氏讓人將臨水的園子以布幔厚厚圍起，角落裡燃了火盆，半點寒意也無，又備好九連環、魯班鎖、陀螺、竹馬等物給年紀小些的姑娘們玩，大些的姑娘們或聚在一起說話，或投壺下棋、吟詩作對，熱鬧歡喜。

顧桐月年紀最小，便與小姑娘們待在一處。

今日尤氏也邀請了房家、廖家以及雲家女眷。依照她的性子，本不願再與廖家有來往，莊嬤嬤勸說半天，單單撇下廖家，外面的人又要猜疑，先全了面子，日後再報復也行。尤氏這才暫時忍住氣，下帖子給廖家。

因為大慈寺的事，那三家的姑娘們仍是有些尷尬，打過招呼後便散開去玩。

而沒見過顧桐月的姑娘們，好奇地將目光對準她。

有人問顧華月。「妳什麼時候多了個八妹，以前怎麼從未見過？」

陪坐在旁的顧荷月瞥向木訥陪小姑娘玩魯班鎖的顧桐月，搶在顧華月前頭道：「往日連我們姊妹也難得見到八妹呢！若非……」故意停住，掃了豎起耳朵的姑娘們一眼。

顧桐月再度成為眾人的關注，微垂著頭，似不知所措地捏著手中的魯班鎖，長睫掩映下的目光卻是清冷一片。

顧荷月瘋了嗎？她敢當眾講出顧桐月原是癡傻的話，不出明日，顧府便會淪為旁人的笑談，日後顧府姑娘們更別想出門見人——即便他們就要離開陽城，誰又能保證，陽城的事不會傳到京中去？

她不是傻子，這麼做，不但尤氏容不得她，寵愛她的顧從安只怕也會心生厭棄。

那麼，顧荷月只是為了嚇嚇她、順便報復一下罷了。

顧華月冷眼瞧著顧荷月，抿著唇，沒有說話。

稍遠些的顧雪月對這怪異氣氛毫無所覺，正與別家姑娘笑盈盈地討論時下最新的繡花樣子。

顧荷月見眾人目光落在自己與顧桐月身上，儼然已經博得所有注意，不由得意地笑了笑，正要開口，便聽顧華月淡淡道：「八妹自小身子弱，大夫吩咐靜養，母親不得已才把她送到雲城的別院。雲城好山好水，八妹去了幾年，身體便大好了，母親聽聞後，立刻將人接回來，是以往日我們姊妹才極少見到八妹。」

大家一副原來如此的表情，顧荷月掩唇笑道：「正如四姊所言，八妹身子不好，自小可是吃了不少苦頭。」

眾人聞言，瞧向顧荷月的眼神便有些怪異。她們已知顧桐月是庶女，她話裡話外透露的意思，莫非尤氏不曾善待過這位從未出現在人前的小女兒？

顧華月警告地瞪著顧荷月，顧雪月也瞧見了這邊的不對勁，就要上前解圍。

這時，顧桐月細聲開口道：「剛開始吃藥時總是苦得難以下嚥，習慣之後，就不覺得苦了；若非母親費心為我請醫問藥，今日恐怕不能與各位姊姊、妹妹相見。」面對著這樣多人說話，似乎極不好意思，小臉脹得通紅，顯得很是局促拘謹。

這席話，將尤氏從苛待庶女的疑雲中撇清出來。

顧華月瞧向顧桐月，微沈的臉色慢慢變暖，讚賞地衝她點頭。

顧雪月也微笑，看向桐月的目光卻暗暗閃了閃。

唯有顧荷月沈下臉，趁人不備，咬牙瞪向顧桐月，還想說什麼，但顧華月早已與其他姑娘們岔開了話。她是庶女，又有抹黑當家主母的嫌疑，在座的姑娘們不是傻子，便有些瞧不上顧荷月的做派，不願再與她說話。

顧荷月有些尷尬，默默坐在一旁。

顧桐月淡淡收回目光，繼續輕聲細語與身邊的小姑娘說笑。目光一錯，卻見喜梅的衣角在園門口閃了下，接著，顧荷月毫無聲息地扶著冬梅的手出了園子。

顧桐月覺得不對勁，起身過去，香扣也立刻跟上。

主僕倆出了園子，香扣轉身替顧桐月綁好披風。「雖是在自家園子裡，姑娘一個人去淨房，也得小心些。」

顧桐月心中一動，笑道：「我知道，妳且放心去吧！」

她知道香扣是尤氏派到她身邊的人，香扣這麼做，或許是看出她要跟蹤顧荷月的原因，卻不打算揭穿，還費心遮掩。她給了她這樣大的方便，這份人情，日後自是要還的。

等香扣走了，顧桐月飛快地掃周圍一眼，瞥見顧荷月的背影轉過抄手遊廊，往東面的垂花門走。

見未有人注意，顧桐月便提起裙角，順著抄手遊廊快步走去。

垂花門後是一條夾道，因離各處院子都遠，平日少有人來往。

為何顧荷月在這裡？

顧桐月悄悄靠近，聽得喜梅正在回話。

「……那黃少爺果真文采不凡，老爺考他許多，竟沒有他答不上的，老爺十分滿意，兩人相談甚歡。」

「兩人？那位謝家少爺呢？」

「聽說謝少爺連書房的門都沒進，領著自己的小廝逛院子。」

「我不是叫妳也打聽他嗎？」顧荷月不耐煩地提高了聲音。

喜梅壓著嗓音回道：「謝家在京城也是名門世家，往上數五百年都是名門望族，出了許多名人高官、風流雅士，只是到了前幾代時，謝府當家跟錯了人，遭皇帝猜忌，謝府為了自保，遷回祖籍洵州。十幾年後，先帝登基，謝府藉著東平侯府立下大功，才重新回京。」

喜梅一邊說、一邊覷著顧荷月的神色，見她聽得仔細，才稍稍鬆口氣，繼續道：「如今謝府的當家人正是謝少爺的父親，任都察院左副都御使。年輕一輩中，當數謝大少爺最有為，兩年前科舉中了一甲第三名，殿試時被欽點為探花，如今在翰林院任職，深得陛下重視，又有東平侯府這樣的岳家扶持，日後前程不可限量。

「不過，奴婢聽聞，東平侯府與謝大少爺訂親的唐姑娘病逝，謝大少爺哀痛過度，決定為唐姑娘守孝三年，當真情深意重。」

「如此說來，這謝家倒不比黃家差？」顧荷月沈默一會兒，開口問道。

喜梅回答：「奴婢聽說，眼下黃大人的官職雖比謝大人高，卻是寒門士子出身，若非黃夫人娘家幫襯，仕途未必這樣順遂；至於謝家，到底是百年望族，在京中十分有威望，而且還與東平侯府交好。」

與顧荷月一牆之隔的顧桐月默默聽著，全身緊繃，眼中幽光顫動，淚水積滿眼眶，卻沒有滑出。她的眼前是破碎的血光，燃著靜怒的火焰，彷彿要將什麼噬咬啃盡，吞個精光。

再多說點，現在東平侯府如何？失去唐靜好的東平侯與侯夫人怎麼樣了？還有兄長們有沒有發現她死得蹊蹺？有沒有找出害她之人？還有謝斂，她的青梅竹馬、未來夫君……

顧荷月與喜梅繼續說，內容卻不是顧桐月想知道的了。

「……妳將這些話說給姨娘聽，讓她拿個主意。」

顧桐月神色黯然，怔怔轉身往回走，腳下重若千斤。

東平侯府對於顧府庶出姑娘來說，太遠了，遠得不能想像，所以顧荷月沒興趣探聽更多有關東平侯府的事。

「妳怎麼在這裡?!」顧荷月與冬梅從夾道轉出來，瞧見顧桐月單薄的身影在前方不遠處，心裡一驚，忙追上去，厲聲喝問。

顧桐月如遊魂般轉頭，目光空洞茫然，所有生氣似被大風颳走，不剩一絲一毫。

顧荷月見她小臉慘白，只望著她發愣，不由急了，不耐煩地推了一把。「我問妳話，妳裝什麼傻？」

顧桐月被她推得踉蹌，秀氣眉頭微微蹙起，仍是緊抿著發白的唇瓣不說話，定定看了顧荷月一眼，轉身就要走。

顧荷月被看得心裡發慌，越發心虛不安，抓住顧桐月的手臂，氣急敗壞地喝問：「顧桐月，妳都聽見了什麼?!」

顧桐月被她這樣抓著，痛得打了個激靈，目光仍是深幽，卻一掃方才的空洞茫然。

「我什麼都沒聽見。」

「妳騙鬼呢！」顧荷月狠狠瞪她。「誰派妳跟著我?是不是顧華月？」

「六姊，妳出來得太久，再不回去，四姊該起疑了。」顧桐月撥開顧荷月的手，緩緩開口。「六姊為什麼會來這裡，我不關心；我聽到了什麼，六姊也不需要擔心。」

顧荷月神色沈沈。「妳果然都聽見了，倒是我小瞧了妳。說吧！妳想怎麼樣？」

「園子裡太悶，我便出來走走，並非有意探聽妳的秘密，六姊只當沒見過我便是。」

「妳當真會替我保密？」顧荷月懷疑地睇眼瞧著顧桐月平靜蒼白的臉色，忽然發覺顧桐月與往常不一樣。

平日的顧桐月總是低眉屈膝，緊張拘束，從不敢直視他人，而眼前的顧桐月，卻是不避不讓地看著她的眼睛，那雙黑漆漆的眸裡像是裝了許多東西，讓人看著看著便覺心裡發毛。

顧荷月忍不住皺眉，不過是個傻子，怎會在她面前生出這樣的心情？遂又逼近一步，揚眉瞪視顧桐月，等她如往常般露出害怕瑟縮的神色。

顧桐月由著她逼近，卻不退半步，平靜地看著她。「如果六姊不信，我也沒法子。四姊恐怕已經在尋我了，我先走一步。」雖是極力忍耐，面上仍露出不耐煩之色，只想趕緊離開這裡，慢慢平復翻騰的情緒，卻被顧荷月不依不撓地攔著，著實氣惱，語氣便顯得強硬冷漠。

顧桐月說完，隨即甩袖離去。

顧荷月見狀，驚訝至極，冬梅也難以置信地瞪大了眼，但瞥見自家主子的臉色，立刻嚇得一縮脖子，恨不能消失無形，大氣都不敢出。

顧荷月臉色鐵青，瞪著顧桐月的背影，恨不能將之燒出兩個窟窿來。在顧府裡，除了顧雪月，連顧華月都得讓她三分，這膽小卑怯的傻子竟敢這樣無視她！

這般想著，顧荷月心頭怒火更甚，想也不想，急追上前，猛地將顧桐月推翻在地。

「顧桐月，妳敢這樣對我，今兒我非好好收拾妳不可！」

顧桐月跌坐在地，細嫩手掌被粗糙的石子路面磨破，一陣鑽心的痛。

她抬眼望向居高臨下瞪人的顧荷月，慢慢爬起身，目光平靜得冷酷。

「顧荷月，妳再如此，我立刻去見母親！」

她不想與任何人為敵，就算選擇尤氏也沒想過徹底得罪顧荷月與莫姨娘，但顧荷月偏要不依不饒地糾纏，甚至動手；如果非為難她不可，她不惜與顧荷月撕破臉——反正，顧荷月從沒想過給她留臉面！

「妳敢?!」顧荷月氣得雙眼發紅，精心妝扮過的小臉微微扭曲，狠狠瞪著顧桐月波瀾不驚的眼睛。

「我敢。」顧桐月迎視著她，優美唇瓣微微上揚，眼底深處卻是黑沈一片。「六姊可要試試？」

「冬梅，妳這廢物杵著做什麼?!」顧荷月氣得發抖。「還不狠狠打這小賤人——」

「姑娘……」冬梅怯怯看向顧荷月，又偷覷渾身散發冷然氣息的顧桐月，只覺得此時的顧桐月比顧荷月更令人生寒，不由朝後縮了縮，小聲勸道：「今日有客在，若讓旁人知道，於姑娘名聲有礙啊！」

「這裡會有誰來？妳這賤蹄子，竟連我的話都不聽了，想找死嗎？」顧荷月柳眉倒豎，重重地掐冬梅。「今日妳不狠狠地教訓她，等會兒我便讓人狠狠教訓妳——」

「竹青，快上來看熱鬧！」一道興致勃勃的嗓音驀地響起。

顧桐月與顧荷月同時一驚，循聲望去，便見牆頭上坐著一個人，露出笑咪咪的臉，肆無忌憚地盯著她們打量。

顧荷月臉色驟變，來者不是別人，正是方才她讓喜梅打聽的謝望，竟逛進了內院。雖隔著一堵牆，仍是讓她心慌，不知剛才的話他聽見多少。

顧桐月皺眉，垂首掩飾眼底翻湧的情緒。

「不是要打架，怎麼還不動手？」謝望把自己的小廝拉上牆，回過頭，饒有興致地問。撞見人家後宅裡的醜事，不但毫不避諱，還一副等著看戲的神色。

顧荷月目光一轉，壓下心中的慌亂，偷瞧謝望俊秀的臉龐，朝他盈盈拜倒，嬌聲道：「謝少爺誤會了，我與妹妹鬧著玩，並沒有要打架。妳說是吧！八妹？」

顧桐月低聲回答。「姊姊說的是。」又道：「我先回去了。」

謝望坐在牆頭，悠閒適意得彷彿漫步在自家園子裡，直直盯著顧桐月，挑眉道：「真是鬧著玩？難道剛才是我聽錯了？」

顧桐月不理會他，更不想多看他一眼——這廝的乖戾與刻薄，她早已領教過，顧荷月想去討罵，她自然不願做不識好歹之人。

這般想著，她連顧荷月都懶得再理，頭也不回地走了。

顧荷月見顧桐月離去，又是心慌忐忑、又是歡喜羞澀。不管家世或相貌，謝望都不比黃泰生差，黃泰生是尤氏替顧華月相中的，她與莫姨娘雖惦記，但如今出現比黃泰生更好的人選，也不會因此得罪尤氏，相信莫姨娘得知後，也會贊成。

顧荷月粉頰略帶羞紅，翦水星眸溫柔似水，飛快地瞟謝望一眼，立即垂下頭，櫻桃小嘴輕輕勾起，模樣楚楚動人至極，輕聲開口。「牆頭這樣高，謝少爺當心別摔著了。」

她低著頭，自然沒發覺謝望無聊又不屑地撇嘴，興味的目光追隨著顧桐月的身影，口中敷衍道：「妳說的是，別熱鬧沒瞧成，反摔了小爺。竹青，走吧！」

顧荷月一愣，慌忙抬眼，哪裡還有謝望的影子，不由懊惱咬唇，氣急地狠扯著帕子。

他居然就這樣走了？

她不美嗎？顧荷月抬手摸著自己的臉，連莫姨娘都道她生得比她還漂亮，清靈的雙眼、小巧的紅唇都與莫姨娘一般無二，但容貌卻更勝。顧從安每次瞧見莫姨娘都捨不得移開眼睛，她方才的神情、姿態都模仿著莫姨娘惹人憐惜的嬌弱，孰料謝望竟半點憐惜之情都無，說走就走。

顧荷月氣結。都怪該死的顧桐月！定是因他瞧見她與那傻子起了爭執才會如此，那她在他心裡的形象豈不是糟透了？

絲毫不知已被顧荷月恨上的顧桐月靜靜地坐在湖邊的假山後。

她心裡千頭萬緒紛亂不已，沒有半點準備而見到謝望的心情總平靜不下來，一時悲憤地想起唐靜好的殞命，一時傷心著再也回不去東平侯府，一時痛恨眼下這樣尷尬卑微的身分，想得更多的，卻是昔日與謝斂相處的美好時光……

「喂，妳真是沒用。」輕佻的嘲笑聲從假山上傳來。「方才對抗妳那姊姊時，不還挺厲害的嗎？怎麼這會兒卻躲在這裡掉眼淚？」

顧桐月悚然一驚，忙起身往上看，就見謝望那張惹人厭的臉出現在假山上，不由惱恨地皺眉，飛快抹掉眼角的淚，冷淡道：「內宅之地並不是謝少爺該涉足之處，若讓人知道，該說謝少爺在別人府中這般沒教養了。」

謝望嘴角勾起的笑僵住，眉頭一挑。「妳這丫頭倒是嘴尖舌巧得很，怪不得妳那姊姊氣得要打妳。小爺我有沒有教養，與妳何干，與旁人又何干？」

顧桐月冷漠地瞥他一眼。「是與我不相干。這裡風光尚好，謝少爺不嫌棄，便多欣賞一會兒。」說罷，起身離去。

「站住。」謝望見她竟是毫不留戀轉身就走，急忙叫道：「妳姊姊要打妳，可是因為我的關係？」

「不是。」顧桐月想也不想地回答，即便是，她也不能說出來使他更得意。

謝望行事本就荒唐無章，如果讓他把此事宣揚成顧府兩女為他大打出手，那還得了，壞了顧府的名聲，連累顧蘭月與顧華月的親事，尤氏豈不是要撕了她。

「我都聽到了。」謝望卻不打算就此放過。「若不是，她為何要打聽謝家、打聽我？妳又怎會偷聽她們主僕說話？小爺瞧著，妳們姊妹打的都是一樣的主意吧！」

「你想多了……」

「小爺告訴妳，就憑妳們，即便做妾，下輩子也進不了謝家的門！」不待顧桐月說完，謝望便打斷她，一副高高在上、得意洋洋的模樣，又出聲嘲諷。「謝家可不是什麼貓貓狗狗都能進的。」

這般直白的羞辱，令顧桐月瞬間沈下臉，盯著謝望的眼瞳一片深黑，沒有半點明光，嘴角勾起冷笑，脫口道：「謝家有何了不起，沒有東平侯府，謝家又算得了什麼？還有謝少爺，自視甚高，果然是屬公孔雀的！」

「妳說什麼？」謝望一愣，皺起眉頭。「明明顧府姑娘恬不知恥，小小年紀就在背地裡惦記男人，還敢說謝家的壞話！」

這罵人的話聽著怎麼這麼耳熟，尤其是公孔雀這三個字！

謝望忍不住又多瞧了顧桐月一眼，這小丫頭明明面生得很，可這雙冒火的眼睛卻怎麼看怎麼眼熟？就像……

是了，東平侯府那可惡的唐靜好便時常罵他公孔雀，眼神也是這樣的！

謝望隨即猛地搖頭，唐靜好已經死了，眼前這個不過是顧府的卑微庶女罷了。

「謝少爺大可放心，即便世上男人死絕，我也不會惦記你！」顧桐月揚起臉，毫不客氣地反唇相稽。「謝少爺這樣高看自己，殊不知在旁人眼裡，不過是坨臭不可聞的狗屎罷了，日後還是少往自己臉上貼金，免得笑掉別人的大牙！」

顧桐月氣惱地罵完，也不看謝望的神色，轉身就跑了。

第七章　一個圈套

顧桐月回到園子裡，手腳依然不住地發著抖。

此時她才對剛才逞的口舌之快害怕起來，謝家與東平侯府相比，算不得什麼，得罪了也不打緊，反正唐靜好跟謝望一見總要吵得雞飛狗跳，比這更狠的話也罵過。

但顧府不同。

從前她聽聞過顧府，但東平侯府與顧府來往不多，是以不太了解京中顧府的情況，雖知道顧家曾在德宗帝時有過一門雙進士的顯赫風光，如今卻已大不如前。

謝望本就小器愛記仇，如果他只想報復她還好，若因此事讓謝家與顧府生仇，她小小庶女怎麼承擔得起那樣的後果？

「姑娘，方才可是在外頭吹了風？」

香扣迎上前，見顧桐月臉色發白，裙邊還沾了泥，一副魂不守舍的模樣，面色微變，有些焦急地輕聲詢問。

顧桐月回過神，順著香扣的話道：「風是大了些，不過無妨，我喝杯熱茶就好了。」

正說著，就見顧荷月笑盈盈地走過來。

顧桐月眉心微蹙，沒注意顧荷月是什麼時候回來的，剛剛兩人已算是徹底撕破臉面，現在眾目睽睽之下，她想鬧事不成？

顧荷月目光閃閃，開了口。「八妹，我碰到母親屋裡的丫鬟，說母親有要緊事，讓妳去暖閣。」

顧桐月與香扣俱是一愣，香扣疑道：「有要緊事找姑娘？奴婢從夫人那邊過來，並未聽人提起啊！」

顧荷月笑容一頓，臉色微沈，很快又笑起來，揚聲說：「八妹這是不信姊姊的話了？」真是時時刻刻不忘給她使絆子。顧桐月瞧著各種目光再次落在自己身上，無奈地起身。

「六姊這是什麼話，我怎會不信呢？香扣姊姊直性子，難免疑惑，六姊大人大量，不要同我們計較了吧！」

顧荷月這般理直氣壯地當眾說話，怕是確有其事——她再得顧從安寵愛，也不敢做出當眾假傳尤氏指令的事來。

顧荷月點點頭，眼裡飛快閃過笑意。「既如此，妹妹還是趕緊去吧！別讓母親久等了。」

顧桐月聞言，對身邊的姑娘們告罪，便起身帶著香扣離開。

冬梅見她們走遠，站在顧荷月身邊，臉色發白，神色難掩忐忑，見沒人注意她們主僕，才小聲道：「姑娘，若被夫人發現……」

「發現什麼？本就是母親找她，我又沒騙人。」顧荷月滿不在乎地說，低頭喝茶，擋住唇邊那抹不懷好意的冷笑……

前往暖閣要穿過抄手遊廊，過圓月門便是一座小花園。顧從安不愛花花草草，因此小院子裡種植的都是松柏之類的高大樹木，先前一群人過來倒不覺得，現在沒人走動，便顯得格外冷清蕭索。

「姑娘，亭子裡有人。」小心打量四周的香扣頓住腳步，警惕地拉住顧桐月的衣袖。

顧桐月當然也發現了，掩映在林木間的亭子裡，負手站著的不是黃泰生，又是哪個？

「黃少爺怎會在這裡？」香扣皺眉，趁未被黃泰生發現前拉著顧桐月迅速躲進旁邊的大樹後。

顧桐月也疑惑，黃泰生瞧上去並非謝望那般行徑荒唐不羈之人，怎會這般大模大樣地闖進別人家後院？

「看這樣子，黃少爺似乎在等人。」香扣思索著，輕聲說道。

顧桐月沒說話，主僕倆等了一會兒，也沒等來旁人。黃泰生是外男，若這般出去，被人瞧見，少不得又是一場風波。

「通往暖閣還有別的路嗎？」

顧桐月弄懂了顧荷月的伎倆，不管黃泰生出現在這裡與顧荷月有無關係，只要讓人瞧見她與黃泰生有牽扯，再鬧出事來，尤氏必定不能容她，這就是顧荷月的目的。

可顧荷月怎能說動黃泰生不顧男女大防進別人家的內院？

香扣搖頭，咬唇道：「姑娘，咱們先離開這裡再說。」

顧桐月點頭，香扣聰明，她不願擔責，必不會聲張，又怕尤氏責罰，還得費心盡力護著自己，遂乖順跟著她毫無聲息地退回遊廊。

「姑娘且稍等。」香扣定神，臉色好了許多。「奴婢先打發黃少爺離開。」

顧桐月目光微閃。「妳可有了法子？」

香扣想想，回頭瞧姑娘們齊聚玩樂的園子。「黃少爺怕是誤入內院，我請園裡的婆子送他去外院，姑娘覺得可行？」

這不失為一個法子，但顧桐月卻搖了搖頭。

香扣驚訝，不解地問：「姑娘覺得不妥？」

顧桐月笑笑。「若妳信得過我，請婆子直接回母親，讓母親做主，這樣對妳我都好！」

香扣一愣，隨即明白顧桐月的意思。

內宅被尤氏管得滴水不漏，有什麼事能瞞得過她的眼睛？不管黃少爺為何會出現在亭子裡，此時尤氏必然已經知曉，如果她瞞下此事，只讓婆子領黃泰生出去，定有損尤氏對她的信任，說不定還會棄而不用，於她半點好處也沒有。

「姑娘言之有理。」香扣如釋重負，瞧向顧桐月，感激道：「奴婢這就去辦。」

顧桐月將香扣的神色收在眼底，明白香扣心中對她仍有疑問——再高明的大夫也沒辦法讓人在短短時日內就變得聰明，她在香扣面前不藏拙，自有示誠的意思，以香扣的聰明，不會看不出來。

顧桐月袖手站在遊廊處，目送香扣遠去，思緒跳到顧荷月身上。

其實顧荷月這手段並不高明，倘若她有一絲動搖，似顧荷月那樣不管不顧要為自己謀劃一門好親事，這計謀也足以使她墜入萬丈深淵。

尤氏與肖氏的交情、肖氏瞧著顧華月時滿意的目光、獨獨顧華月得了肖氏的血玉手鐲、顧從安對黃泰生十分滿意……顧荷月能看出尤氏與顧從安的打算，她又如何猜不到？

尤氏明明白白防著所有人，對於顧荷月的作為，豈會半點不知？只怕連她跟蹤顧荷月的事，尤氏也是知情的。平日尤氏把內院管得如鐵桶般嚴密，今日怎會連番讓外男出現在此，說不定這也是尤氏對她們的試探與考驗。

顧桐月腦子轉得飛快，心卻平靜了下來。

很快地，香扣領著兩個婆子回來，道：「煩勞嬤嬤。」

婆子們笑咪咪地應聲，順著圓月門進了園子，領黃泰生出去。

約莫一盞茶工夫後，顧桐月主僕見人走遠，正要離去，霜春竟親自來了，親熱地笑道：「八姑娘，夫人讓奴婢來接您。」

顧桐月露出惶恐的模樣。「怎敢煩勞霜春姊姊親自前來。」

霜春道：「八姑娘客氣，夫人正在暖閣等著，要跟您說話呢！」

顧桐月點頭，讓香扣扶著，跟霜春過去了。

暖閣旁的梢間裡，尤氏微眯著眼倚在羅漢床上歇息。

莊嬤嬤泡了茶來。「方才夫人迎客勞累了，喝口茶潤潤喉吧！」

尤氏接過，啜飲一口。「我倒沒瞧出來，荷姐兒竟有這樣天大的膽子，敢在我眼皮子底下玩出這些花樣！」

莊嬤嬤不屑地撇撇嘴。「不過是仗著她姨娘得老爺的寵罷了。夫人，今日的事該讓老爺知道，老爺向來討厭旁人欺他，莫姨娘與六姑娘當著老爺的面恭順得很，卻背著老爺做出這樣沒體面的事，如果老爺知道了，定會厭棄她們。」

尤氏緩緩睜眼，淡淡道：「這些年莫姨娘哄得老爺對她信任有加，即便將證人送到老爺面前，只怕老爺也不會相信。到底是我管著內宅，下人也是我親自挑的，她只須抓住這一點，便能在老爺面前反咬我一口，道我容不得她，出言誣衊。」

話落，尤氏頓了頓，眼中冷意更甚。「不著急，只要慢慢瓦解老爺對她的信任便可，荷姐兒一日一日大了，她越是著急，機會便越多。」

莊嬤嬤點頭。「夫人說得極是。」

「如今我疑惑的，卻是桐姐兒。」尤氏話鋒一轉，雙眼閃現利芒。「她偷偷摸摸跟著荷姐兒是何用意，莫非也對謝望起了心思？」

莊嬤嬤想了想，道：「奴婢瞧著不像，否則她怎會對謝家小少爺那般不敬，氣得那位爺跳腳。等會兒八姑娘來，夫人不妨問問。」

尤氏沈吟著，沒有說話。

這時，霜春掀起簾子，引顧桐月主僕進來。

尤氏溫和慈祥地瞧著顧桐月。「桐姐兒來了。」

顧桐月過去，還未說話，便直挺挺地跪在尤氏面前，紅著眼，彷彿受了天大的委屈。

「母親，女兒有錯，請母親責罰。」

「這是怎麼了？」尤氏眉頭微挑，語氣驚訝，卻未叫她起身。「好好地請什麼罪？」

顧桐月小聲泣道：「方才在園子裡時，女兒本欲去淨房，卻見六姊神色慌張，以為六姊丟了什麼貴重東西，便想著幫忙尋一尋，誰知卻……」

她將偷聽來的話學給尤氏聽，白著臉，一副驚嚇過度的模樣。

「女兒不知六姊讓人打聽這些做什麼，只覺得不妥，便要離開，不想卻被六姊察覺。六姊對女兒口出惡言，女兒心中又難過、又害怕，躲到假山後頭，想靜一靜，不想謝家少爺不知怎地竟闖進內院，還開口侮辱人，女兒實在氣不過，就罵回去。女兒如此莽撞，得罪了客人，累母親丟臉，女兒該罰。」卻是隻字不提黃泰生出現在內院的事。

尤氏眉心一皺，隨即舒展開來。「妳這丫頭是莽撞了些，卻沒有做錯，咱們顧府的姑娘豈能容人那般貶低。謝少爺雖是客，可對主家如此不敬，即便傳出去，也是咱們占理，無須怕成這樣。今兒這事，妳做得很對。」

顧桐月聞言，抬起滿是水霧的大眼，惶恐地看向尤氏。「母親，我真的沒有做錯嗎？」

「傻丫頭。」尤氏笑著搖搖頭，對香扣道：「還不趕緊扶八姑娘起來。」

香扣忙應是，上前去扶顧桐月。

「妳頭一回在這樣的場合露面，可還習慣？」尤氏笑著打量顧桐月，目光在她裙邊頓了頓，不再提謝望之事，彷彿喊她過來只是因為擔心她無法應付，一副慈母的模樣。

顧桐月微紅著臉，囁嚅道：「有些磕磕絆絆，好在四姊幫著我，才沒在客人面前失禮。」說著，流露出感激神色。

尤氏滿意地點頭，語重心長道：「姊妹就該這般互相幫助，咱們這樣的人家，姑娘的名聲尤為重要，一榮俱榮、一損俱損的道理，妳要謹記在心。」

顧桐月點頭，乖巧道：「五弟與我說過的，他擔心我今日丟了母親的臉面，特別叮囑，要我聽母親和四姊的話，不讓母親為我操心勞神。」說著，目光似無意地瞥了香扣一眼。

「你們都是乖巧孩子，和哥兒就愛瞎操心。」尤氏笑起來，留意到顧桐月臉色蒼白，帶了疲態，蹙眉問道：「桐姐兒的臉色不太好看，可是哪裡不舒服？」

顧桐月咬唇，欲言又止，最後搖頭。「多謝母親關心，女兒沒事。」

尤氏挑眉，香扣突然插嘴。「夫人，剛剛八姑娘不小心在園子裡跌跤，怕是受了傷。」

「這孩子，這樣大的人竟還不會走路嗎，傷到哪兒了？」尤氏口中責道，吩咐香扣。「快傳話去請秦大夫來給八姑娘瞧瞧，八姑娘的身子本就弱，好不容易有了起色，再有差池，我饒不了妳們這些貼身服侍的人。」

香扣忙恭敬應是，急步退出去。

「母親，我只是摔了一下，手上有些擦傷，沒有大礙，別怪香扣她們。」顧桐月膽怯又依賴地道：「香扣對女兒很好的。」

尤氏聞言，不由眯眼，神色一凜，隨即又笑起來。「那丫頭倒是與妳投緣，妳放心，只要她盡心服侍，母親不會怪她。外頭要開席了，妳先回屋梳洗，換件得體衣裳，香扣不在，我讓莊嬤嬤送妳回去。」

顧桐月聞言，惶恐擺手。「今日這樣忙，母親身邊哪能離得了莊嬤嬤，不勞嬤嬤送我，只是幾步路，我自己回去便成。」

憑她現在的身分，哪裡有這樣的殊榮？如今徹底得罪了顧荷月，已是莫姨娘母女的眼中釘，再被尤氏這樣高高捧著，惹來更多人眼紅不滿，可是得不償失，她只想平平安安回到京城，再圖其他。

尤氏見狀，不再勉強，又叮囑兩句，便先與莊嬤嬤出去待客。

離了屋後，尤氏悄聲叮囑莊嬤嬤。「問問香扣，讓那兩個婆子來回話是誰的主意？」話落，眼神倏地變得犀利。「記得敲打敲打香扣，別忘了她是從誰屋裡出去的。」

莊嬤嬤應是，扶著尤氏出了正院。

另一邊，香扣傳完話，回暖閣去接顧桐月，主僕倆回西廂更衣。

進屋後，香扣正要關門，顧桐月卻察覺到不對勁，不動聲色地按住香扣的手，打算轉身離開。

「慢！」略有些沙啞的男聲驟然響在顧桐月主僕耳邊。

香扣張口就要驚呼，顧桐月忙低喝道：「別叫！」

她已經聽出來，此人正是曾經躲在蓮心院的「梁上君子」、大慈寺中被黑衣蒙面客刺殺的男人！

無論他是什麼身分，她斷斷不能讓人知道他潛在她屋裡；且今日府裡有客，要是被發現，別說她不能活，顧府的姑娘們全都別想活了。

顧桐月慢慢回頭，撞進一雙幽深的眸子，眼神冰冷如刀，直勾勾地盯著她。熏了蘭香的屋裡若有還無地夾雜絲絲的腥甜氣味。

顧桐月目光微閃，心下稍定。

這個人受了傷，而且傷得不輕，否則不會偷偷摸摸地躲在女子閨房。她直覺這男子驕傲，若非性命堪憂，定不會讓她瞧見他的狼狽。

顧桐月打量他，男子清奇俊秀的臉龐竟是蒼白無血色，泛著淡淡的青。

香扣也從震驚中回過神，悄悄垂下眼，退到顧桐月身後，試圖靠顧桐月拖著他，好出去喊人來。

蕭瑾修一言不發，抬臉看向香扣，眼神極冷，彷彿千年寒鐵鑄成的利刃，直插進人的心窩。

即便沒有抬頭，香扣也被那目光瞪得定在原地，渾身僵硬，再不敢妄動。

「不想丟了性命，就照我說的做。」蕭瑾修緩步從屏風後轉出來，走得很慢，說話的聲音很沈、很穩。

顧桐月發現，雖然穿著玄色衣裳，但他修長漂亮的五根手指正覆在腰間傷處，血不斷從指縫間湧出。

「我們只是手無縛雞之力的弱女子。」顧桐月深吸口氣，腦中思緒紛亂，語氣卻是平靜。「能幫上忙的，只怕不多。」

蕭瑾修聞言，眸裡銳芒盡現，目光在顧桐月擦傷的雙手上停留。「我需要止血的藥。」

「不瞞公子，我剛住進這裡，並未備下任何傷藥，若向外頭要，會驚動人。」顧桐月眉心微蹙，還未長開的秀麗臉龐上帶著愛莫能助的遺憾。「今日家中有客，要是擾了客人，公子的處境只會更危險。」

顧桐月說著，想起那日林子裡的刺客，他躲到姑娘的閨房中，想是已經被追得走投無路；雖想趕緊將人趕走，可瞧著他腳底下漸漸匯聚成灘的鮮血，忍不住遲疑了。

「妳的手受了傷，妳需要藥！」蕭瑾修不容她拒絕，斬釘截鐵地說道。

顧桐月忍無可忍，皺起眉頭，本已軟下的心因而不悅，目光瞬間變得冷硬。「公子稍等片刻，家中已派人去請大夫，不久便到。」

「妳過來。」蕭瑾修也察覺到顧桐月的神色變化，不由有些訝異地挑眉。

原先她是怕他的，現在彷彿又不怕了，是因為他受了傷，她覺得他拿她沒辦法？

「男女授受不親，請公子不要為難我。」

顧桐月站在原地，神色警戒。她倒是想退走，可蕭瑾修左手指間明晃晃的柳葉刀容不得她行動。

「過來！」蕭瑾修並未加重語氣，但眼裡的威脅之意已經很明顯。

香扣見狀，緊張地拉住顧桐月的衣袖，慘白臉上是掩也掩不住的驚惶，卻咬牙上前，張臂將她護在身後。「你休想傷我家姑娘一根寒毛！」

「找死！」蕭瑾修耐心盡失，眼裡殺意驟起。

顧桐月見他左肩輕微一抖，顧不得多想，慌忙把香扣推開，急急道：「不過是止血藥，我幫你找來便是！眼下不宜再在顧府裡鬧出人命來吧？」

她一邊說，一邊走近蕭瑾修，黑幽幽的雙眼緊緊盯著他，半分害怕也不肯流露出來。

「坐下。」蕭瑾修命令道。

顧桐月順從地坐在他旁邊的椅子上，吩咐香扣。「妳去催催，大夫到了就請過來。」

香扣抬眼，欲言又止。

顧桐月神色淡淡。「如果母親方才只是客套，妳便去回話，道我的傷血流不止，怕是要留疤。」

香扣微愣，抬眼瞧向顧桐月，又去瞥蕭瑾修。

「妳的主子在這裡，說錯了話，就給她陪葬！」蕭瑾修冷冷地說。

顧桐月聞言，嘆口氣。「聽這位公子的，母親面前，不要透露半個字。」

香扣看著顧桐月信任的目光，重重咬牙。「奴婢知道該怎麼做，姑娘且等等，奴婢很快就回來。」便轉身去了。

今日客人多，巧妙不知躲到哪裡去了，顧桐月身邊只有香扣服侍，幾個小丫鬟都被安排出去幫忙。

香扣一走，屋裡寂靜得連人的心跳聲都幾乎可聞，然而在這寂靜下，卻隱藏著無聲的肅殺和危險。

顧桐月垂頭看看自己的手，之前被顧荷月推倒而擦傷的傷勢並不嚴重。

她輕嘆一聲，面上掠過陰影，抬眼尋了尋，目光落在八仙桌的果盤上。果盤裡有兩顆青黃色的楊桃，十分稀罕，大周本國是沒有的，乃是海外之物。雲家有條專跑海外做生意的大船，這楊桃便是他們送來的，本來也沒多少，尤氏特意留了兩顆給她，連墨竹院都沒份。

蕭瑾修隨著顧桐月瞧去，目光落在果盤旁的精巧匕首上，蒼白唇瓣微微一勾。

「即便我只剩一口氣，妳也傷不了我。」

這不是大話。顧桐月瞥他一眼，即便受傷，身形仍是筆直挺拔，起碼比她高出一個頭，她哪敢打別的主意。

「你想多了。」她這般說著，卻起身往八仙桌走去。

蕭瑾修並未阻止她，甚至好整以暇地坐下，用左手替自己倒了杯茶，若無其事，彷彿受傷的人不是他，面上不見絲毫痛色。

顧桐月拿起鋒利的匕首，清寒銀光在她的指尖上跳躍。

她伸出左手，銀光閃過，鮮血從掌心的傷口漫出來。

蕭瑾修正要喝茶的動作頓了頓，眸光微閃，落在她掌心上，幾不可見地蹙起眉。

顧桐月忍過這陣痛楚，抬頭衝他燦然一笑。「傷勢總要逼真些，才好取信於人。」

蕭瑾修沒料到她會如此，神色複雜，片刻才將目光移到她臉上。「妳不怕留疤？」

「怕。」顧桐月擱下匕首，那傷口劃得不算深，可也不淺，低頭瞧著鮮血湧出，苦笑一聲，坦然迎視蕭瑾修暗黑的眼眸。「我只是個庶女，又生得笨，除了這法子，我不知道還能怎麼辦。」

她只是庶女，在嫡母手下討生活並不是件容易的事，連要為他請個大夫，也得以弄傷自己為代價。

蕭瑾修收起目光，笑意染透原本犀利的眉目。

那晚初見，她脫下罩在頭上寬大的紅衣，露出一雙晶亮狡黠的大眼；大慈寺再見，她被他與刺客嚇破了膽；現在，她理直氣壯地拐著彎向他討人情——

為了你，我不得不割自己一刀，該怎麼還這份恩情，你是不是應該看著辦呢？

「妳多大？」蕭瑾修突然問道。

顧桐月一愣，眉心深深皺起，雖然他的舉止並不輕浮，卻問出這樣輕浮的問題，閨中女兒的年齡是他問得的？

「我猜……十歲？」蕭瑾修淡淡一笑。「距離及笄成親之日，少說還有五、六年，足夠妳慢慢養好這道傷。」這麼個小姑娘，心眼倒是不少。

顧桐月心中一動，因為太過羸弱瘦小，她看上去的確不像十二歲的姑娘，是不是正因為這樣，他才選上她？雖有男女大防，但他瞧著已有十八、九歲，自然不怕壞了她這個看起來不過十歲小丫頭的閨譽。

顧府眾多女兒，他卻偏偏選了這裡，莫非還是個君子不成？隨即失笑，哪有這樣脅迫人的君子。

「要是養不好呢？」在這樣的情形下，顧桐月竟起了抬槓的興致。

蕭瑾修的目光落回她被鮮血染透的掌心上，沈吟一會兒，才道：「妳是因我而傷，我會想法子治好這道疤。」

顧桐月挑眉。「空口白話，我連你是誰都不知道。」

蕭瑾修眼裡泛起笑意。「竟是我看錯了。」搖搖頭，便不再說話。

當他笑起來時，周身的寒涼氣息自然而然消退，顧桐月便沒那麼怕他了，且他的氣質還有點像唐承宗，顧桐月語氣遂隨意不少。

「看錯了什麼？」

蕭瑾修喝口茶。「妳的膽子不小。」

顧桐月認真回答。「那你看錯了，我膽子很小的。」是因為她連死都經歷過，眼前這些根本不算大事；若換成是從前的唐靜好，只怕早已嚇傻，更別提還要往自己手上劃口子。

蕭瑾修又看她一眼，開始打量起屋子。「妳看起來過得還不錯。」

顧桐月抿唇笑了笑，然而眼裡卻有澀意一閃而過。

這就算不錯了？他要是進過唐靜好的閨房，見識過唐靜好的做派，再說不錯，比較令人信服吧！

那抹澀意來得快也去得快，卻沒逃過蕭瑾修的眼睛，他竟難得地起了好奇之心。「庶女的日子，果真很難過？」

「你家裡沒有庶女嗎？」顧桐月有些不快。在他眼裡，她不過只是個十歲的孩子，可她已經活過一世。侯府嫡女和顧府庶女，何止是雲與泥的區別！

蕭瑾修沒說話。

顧桐月也不出聲。

屋裡又寂靜得恍若無人。

過了一會兒，顧桐月突然嘆口氣，惹來蕭瑾修的目光。

她手心的傷口並不深，此刻血已經止住了。

顧桐月看看，終於狠下心，右手狠狠在傷口邊緣按下，沒能忍住從口中逸出的痛吟。

蕭瑾修眼中浮現一絲不忍。「妳不必如此，有理由討藥便行。」

「理由不夠充足，也是不成。」顧桐月搖頭。依尤氏的行事，定會詢問大夫，若不能說服她，到時沒辦法交代。

「這次，是蕭某欠妳，日後有用得上蕭某的地方，定不會推託。」蕭瑾修終於做出如此承諾。

蕭？顧桐月眸光微亮，他的口音明顯是京城中人，京裡姓蕭的人家，莫不是……

「你的名字就叫蕭某不成？」顧桐月撇嘴。既然這人把她當成小孩子對待，她就順著他的意思。「你受了這樣重的傷，我又不遺餘力地救你，竟連知道你名字的資格也沒有？還說什麼用得上你的地方，我連你是誰都不知道，真有事要你幫忙，如何找人？不是真心想謝，便不用將話說得這樣好聽，不是哄著人玩嗎？」

蕭瑾修聽著她孩子氣的抱怨，面上的笑意不由多了兩分，嘆道：「妳這鬼靈精……好吧！我名叫蕭瑾修，不日顧從安就要回京，想來妳也會隨著一道回去，日後有事，派人到朱雀街蕭宅留話便成。」

挾恩圖報，還這樣理直氣壯，連苦肉計都使出來了，若他不據實相告，自己都覺得過意不去。

顧桐月面上難掩失望之色。

朱雀街的蕭宅？她從未聽聞過，並非以往所知的定國公府，又有些洩氣，即便他是定國公府的人，她又能如何？

從前東平侯府與定國公府有往來，但幼時她隨母親去做客，因自己的殘疾而被蕭家的姑娘嘲笑，自此，不僅侯府女眷不與國公府來往，連父親東平侯也與定國公生疏了。

蕭瑾修沒漏看顧桐月從希望到失望的轉變，卻不追問。

又是一陣靜默，蕭瑾修忽然起身轉到屏風後。

一會兒後，顧桐月聽見香扣引著秦大夫進屋特意提高的聲音。

秦大夫與顧家相識已久，之前替顧桐月看診時並未避諱，此時自然也省去屏風、帷幔的遮擋，雖瞧出顧桐月的傷口有些可疑，卻未多問，留下止血藥又寫了方子，便要起身告辭。

待香扣打賞了他，顧桐月才起身，道：「秦大夫醫術高明，若非有您，我還同從前一樣懵懂呢！今日又勞動秦大夫，給您添麻煩了。」

秦大夫收起賞銀，撫鬚笑道：「八姑娘客氣了。八姑娘福澤深厚，老朽只是運氣好，撿到這樣的機會罷了。」

「還是多謝秦大夫。」顧桐月說著，朝他行了半禮，嚇了秦大夫一跳，猛道使不得。

「實則還有件事要求您。」顧桐月有些不好意思，頓了頓才開口。「不知怎麼回事，我這身子特別容易受傷，今兒傷的是手，前些日子腳啊、胳膊啊也傷過，不過都是小傷，就沒有驚動母親，想著既然秦大夫來了，不如多替我留些止血藥，日後再受傷，便可自己料理，不必麻煩您跑來跑去。

「再者，不久後我們就要上京，怕路上有事，不好尋大夫，也求您幫忙開些祛寒之類的藥物，讓我帶著吧！」

這不是強人所難的要求，秦大夫點頭應下。

留下止血藥與幾張藥方後，香扣便送秦大夫出去。

待兩人走遠，蕭瑾修才從裡面繞出來，拿走止血藥，回屏風後包紮自己的傷口。

顧桐月猶豫一下，隔著屏風跟他說話。「前面要開席，我得出去露面，你……」

「上好藥我就離開。」蕭瑾修不起波瀾的聲音傳出來。

顧桐月鬆口氣，卻還是假惺惺地加了句。「我看你傷得不輕，要不再休息一會兒，但別被人發現了。」

蕭瑾修忙著上藥，沒再出聲回答。

顧桐月想了想，喚來香扣包好手上的傷，同她一道去了花廳。

一頓飯吃得賓主盡歡，筵席散後，待客人各自告辭，尤氏才回正院。

顧從安也在，尤氏便親自服侍他梳洗。

「老爺，聽說今兒你考過生哥兒的功課？」

待顧從安潔完面，尤氏從霜春手中接過乾淨帕子遞給他。

「嗯。」顧從安擦臉，滿意地道：「黃大人果然教導有方，明年下場，生哥兒定能取得好名次。」

尤氏溫柔地笑起來。「琴姊姊很喜歡咱們華姐兒，今兒竟將她戴了許多年的血玉手鐲送給華姐兒呢！」

顧從安聞言，也十分高興。「日後都在京城，能走動的機會也多，夫人與黃夫人又有這樣的交情，這門親事是八九不離十了。」

「我聽琴姊姊的意思，恐要等到科考後，生哥兒博個功名在身，才正式談親事，以免委屈我們華姐兒。」

「極是。」顧從安越發滿意，對尤氏更加溫柔。「此事便勞夫人多費心了。」

「老爺說的什麼話。」尤氏嗔笑著斜睨顧從安，眼波流轉間，露出婉轉嬌媚的風情。「華姐兒是我的女兒，她的親事，我這做娘的焉能不費心？不論華姐兒還是雪姐兒幾個，將來說親時，我這做母親的不都得花心思為她們謀劃？」

顧從安最喜尤氏這般風情，伸手把她攬入懷裡。「夫人賢慧，這可是我幾生幾世才修來的福分。」

尤氏面頰染紅。「老爺這話可是真心？」

「老爺什麼時候哄騙過夫人？」顧從安瞧著尤氏緋紅如二八少女般的臉龐，挑眉笑問。

尤氏似不依地在顧從安懷中扭動一下，笑眼微眯，但眼中利芒彷彿針尖般閃過，帶著幾分冷意、幾分嘲弄。

她輕嘆一聲，彷彿卸下千斤重擔般，輕聲開口。「老爺信任我，我自該管好後院，讓老爺無後顧之憂，可今兒卻險些出事……」

顧從安皺眉。「出了什麼事？」

尤氏依然溫順地倚在顧從安懷裡，輕描淡寫道：「也沒什麼，謝家少爺不知怎地混進後院，與桐姐兒起了爭執，後來桐姐兒嚇壞了，向我請罪。」

「桐姐兒？」顧從安眉心皺得更緊了。「可是她出言不遜惹惱了謝家少爺？」

尤氏搖頭。「不是她，而是謝家小兒太過狂妄，竟揚言顧家女兒即便給謝家做妾也沒資格，桐姐兒氣壞了，這才……」

「什麼?!」顧從安怒氣上湧。「無知豎子，竟敢如此污辱顧家！」頓了頓，隨即狐疑地看向尤氏。「他怎會無緣無故說出這般狂言？」

尤氏抿唇，收起嘴角稍縱即逝的冷意，輕聲講了顧桐月的說詞。

「……說是擔心荷姐兒丟了貴重東西，想幫著找，孰料卻聽見荷姐兒叫人打聽謝家的事，謝少爺大概是聽到了，才這般大言不慚。」

顧從安氣得紅了眼。「真有此事？」

尤氏心中冷笑，就知道他不會盡信。「我也只是聽桐姐兒說了，今兒事忙，顧不上問荷姐兒。荷姐兒一向懂事，別說老爺不信她會做出這樣的事，我也不信；只是桐姐兒是個老實孩子，不像在說謊。

「所幸這事沒傳出去，咱們只要管好府裡人，勒令不許往外說，便能將此事擱下，也省得再鬧出不好聽的話來。老爺覺得呢？」

顧從安沈吟一陣，眉心仍是帶著怒色。「就依夫人吧！日後內宅之事，夫人須得更謹慎，我知夫人對孩子們寬容親厚，卻也不能一味放縱才是。」

「桐姐兒在我院裡倒還好，只是荷姐兒，怕要莫姨娘多費心了。」尤氏打量顧從安的神色，猶豫著開口道。

「莫姨娘到底只是姨娘。」顧從安神色沈沈。「以前是我太縱著荷姐兒，眼下便罷了，回京後，讓她跟她姨娘分開住，讓夫人嚴加管教。」

尤氏暗暗勾起唇角，表情嘲諷，抬眼又是溫柔如水的神色。「老爺也是好意，就怕莫姨娘她……老爺是不是與她商量好再說？」

顧從安的臉徹底黑了。「這般小事，用得著與她商量？」不耐煩地鬆手推開尤氏。「此事便這樣定了，還有一事，咱們恐怕要提前進京。」

尤氏一愣。「這是為何？」

「我收到消息，陽城恐怕已是是非之地。」顧從安語氣沈重。「妳可知接替黃大人位置的是誰？」

「聽說是吳大人？」

「正是。吳大人是靜王的人，剛到錦城便遇刺身亡，此事已上報朝廷，聽聞陛下大怒，要徹查此事。黃大人本欲趕回錦城查案，陛下卻下旨令他即刻回京。錦城與陽城相距甚近，難免惹禍上身，我尋思著，還是早些離開妥當。」

「老爺可知是什麼人動手的？」尤氏吃驚地詢問。「聽聞靜王頗受陛下喜愛，辦成幾件大事，吳大人也正值如日中天之時，誰敢在這時候對靜王的人下手？」

顧從安搖頭。「怕就是因為靜王風頭太盛之故。」

尤氏聞弦歌而知雅意，抬手指東邊的方向。「老爺的意思，是那一位？」

顧從安神色莫測。「不然，還有誰膽敢如此行事？」

如今的太子乃先后所出，性情急躁暴烈，又無甚大才，但在武德帝面前很能裝模作樣，看起來謙虛孝順，禮賢下士。武德帝雖對太子在外的行徑有所耳聞，卻沒當回事。當然也有不怕死的御史上摺參太子一本，不過有太子太傅及太子母族斡旋，且上奏的御史也活得好好的，所以對太子殘暴一說，陛下只是一笑置之。

「近年來，不知為何，陛下竟對戚貴妃所出的靜王格外恩寵，去年陛下出巡，留京監國的便是靜王，太子因此不忿；且錦城港口有無數碼頭，是大周最富饒繁榮之地，誰不想讓自己人赴任？再有康王、英王，他們的母族亦是不可小覷，誰知他們有沒有參與其中？」

尤氏微愣，目光閃了閃。「那黃大人是哪一方的人？這次的事，會不會連累到他？」

顧從安豈會不知尤氏的顧慮，笑道：「夫人大可放心，黃大人是陛下最信任的人，陛下懷疑任何人，也不會懷疑他，要他即刻回京，只是擔心他有閃失而已。」

尤氏大大地鬆了口氣。「如此，我便放心了。」

顧從安想了想，又吩咐道：「明日夫人不妨去見見黃夫人，問他們何時啟程，咱們與他們一道上京，方便許多。另外，和哥兒的學館，也得辭了才好。」

尤氏點頭。「即使老爺不吩咐，我也這樣打算，老爺與黃大人亦能藉此多些機會相處。」

「正是。」顧從安滿意地笑起來，伸手擁著尤氏往掛著青色撒花帳的大床走去。「夫人真是老爺的賢內助……」

霜春與海秋對視一眼，自是會意，毫無聲息地領著丫鬟、婆子退出房間。

第八章 啟程回京

臘月初三，天氣是難得的晴朗，顧家與黃家啟程回京。寬敞舒適的馬車裡，顧華月臉色難看地倚著軟枕，雙目紅腫，神色萎靡，微垂眼簾盯著自己的指尖發呆。

顧桐月與顧雪月知道她心情不好，不打擾她，兩人捧著書，一個耐心教，一個用心學。

顧荷月瞥顧華月一眼，目光一轉，落在專心與顧雪月學識字的顧桐月身上，不屑又陰沈地瞇起眸子。

她沒想到，顧桐月竟敢在背後告狀。

顧荷月想起向來疼寵她的顧從安的失望，連莫姨娘為她辯解，也沒能如往常一樣換回他的慈愛，堅決要罰她，惱恨不已，眼底再難掩住熊熊火焰。

但她隨即垂下眼，想到莫姨娘說的來日方長，冷冷地勾了勾嘴角。

車裡氣氛雖沈悶了些，一路上倒相安無事。

晚上到達驛站，因顧、黃兩家都是舉家回京，人數眾多，房間不夠，連尤氏都只能與顧華月同住一室。

顧桐月隨香扣進房，顧荷月已經挑了位置最好的床鋪，卻仍橫眉怒目地挑剔著。「什麼鬼地方，這樣小，如何住人？喜梅，妳快去我娘那裡瞧瞧。」

顧雪月自若地端坐在榻上，手裡拿只荷包認真繡著，幾個正收拾箱籠的丫鬟見顧桐月進來，忙行禮招呼。

顧荷月見到她，便將矛頭轉過去。「怎麼，這般巴巴地巴結到跟前，也沒能給妳安排單獨廂房，還要來與我們這些上不得檯面的庶女擠？」

顧桐月微微笑著，半點不惱，也不理會逮著她就咬的顧荷月，逕自走向顧雪月。

「三姊，屋裡這樣暗，妳可別累壞了眼睛。」說著，她笑盈盈地吩咐香扣。「再點一盞燈來。」

顧雪月微笑看她。「五弟那邊都安排好了？」

「安排好了，他跟黃家少爺住一間。」顧桐月回道。

「這裡的驛站小，只能委屈他們同住一間。」顧雪月目光輕閃。「今日五弟騎馬了？」

顧桐月目光清亮，笑意融融地點頭。「父親本是不許，可五弟瞧著黃少爺與謝少爺都騎，便道他亦是男子漢，如何能如婦孺般坐在馬車裡？父親聽了正要訓斥，黃大人卻幫了腔，父親這才答應他騎馬。」

「五弟年紀雖小，自小卻是志向遠大又能吃苦。」顧雪月說著，眼裡有了落寞與羨慕。

魏姨娘只有她一個女兒，顧桐月與顧荷月卻有弟弟可倚恃；尤其是顧桐月，顧清和被顧從安與尤氏寄予厚望，若無意外，日後將要繼承他們三房，顧桐月也因此得尤氏另眼相待，日後定會活得比她順遂許多。

而她，只能靠自己！

顧桐月心中一動，笑咪咪道：「和哥兒還小，少不得姊姊們照拂，他是個重情的孩子，誰對他好，他心裡都記著呢！」

顧雪月聞言，亮了雙眼，會意笑道：「是，和哥兒最是懂事不過。」

一旁的顧荷月見顧桐月與顧雪月不理她，當她不存在，氣得臉色紫脹，瞥見香扣新點的燈，遂怒氣沖沖地上前，一口氣將燈吹滅。

「屋裡弄得這樣亮，還讓不讓人歇息了?!」

顧桐月蹙眉望向無理取鬧的顧荷月，覺得她這般作態十分可笑。「六姊不是要去莫姨娘那邊住嗎，怎麼還管我們點的燈亮不亮？」

顧荷月語塞，氣呼呼地一屁股坐在床上。「誰說我要去姨娘那邊？我偏不如妳的意，偏要住在這裡！」

顧雪月見狀，拉拉顧桐月的手，放下針線。「我也乏了，明日再做吧！」又對顧桐月使眼色，讓她不要跟顧荷月鬧，畢竟不是在家中，還有黃家人同行，姊妹之間鬧不合，傷的是尤氏的臉面。

不一會兒，便到用晚膳的時辰。

因驛站人多，幾個姑娘都待在屋裡，讓丫鬟送飯菜進來，草草用過，便梳洗睡下了。

顧桐月正要讓香扣伺候著進淨房洗漱，一整天沒在她跟前露面的巧妙卻擠了過來。「姑娘，奴婢有事跟您說。」

香扣抬眼瞧向顧桐月，顧桐月微皺眉心，看看巧妙諂媚的嘴臉，勉強點了點頭。

香扣便留在淨房外守著，由巧妙服侍顧桐月。

主僕倆一進去，巧妙便貼著顧桐月的耳朵小聲道：「姑娘，這可是天大的好機會，您可不能錯過了。」

顧桐月挑眉，裝出好奇的神色。「什麼好機會？」

巧妙得意道：「奴婢方才去打聽，黃家少爺正在驛站後院餵馬，沒有旁人在……姑娘已經不小了，該為自己好好謀劃才是。」

顧桐月聞言，心中大怒，不想巧妙竟敢存這樣的心思，若讓尤氏知道她屋裡的人打聽黃泰生，不管是不是她授意，尤氏都會算在她頭上！

「妳說的是什麼話?!」顧桐月憤然推開巧妙的手，漆黑雙目倏地浮起迫人厲色。「我的事，自有母親為我做主，什麼時候輪到妳指手畫腳了？妳也是府裡的老人，居然這般莽撞不曉事，既然這樣有主意，我這裡不敢留妳了！」

巧妙被顧桐月乍然而現的厲色嚇住，又聽她說出要趕人的話，一時懵了，愣愣看著顧桐月甩袖而去。

「姑娘，姑娘——」巧妙回過神來，才發現顧桐月似乎不是說說而已，連忙追上去。「奴婢是為姑娘好，若姑娘能……日後哪裡還用受四姑娘的氣？奴婢一心為姑娘，姑娘得了好前程，日後也能幫襯五少爺，五少爺好了，姑娘豈不是更好？姑娘仔細想想奴婢的話，奴婢難道能害了姑娘不成？」

「還不住口！」顧桐月厲聲喝斥。「越發不像話了，有母親在，五少爺豈能沒有好前程？妳再這般妄言，我立時告訴母親去！」

巧妙哪裡聽不出顧桐月語氣裡的警告，心中大鬆一口氣，忙跪下來。「奴婢再不敢胡言亂語了，姑娘莫要因奴婢的無狀氣壞身子。」

這時，她哪還敢小瞧這個往日被她欺辱的小傻女，完全被顧桐月渾身散發的氣勢震懾住，否則，依她的性子，哪肯對顧桐月下跪？顧桐月鬧著要告訴尤氏，由不得她不服軟。

顧桐月見狀，臉色稍霽，緩緩吐氣，虛扶巧妙一把，緩聲道：「巧妙姊姊別怪我大聲，我是什麼身分，又是何種處境，妳應當比誰都清楚，幸而聽見這話的只有我，若讓旁人聽去，別說是妳，只怕我也要受妳連累。」

「是，奴婢往後一定謹言慎行，這回姑娘便當我是失心瘋，胡言亂語吧！」

顧桐月聽了，又就勢安撫兩句，便打發她出去了。

淨房裡的動靜，自然瞞不了香扣。

可顧桐月出來後，香扣卻彷彿什麼都沒聽見，若無其事地上前攙扶。「天黑，姑娘當心腳下。」

顧桐月點頭，兩人慢慢往房間走去，因驛站簡陋，專門闢出的淨房離房間尚有段路。

聽著外頭的呼呼風聲，顧桐月輕聲問香扣。「我這樣輕輕放過巧妙，妳心裡可有想法？」

一同經歷刺客闖閨房的事後，香扣對顧桐月越發恭敬仔細，此時便笑著回答。「巧妙這個人，留在姑娘身邊，遲早會惹出亂子來。」

「哦？」顧桐月目光微閃。「那今晚的事我不該姑息，應該向母親回稟？」

香扣自然明白顧桐月是存心試探，小聲回答。「巧妙的父母都在大夫人院裡當差，姑娘留著她，日後少不了她的用處。」

顧桐月聞言，輕輕地舒口氣。「妳是個聰明人，可是巧妙愚蠢又驕矜，往後少不了給妳氣受……」

「姑娘放心。」香扣抿唇。「不過是受點氣罷了，奴婢不會壞了姑娘的事，況且依照姑娘的聰慧，想來很快奴婢便不用受氣了。」

香扣這樣知情識趣，顧桐月更是喜歡她。「放心吧！我也不會讓她太過分。這件事，母親那裡，妳可以提一提，讓她心裡有個數，否則這巧妙盡胡思亂想，日後落入別人耳中，母親還當我真起了別樣心思。」

「奴婢曉得。」

主僕兩人又說了一會兒話，才回屋裡歇下。

翌日，尤氏領著幾個姑娘與肖氏見過後，一道用完早飯，肖氏便邀尤氏上她的車敘話。

顧桐月也要上車，卻見顧華月的丫鬟桃仁跑來。

「八姑娘，我們姑娘讓您去她的馬車坐。」

扶著丫鬟的手走出來的顧荷月聞言，似笑非笑地瞥顧桐月一眼。「這可是千載難逢的好機會，哄好咱們矜貴的四姑娘，少不了妳的好處，還不趕緊過去。」陰陽怪氣地丟下話，也不管顧桐月回不回應，逕自上了馬車。

顧雪月見狀，拍拍顧桐月的肩頭。「不必理會她，四妹一個人，難免想找人說話，妳快去吧！」

顧雪月雖然得尤氏看重，到底不是正院養大的，如今顧桐月是正院的姑娘，顧華月找她同乘一輛馬車，也說得過去。

顧桐月只得上了顧華月的馬車，車輪剛動，顧華月便迫不及待地開口問她。「聽說宴客那日，妳痛罵了謝望？」

尤氏宴客那日，那些人明面上不敢提大慈寺中的事，但有廖家姑娘在，顧華月暗地裡受的屈辱仍不小，是以心情一直不好。

顧桐月瞧著她，眼下她的精神看似恢復不少，不像前兩日那般陰氣沈沈，讓人不敢在她面前多說一句話，見顧華月對那日的事感興趣，遂又講述一遍。

顧華月聽了，不由咬牙罵道：「這個謝望，竟敢這樣折辱顧家女兒！妳罵得很對！」

因為激憤，她面對顧桐月時的彆扭也不見了，罵完謝望，又罵顧荷月。「都怪那沒皮沒臉的，哪家大姑娘會趕著去打聽別人家的男子？虧她有臉大剌剌地去，將顧家女兒的臉面丟在腳下讓人家踩，真是不要臉！」

顧華月罵痛快了，這才嘆口氣，模樣有些頹喪，瞥向顧桐月，嘟囔道：「妳心裡是不是也這樣罵我？那日……我差點就要連累顧家的名聲，說起來，我跟顧荷月又有什麼區別？」說完，自嘲地苦笑一聲。

顧桐月沒想到顧華月會如此直白，一時愣住，原來她這幾日鬧脾氣，是擔心會被府裡的姊妹看不起，才用怒火遮掩。見她面上浮現彆扭之意，忙笑道：「四姊這是什麼話，當日只怪廖家膽大包天，妄圖欺騙四姊，四姊一時不察才會上當，並非出自本心。六姊的舉動卻不一樣，明知這樣的舉動不妥，還是這樣做，她才是真正不將顧家臉面放在心上的人。」

顧華月聞言，表情好看了些，白顧桐月一眼，嘴上道：「說得再好聽，也不過是寬慰我罷了。唉，我也不瞞妳，我對廖家三哥其實……妳跟三姊找到我們時，他不停往妳們身後看，我就已經有所覺悟。要說，我也是個笨蛋，才會被人欺騙都無所覺。」

顧桐月少不得又安慰她。「姊姊至情至性，才會給人可乘之機。說到底，全是旁人不好，四姊何必把過錯往自己身上攬？豈不委屈自己，便宜了旁人？」

她這樣說，脫不了挑撥離間的嫌疑，但她挑撥得光明正大。經過大慈寺那事，顧華月便恨極了顧荷月，只是府裡有顧從安鎮著，她又忙著發脾氣，無暇收拾顧荷月；顧桐月一有機會，少不得要提上兩句，讓顧華月給顧荷月找點麻煩，省得顧荷月太閒，整天尋她的不是。

顧華月果然換上恨恨的神色。「妳言之有理，若非他們聯手算計，我又怎會……」

顧桐月與她同住在正院這些日子，不說十分了解她，倒也有四、五分認識。顧華月看似不好親近，脾氣也陰晴不定，卻是個性情中人。對顧桐月好時，捨得將心愛之物贈給她；對她不好時，衝她發怒、甩臉子也是有的事，起初顧桐月多少有些不舒服，但這些天下來，倒也習慣了。

顧華月沒有壞心，連收拾顧荷月也未使出惡毒的心機。「她不是想進謝家門，一路上尋著機會就想接近謝望？不要臉的賤骨頭，這般輕浮，當旁人都是傻子不成，等會兒我讓人去弄些巴豆來，讓她拉個七葷八素，看她還有沒有閒心勾搭人！」

這般簡單粗暴的報復，顧桐月絲毫不意外，只是抿了抿嘴，有些猶豫道：「不太好吧！若被父親知道，怕要訓斥四姊。」

顧華月冷哼。「父親真要訓斥我，我也有話說，她那般害我，父親僅是禁足，就輕輕放過，可有為我著想一星半點兒？若非母親讓我忍著，不要與父親鬧，我早就鬧開了。」

顧桐月忙勸她。「母親也是為妳好，四姊與父親鬧開，母親為難不說，還會將父親推到六姊那邊去呢！日後只怕對她更好了。」

顧華月瞅顧桐月一眼。「母親也這樣說。奇怪，妳不傻了，這腦袋瓜還挺好用的嘛！」

顧桐月訕訕。「都是託母親的福，不然我哪能好起來。」

顧華月道：「妳有這份感恩之心，便不枉母親對妳的照拂了。」

說完，她頓了頓，垂眸盯著自己的手指，神色晦暗難辨。「京裡的老太太一向不喜母親，這一回去，母親說不得要受些搓揉，我們這些做女兒的，該為母親分憂解勞。」

顧桐月連聲附和。「四姊說的是，母親和四姊有用得上我的地方，我自是義不容辭。」

顧華月噗哧笑了，翹起指頭戳顧桐月的額。「妳這小馬屁精，不過是個庶女，哪有什麼用得上妳的地方，只要乖乖的，不給母親惹事就好。」

她一嘆，臉上的笑如變戲法似的消失不見。「我沒臉說妳，自己就給母親惹了不少事，回了京，只怕老太太也要好生管教我。」

她也不管顧桐月懂不懂，兀自喃喃道：「管教我也是為了損母親的顏面，如果母親剛回京就被老太太打臉，二伯母不知有多得意；往常還好，我們可以回陽城，遠遠避開就是，可現在父親要留京任職，不知還有多少雞零狗碎的事等著咱們呢！」

聽顧華月這樣說，顧桐月也沈默了。

她對顧家幾房並不了解，聽顧華月無意露出的口風，尤氏似乎很不得老太太歡心，妯娌之間也不和睦，或許還有齟齬，如此一來，三房回京，不但尤氏要受折辱，姑娘們也免不了吃些苦頭；更何況，聽說老太太還十分不喜歡庶女。

「聽說大姊是養在老太太膝下的。」顧桐月想起香扣告訴自己的一些事，忍不住盤算起來。「只要大姊在老太太跟前說些好話，老太太再不喜歡我們，瞧在大姊的面上，也不會讓母親太難堪吧！」尤氏到底是大姑娘顧蘭月的生母呢！老太太再厭惡尤氏，有顧蘭月幫著說話，想來不會太過分。

顧華月卻嘆氣，擺擺手。「妳不知道，昔年大姊求著母親要跟到陽城去，母親為不惹怒老太太，狠心拒絕大姊，因此大姊心裡對母親……每次回京，大姊對母親都是不冷不熱的，且她婚期將至，忙著備嫁，哪裡還管得了許多。」

顧桐月聽了，知曉顧蘭月與尤氏也十分不睦，只怕內情並不如顧華月說得這般簡單，遂打起精神問道：「大姊要成親了，說給哪家呢？」

顧華月瞥她一眼。「妳從未回過京城，便是說了，又知道是哪家不成？不過還是告訴妳一聲，好讓妳知道咱們未來大姊夫是哪家的，免得往後別人說起，妳什麼都不知道，顯得極笨似的。明年三月，大姊就要嫁給忠勇伯世子，是老太太議下的，老太太很疼大姊，聽說幾經周折才談定這門親事呢！」

顧桐月聞言，不覺皺了眉心。俞家的世子？依她前世的記憶，這可不是什麼好親事吧！

接著，顧華月又說起下巴豆的事，顧桐月極力阻攔，也沒能攔住她。

「不過是小懲大誡，又不是要她的命，就算她知道是我做的，又能如何？」顧華月絲毫不當一回事，還反過來安慰無奈的顧桐月。

顧桐月輕嘆，顧華月是真沒什麼心眼，就不想想，她才上了她的馬車，顧荷月就瀉肚子。顧荷月拿顧華月沒辦法，這筆帳必然又要算到她頭上。

「若是如此，六姊定要認為是我給四姊出的主意，她不敢尋妳的不是，但要找我麻煩，豈不簡單？」顧桐月到底沒忍住，將自己的抱怨說出口。

顧華月一怔，隨即訕訕看了顧桐月一眼，目光心虛地閃了閃。「是我沒顧慮周全。」頓了頓，有些煩躁地扯帕子。「難道就這樣放過她不成？」

顧桐月看看她，冷豔小臉皺得不成樣子，心中暗嘆，慢吞吞道：「四姊想要出口氣，也不是沒有別的法子。」

「她不會疑心到妳身上去？」顧華月雙眼一亮，迫不及待地問道。

顧桐月心裡稍暖，顧華月雖驕縱，卻沒有她以為的那般任性，即使報復心切，也肯為她想一想，這心性就比顧荷月強了不知多少。

她嘴角微翹，眸光越發明澈動人。「四姊等著看吧！只是妳莫要高興得忘形，讓她告到父親那裡去，就不好了。」

顧華月滿臉興奮與期待，哪還聽得到顧桐月後面叮囑的話，只連聲催促。「快說，妳有什麼好法子？」

顧桐月打起精神，與她嘀嘀咕咕好一陣子，直聽得顧華月雙眼冒光，不住點頭。

與此同時，前頭馬車裡的尤氏與肖氏也正說著顧蘭月的婚事。

肖氏笑著拉著尤氏的手。「回了京城，妳怕是要忙得腳不沾地，明年你們家蘭姐兒便要嫁去忠勇伯府，事情忙起來，哪裡還有閒工夫能這般與我說話？」

尤氏亦是春風滿面，嘆道：「是啊！第一個女兒出嫁，夫家又是那樣的人家，得仔仔細細地準備，不好落下話柄，讓蘭姐兒去夫家不好做人。」

「這妳大可放心，俞家不但有正得盛寵的賢妃，聽說爵位有望往上提呢！我見過俞世子，不說芝蘭玉樹，也算得上風流倜儻，與蘭姐兒男才女貌，真真是天作之合。」

尤氏聞言，笑得合不攏嘴，卻是擺著手謙虛。「我不圖俞家家世如何，只盼著兩個小的情投意合、琴瑟和鳴，就心滿意足了。」

「蘭姐兒知書達禮，溫婉隨和，又是那樣孝順的孩子，宮裡賢妃娘娘逢年過節總少不了賞賜，可見很滿意蘭姐兒，日後去了俞家，她的日子只有越過越好的。妳啊！只管風風光光把蘭姐兒嫁到俞家，到時不知要羨煞多少人，便是妳家那老太太，對妳也要寬和幾分了。」

提到顧家老太太，尤氏的神色微變，嘴邊笑意有些苦澀。

肖氏哪裡不知道他們府裡那本經，安慰道：「妳在外頭多年，老太太本就不太高興，這回回來，少不得藉機發作，妳也不要太忍耐，否則他們還以為尤家沒人了！」

尤氏勉強笑了笑。「回去後再說吧！老爺到底是個孝子，雖說對老太太有些心結，若我惹老太太生氣，怕對他不好交代；不過姊姊說得沒錯，尤家也是有人的，哪能由得顧家搓圓揉扁。」

「就該是這樣。」肖氏語重心長道：「如果妳一味忍讓，倒慣得她越發不成樣子，要有難處，用得上我的，妳儘管與我說。嗐，我也是瞎操心，尤家大哥豈能眼睜睜瞧著妳被人搓揉，少不得要敲打敲打顧妹夫。」

聽肖氏提及娘家，尤氏心中一暖。「好些日子沒見大哥，不知如今京裡是什麼情況。」

肖氏笑著指點。「明年戶部尚書要退了，聽說尤家大哥極可能接任，可不是件大喜事？」

尤氏聞言，面上喜色更甚，忍不住唸了幾句佛，與肖氏相視而笑。

晚上歇在途經的小鎮，黃家包下一家客棧，將後院小樓給女眷住，爺兒們和下人住在前院，雖然擠了些，但比起驛站，今兒顧桐月她們能一人分到一間房，算是舒服不少。

顧桐月正要進屋，顧荷月住她隔壁，也不知被誰惹到了，滿臉陰霾，冷笑道：「八妹怎麼得罪四姊啦？這樣好的巴結機會弄砸了，當心夫人罰妳沒飯吃，要是今晚真餓肚子，六姊會給妳留一點的。」

顧桐月木著臉，淡淡敷衍兩句，便進屋了。

方才下車時，所有人都瞧見顧華月沈著臉不理會顧桐月的模樣，連尤氏都多看了兩眼，喚了香扣去問。

不久，香扣回來，顧桐月讓巧妙去取飯，巧妙低眉屈膝地去了。

「夫人問起四姑娘為何生氣，剛好四姑娘就進來了。」香扣一五一十地回稟。「四姑娘賴著夫人一陣撒嬌賣癡，夫人雖說了句胡鬧，卻沒再多言，省下奴婢一番口舌。」

「這件事自有四姊身邊的人去做，咱們等著看熱鬧就是。」顧桐月抿嘴，難得輕鬆地笑了笑。

「平日六姑娘眼高於頂，不把姊妹放在眼裡，是該得個教訓。」

「我倒不是只為了給四姊出氣。」顧桐月微瞇著眼睛，懶洋洋道：「妳沒瞧見六姊這一路的動作？母親陪著黃夫人，不好約束，莫姨娘只怕是樂見其成，自然不會勸阻。她們當旁人是傻子，看不出她們那點花花腸子？若真鬧出不堪的事，只怕還沒到京城，咱們顧家女的名聲就臭了。」

香扣也跟著輕嘆。「莫姨娘與六姑娘太急了些，實在難看。」

顧桐月哼聲。「回到京城，就沒有這樣方便，她們當然要心急；只是謝望……」當真不是什麼好人！

「剛才下車時，六姑娘特意落後幾步，將帕子掉在地上，以為謝少爺會撿起來還給她，孰料謝少爺竟裝作沒瞧見，一腳踩上去。」香扣嘆道：「奴婢瞧著，都忍不住臉紅，偏偏六姑娘只當他是無意。」

顧桐月恍然大悟，難怪顧荷月的臉色那麼難看。「謝家是名門世家，六姊會動心，無可厚非；不過謝望這人不是良配，即便真的讓她稱心如意，苦日子還在後頭呢！」

香扣微愣，直直瞧向顧桐月，見她半張臉隱在暗處，映著夕陽的金色，黑玉般的眼睛越透亮，眼角似壓著沈甸甸的心事。

她壓下心頭的疑惑，笑著道：「姑娘何必替她擔心，各人有各人的緣法，只要她所求的礙不著姑娘就好。」

顧桐月聞言，沈沈的心事被笑容沖淡了。「妳說得沒錯，我們當她是戲臺子上唱戲的，有膽，就放開了唱！」

第二日一早，天剛濛濛亮，丫鬟、婆子已俐落地忙碌著各自的差事。

此時，安靜的後院卻突然傳出一聲慘絕人寰的尖叫，卻只傳出一半，另一半似被人掐住了脖子，硬生生地斷在喉嚨裡。

顧桐月攏被坐起身，這副身子尚幼，正是愛睡覺的年紀，當顧華月捂著嘴跑進她房裡時，小臉上還掛著初醒時的迷糊和困頓。

「八妹，她叫得那樣慘，可見咱們的計劃成功了。」顧華月溜進顧桐月的被窩裡，與她並肩說著悄悄話。「妳這壞傢伙，這招比我那法子損多了，這十天半個月，她別想見人。」

顧桐月嘆口氣。「咱們這樣捉弄她，雖然她沒有真憑實據，不過仔細一想，咱們家就這麼幾個人，不疑心妳，便要疑心我。」

顧華月撇嘴，不屑道：「疑心又如何，有證據嗎？再說，就算懷疑，也是疑我，妳哪有這個膽子？」

顧桐月打量她一眼，見她眼下發青，眸光卻是閃閃發亮，不由脫口問道：「妳不會整晚沒睡覺吧？」

「我哪裡睡得著。」顧華月擺擺手，興高采烈。「我只要想到她的模樣，就忍不住發笑，哈哈……」

她笑了兩聲，忙捂住自己的嘴，對顧桐月擠眉弄眼。「妳快起來，三姊已經過去瞧了，咱們也該去關心關心才是。」

說完，顧華月一溜煙下床，直奔顧荷月的房間。

顧桐月便起身，讓香扣服侍梳洗完，也過去了。

一進顧荷月的房間，顧桐月就愣住了，連比她早到的顧華月也呆呆地說不出話來。

狹小的房間裡已站滿了人。

莫姨娘最先趕來，從微微狼狽的形容可看出她的著急，此刻她坐在床邊，將顧荷月緊緊摟在懷裡，壓下她的哭叫，屋裡只聽得嗚嗚咽咽的聲音。

然而，她再如何遮掩，也藏不住顧荷月的頭髮。

顧荷月原本黑亮柔順的長髮，現在竟似被狗啃般，不僅參差不齊，還泛著幽幽藍光，而莫姨娘腳邊，散著一堆已失去光澤的零落碎髮。

「是誰?!」莫姨娘面上再無平日的柔弱可憐，凶狠目光緩緩掃過顧桐月等人，暴吼出聲。

不怪莫姨娘這樣氣憤，身體髮膚受之父母，隨意毀傷是為不孝且不說，世家大族裡，女子斷髮只有兩種可能，一是犯下大錯，被家族逼著遁入空門，割髮代首；二是被休，與夫家一刀兩斷，須斷髮明志，可見頭髮對女子有多重要。如今，顧荷月的頭髮被剪得亂七八糟，難怪莫姨娘會發怒。

顧華月被莫姨娘嚇得倒退一步，臉色發白，目光飛快朝地上那片亂髮掃去，便心虛地收回，看向顧桐月。

顧桐月對她輕輕搖頭，這事不是她做的，從顧華月的神色判斷，也不是她下的手。

顧華月的不對勁，自然瞞不過心細如髮的莫姨娘，森然冷笑。

「四姑娘，平日六姑娘行事多有得罪之處，妳自然心裡不忿，可到底是姊妹，即便有天大的仇怨，也不值得讓妳動手絞了妹妹的頭髮吧？」

「不要血口噴人！」顧華月脹紅了臉。「我再恨她，也不會做出這種事來！」

莫姨娘聽了，竟是哇一聲哭起來，朝顧桐月身後淒厲道：「老爺，您可聽見了，四姑娘當真是恨著六姑娘的，這事……」

顧桐月心下一驚，慌忙回頭，見顧從安與尤氏站在門口，兩人皆沈著臉，臉色是說不出的難看。

尤氏見莫姨娘居然要把此事栽在顧華月頭上，眉頭一跳，冷喝道：「閉嘴！還嫌不夠亂，要將臉丟到外頭去嗎？」

這就是關起門說話的意思，畢竟，客棧裡除了顧家人，還有黃家人與謝家人，雖然這事捂不住，可該遮掩的，還是得關上門遮掩，尤其這事還關乎顧荷月與顧華月的名聲。

莫姨娘被尤氏的話一震，梨花帶雨的臉上，表情明顯不服，卻不敢再高聲嚷嚷，只抱著顧荷月不住哀泣。

「妾身失儀。老爺，咱們六姑娘到底犯了多大的錯，竟被如此惡毒地陷害，讓她日後如何出門見人？老爺，妾身求您，求您為六姑娘做主啊……」

她一邊說著、一邊扶懷中的顧荷月跪下，不住對站在門口的顧從安和尤氏磕頭。

「老爺、夫人，此事不查個水落石出，妾身與六姑娘以後不能做人了，求老爺與夫人嚴懲凶手！」

顧雪月拉著已經嚇呆的顧華月退到旁邊，顧桐月也跟著讓出道，站在顧華月身旁。

顧華月一驚，顧不得眾目睽睽，一把抓住顧桐月的手腕。

顧桐月輕輕動手，落下袖子，掩住兩人的手，眼睛盯著自己腳尖，並不瞧向顧華月，悄聲道：「四姊鎮定，這本來就不是妳做的。」

「對、對，不是我，我只是……」

「妳什麼都沒做過！」顧桐月打斷她，輕柔的語氣卻帶著不容置疑的斬釘截鐵。「四姊記住了，不管父親跟莫姨娘怎麼問，都要咬死不認，妳什麼都不知道！」

她看不到顧華月的表情，只感覺那隻緊握著她手腕、已經有些僵硬的手慢慢放鬆，下一刻，耳邊又聽見顧華月擔憂地問：「那……那要是疑心到妳頭上……」

顧桐月微勾嘴角。「我跟四姊一樣，什麼都不知道！」

「對！」顧華月跺腳，語氣終於不似方才那般惶恐。「本來就不是我們做的，才不揹這黑鍋！」

顧華月鎮定下來，忍不住好奇道：「除了咱們，還有誰這樣討厭顧荷月？」

顧桐月扯扯她的手，沒有說話，她面上平靜，心裡卻在打鼓。正如顧華月的疑惑，她也十分疑惑，這事是誰做的？

顧荷月睡著便是雷打都不醒，顧府的人都知道。顧桐月與顧華月原是打算小小捉弄顧荷月一番，讓人染了她的頭髮，不過十天半個月便能洗掉染料；顧荷月若變成那副模樣，定要藏起來不讓人瞧見，自然就不會再做出丟臉的事情。

沒想到，事情會變成眼下這樣。

「還不扶六姑娘起來！」尤氏率先開口，沈聲喝斥顧荷月的丫鬟。「姑娘身嬌肉貴，豈能任由她同奴婢一般不知自重！」

說罷，她皺眉瞧向滿臉淚痕、哭得幾乎要暈死過去的顧荷月，語氣緩道：「荷姐兒莫哭了，妳是咱們顧府的姑娘，走出來代表的是顧府臉面，這件事只有府裡幾個主子知道，這一路上遮掩著，別人不會發現。妳還小，頭髮過不久便能再長，我知道妳受了委屈，放心，此事我定不會輕輕放過，會給妳一個交代！」

顧從安聞言，陰沈得幾乎要滴下水來的臉色終於好看了些，瞧瞧跪在地上弱不禁風的莫姨娘，又瞥向靠在丫鬟肩上抽泣的顧荷月，安慰兩句，隨即目光一凜，在顧桐月姊妹身上頓了頓，對尤氏道：「這事交給夫人徹查，不論是誰做的，務必嚴懲！」說完便出了房間。

莫姨娘雖不甘，卻知道此事再無轉圜餘地。當著眾人的面，她若抓著顧從安或尤氏不依不饒，因此驚動黃家人，顧從安定會惱她，也只能眼睜睜地瞧著他甩袖離去。

尤氏見她不再鬧了，淡淡瞥她一眼，款語溫言寬慰顧荷月幾句，便領著幾個姑娘離開。待人走遠，哭得雙眼通紅的顧荷月撲進莫姨娘懷中。「娘，是顧華月！肯定是她！」

莫姨娘被她哭得心都疼了，忙摟住她，垂淚恨道：「娘如何不知！有夫人護著，說要給我們交代，但最後定然大事化小。」

顧荷月拚命搖頭，越發哭得不能自已。「此事我絕不甘休！娘，我要報仇，我一定要顧華月好看，我一定……要把她死死踩在腳底下！」

莫姨娘臉色白得像紙，咬緊牙關，眼中是濃濃的恨意。「娘也不會放過她，不會放過任何一個膽敢欺辱妳的人！」

另一邊，雖顧家有心遮掩，但一早就大吵大嚷，顧荷月被斷髮的事仍傳到了肖氏耳中。「顧家怎會鬧出這種事情來？」肖氏身邊的心腹嬤嬤輕扶肖氏的手，護著她上車。「原本瞧著顧家是有規矩的人家，如今卻是走了眼。」

肖氏瞥她一下，面上帶著兩分不喜。

董嬤嬤瞧得分明，依然道：「老奴曉得夫人與顧三夫人姊妹情深，可交情是一回事，咱們家少爺的終身大事又是一回事。奴婢聽說，這件事十之八九是顧四姑娘做的。顧三夫人是個妥當人，可架不住她縱容女兒，倘若顧四姑娘真是驕縱跋扈的性子，奴婢擔心少爺日後要受委屈。」

她拚著受責罰說這些，字字句句皆是為了黃泰生，肖氏如何還能生她的氣，待坐定後，才嘆口氣。

「之前瞧著，那孩子雖驕矜些，性子卻不失活潑可愛，倒是極襯生哥兒，結果無端出了這樣的事……」

肖氏說著，搖了搖頭。「也罷，反正不急著訂下，再瞧瞧吧！或許這次的事，與顧四姑娘無關呢！」

顧華月生得明豔，性子爽利，肖氏心中極為喜歡，因此不肯早下定論，打算觀察事情後續如何。

嬤嬤聞言，自是明白肖氏的心思，點點頭，不再勸了。

第九章 主動頂罪

安頓好一切，待車隊出發後，坐在馬車裡的尤氏方才沈下臉，目光沈沈地盯著跪在跟前的顧華月與顧桐月。

在顧荷月屋裡，她已將兩人私底下的動作瞧個分明。

不等她問話，兩個姑娘倒是乖覺，先乖乖跪下。

「說吧！是誰的主意？」半晌，尤氏才不疾不徐地開口。

她嗓音冷淡，顧華月有些害怕，飛快抬眼看向身旁深深垂著頭的顧桐月，鼓起勇氣想開口，不想顧桐月的聲音先響了起來——

顧桐月對著尤氏深深磕下頭。「一切都是女兒的主意，跟四姊無關，求母親責罰！」

這件事能瞞得過任何人，卻絕對瞞不過尤氏。剛剛在顧荷月房間與顧華月說的話，只是防著顧從安親自審問她們，才讓顧華月推託，如今面對尤氏，還是實話實說為好。

尤氏長眉微挑。

顧華月驚訝地瞧向她，很快回過神，急急道：「母親，是我先說要懲治顧荷月，八妹沒能勸住，才出了這個主意！」

「妳們好大的膽子！」尤氏沈聲低喝，凝重目光落在顧桐月身上。「鬧出這等大事，妳們的父親豈會容得？再者，這是什麼地方？人來人往的驛站！若只有我們家也罷，此事要是鬧到黃家人耳中，該如何是好？」

尤氏根本沒將顧荷月母女放在心上，唯一擔憂的，是怕肖氏因此改變結親的主意，哪家選媳婦，也不會選那心狠手辣還不懂得遮掩的。

「頭髮不是我們剪的！」顧華月委屈辯解。「我們只是想用染料將她的頭髮染色，讓她不好出來見人，誰知道她得罪了誰，竟惹得對方要剪她的頭髮來洩憤。」

尤氏心頭一鬆。「真的？」

「我哪有膽子騙您呀！」見尤氏神色稍緩，顧華月放心些，忙膝行上前，抱著尤氏的雙腿撒嬌。「母親，我們知錯了，您饒過我們吧！」

尤氏抬手戳她額頭，嗔道：「事情可做得乾淨？」

顧華月嘻嘻一笑。「乾淨得很，您儘管去查，定然查不出我們來；只是父親那裡，您要如何交代才好？」

「這時候倒記起妳父親來了？闖禍時怎麼不想想怎麼跟他交代？」

「我實在忍不住嘛，之前顧荷月明裡暗裡給我下了多少絆子，我沒空料理她就罷了，如今竟然不要臉皮地追著謝家少爺，什麼送點心、丟帕子的，全然不將顧府臉面放在心上。您難道沒聽到那些難聽話？底下都傳開了，說咱們顧府的姑娘是不是都這般不知廉恥！」顧華月嘟嘴。「我不過想讓她消停些，別將顧府姑娘的臉丟盡，即便父親責罰，我也是這話！」

「那妳去妳父親跟前說。」尤氏瞪她一眼。「妳且說說，這事要如何了結？」

顧華月噤口，又去瞧顧桐月。

尤氏的目光也跟著看過去。

顧桐月慢慢直起身，依然垂著眼。「父親那裡，我會去請罪。」

顧華月想開口，卻覺肩頭一沈，是尤氏的手壓住她，抬眼對上尤氏深沈的目光，心裡暗驚，不由軟軟叫了聲。「母親……是我逼著八妹出主意的。」

「四姊。」顧桐月望向她，原本還有些發沈的心因此鬆快了些，乖巧地笑笑。「父親那裡有我就夠了。」

顧桐月並沒有捨己救人的高尚品德，只是在尤氏心裡，她跟顧華月孰輕孰重，一目了然，她主動站出來擔罪，也算在尤氏跟前賣了好。

顧華月到底是嫡女，日後回京，看在這次的事情上，想必也能護著她。

至於顧從安，這次的事定會令他更加厭惡她；不過有什麼關係，她的未來繫在尤氏手中，顧從安不喜歡她，不用親近就是，反正她也沒指望從他那裡得到父愛。

更何況，在她心裡，她的父親，永遠只有一個，誰也替代不了！

最重要的是顧桐月心知，尤氏絕不會把她們交出去！若連莫姨娘母女都收拾不了，還需要交出她以平息顧從安的怒火，只怕尤氏也無法安穩無恙地管住內宅。

眼見顧桐月要一力承擔，顧華月張了張口。「八妹……」

尤氏警告般地看她一眼，顧華月只得閉上嘴。

接著，尤氏垂首瞧著顧桐月的頭頂，淡淡道：「妳要認下此事？可想過後果？」

顧桐月心中一緊，顫聲道：「父親向來不喜我，女兒心中知道，四姊好了，我才能好，故而，不管什麼後果，我都能承受。」

尤氏有此一問，必是已經看穿了她的心思！

依她對尤氏的了解，她雖是個大方的主母，卻絕不容許有人與她耍心眼，這回若應對不好，只怕要弄巧成拙，反被厭棄。

尤氏聞言，神色稍緩，仍淡淡道：「妳們是姊妹，自然一榮俱榮、一損俱損，這次的事，我自會處理，不過，妳今時今日所言，自當謹記於心才好。」這就是警告了。

顧桐月聽得分明，尤氏要她記住的，正是她說的那句「四姊好了，我才能好」，遂小心翼翼又感激萬分地說：「母親的教誨，女兒一定不忘。」心中喜憂參半，喜的是這關就這樣過了，憂的卻是往後尤氏會如何對她。

她還是太過心急，才會出這樣的紕漏，讓尤氏生出忌憚，眼下既已犯下錯誤，也只能盡力彌補了。

京城在望，顧桐月卻覺得肩頭更加沈重。

回家的路，還有多遠？

等顧桐月與顧華月回自己馬車後，莊嬤嬤感嘆著將熱茶遞到尤氏手中。

「沒想到八姑娘小小年紀，卻有這般心計。」

尤氏喝茶，驅走心頭的寒意，方淡淡笑道：「妳也看出來了？」

「這點心思，怎能瞞得過您的眼睛？」莊嬤嬤道：「不知八姑娘到底明不明白您的話，若不明白，就白費了您的一片心。」

尤氏輕輕嘆氣，拉好蓋在腿上的絨毯。「她比華姐兒聰明，又善機變，留在華姐兒身邊隨時提點著，自然是好；不過，華姐兒至情至性，倘若她起了壞心思，利用華姐兒對她的好，挑唆或誘引華姐兒做出不妥的事來，該如何收場？像這次，華姐兒眼巴巴地要為她說情，半點沒瞧出她的心思。」

莊嬤嬤接道：「奴婢也瞧見了，姑娘對八姑娘委實信任得很，甚至隱隱……」忽然頓住，顯然下一句話不是好話。

尤氏看她一眼。「隱有以她為首之勢。」

一個是尊貴的嫡女，一個只是仰賴嫡母鼻息的庶女，從來都是庶女以嫡女為尊，因此，尤氏問話時，發現顧華月拿不定主意而瞧向顧桐月的樣子，便警戒起來。

莊嬤嬤見尤氏說出她想說又不能的話，才道：「姑娘這性情，可不跟您年少時一模一樣？瞧著不妥，慢慢調教就好；至於八姑娘，奴婢說句托大的話，她未來如何，還不是您一句話的事？您喜歡了，帶在身邊給幾分情面；若不喜歡，撂開手不管，實在犯不著為她生氣。」

尤氏聽了，這才笑起來。「嬤嬤說的是。」隨即放下，說起顧荷月的事情來。「霜春她們還沒查到證據？」

「驛站人多手雜，只怕不好查。」莊嬤嬤遲疑道：「夫人，倘若此事查不出來，八姑娘說的辦法，奴婢瞧著也是可行。」

尤氏搖搖頭。「且不說此事並非她們做的，即便真是桐姐兒剪了荷姐兒的頭髮，我也不能將她交出去。桐姐兒養在我身邊，我護不住她是一回事，還讓人質疑她的教養，豈不也要質疑華姐兒的人品了？」

為了顧華月，她絕不能把顧桐月交出去。

莊嬤嬤一驚，隨即會意。「是奴婢沒有看透這一層，沒想到八姑娘竟然看穿了您的心思，難怪她敢自己擔下，是算準了您不會交人。」這才驚覺，原來尤氏警惕的，是顧桐月玲瓏剔透的心思。原以為尤氏是氣顧桐月想從中得到好處，結果是她想錯了。

尤氏點頭，笑著道：「桐姐兒機靈些也是好事，華姐兒橫衝直撞慣了，回京城也這般行事，怕要吃虧，如果我一時看不住，正需要桐姐兒在她身邊提醒。人啊！是好是歹都不怕，關鍵看如何用罷了。」

莊嬤嬤心悅誠服。「還是您想得周全。」

兩人說著，馬車停住，霜春頂著一身寒意進來。

「夫人，奴婢盤查過了，昨晚謝家少爺的小廝未在房中歇息。」霜春向尤氏稟報。「有人瞧見他曾鬼鬼祟祟地在六姑娘房外徘徊。」

尤氏有些驚訝地揚眉。「謝少爺？」隨即想通了前因後果，無聲地笑了起來。

夜裡，安頓好眾人後，尤氏領著顧華月與顧桐月去了顧從安的房間。

此時莫姨娘正跪在顧從安腳邊哀哀啜泣，紅腫的雙眼及風吹楊柳般的嬌弱身形，無不讓人覺得楚楚可憐。

瞧見尤氏走進來，莫姨娘眼裡飛快閃過怨毒痛恨之色，很快又低下頭，似乎連哭出聲都不敢，模樣越發可憐柔弱。

尤氏只看一眼，便收回目光，瞧向面無表情、神色嚴厲的顧從安。

「老爺。」

顧從安目光沈沈，自顧華月與顧桐月臉上掃過，緩聲開口。「夫人可查出來了？」

方才莫姨娘對他哭訴，話中透露此事是顧華月所為，為了平息，尤氏定會推人頂罪。起初他並不信那些話，但看見尤氏帶著顧華月與顧桐月進來，便莫名信了幾分。

見顧從安對她冷淡，尤氏並不放在心上，轉頭對顧華月和顧桐月道：「趕緊給妳們父親請安，見過便回房用晚膳吧！」又笑著看向顧從安。「孩子們說是一日未見父親，非要向您請安，才肯回房吃飯呢！」

顧從安聞言，面上厲色稍緩了些。

顧華月只當沒瞧見莫姨娘，拉著顧桐月上前，笑盈盈地開口道：「這些天忙著趕路，也沒正經給父親請安，更別提好生跟您說話，偏偏母親還攔著。」

顧桐月跟著行禮，彷彿十分害羞，微微紅了臉，半躲在顧華月身後，囁嚅著開口。「女兒給父親請安。」很是老實木訥的模樣。

顧從安雖然不喜顧桐月，倒也沒給她臉色看，望向笑顏如花的顧華月，滿意地點頭。「我兒孝順，為父很是歡喜。」頓了頓，又問：「可去瞧過妳六妹了？」

顧華月笑容微僵，臉上浮現不悅表情。

顧桐月見狀，忙道：「方才女兒與四姊去瞧了，只是六姊已經歇下，不好打擾。」

顧華月聞言，忍著氣嘟囔道：「正如八妹所言，六妹不肯見我們，又有什麼法子。」

「好了。」尤氏出聲打斷她。「見過妳們父親了，這就回去歇息吧！」

莫姨娘眸光一緊，不由拉拉顧從安的衣襬。「老爺……」見他沈吟不語，遂看向尤氏，含淚道：「夫人不是來給老爺與妾身一個交代的嗎？這就讓四姑娘跟八姑娘走了？」

「這是什麼意思？」顧華月忍不住，皺眉瞪她。「聽妳這話，好像這件事是我跟八妹做的，當著父親的面，妳不說清楚，我可不依。」

莫姨娘聽了，瞧向顧華月，眸光微閃。今早事發，顧華月明明滿臉心虛的模樣，怎麼現在竟理直氣壯起來？

她心中惱恨，面上卻不顯露，只拿帕子半掩著臉悲泣，正要開口，卻見尤氏已經淡淡看向顧桐月。

顧桐月忙拉拉顧華月，微微提高聲音道：「四姊，這裡自有父親與母親做主，我們先回去吧！」

顧華月還要說話，觸及尤氏目光，只得悻悻地閉嘴。

至於莫姨娘，尤氏並不正眼看她，真正視她如無物，對顧從安道：「老爺，荷姐兒的事情已經有了眉目，只是要不要繼續往下查，還得聽您的意思；不過，這件事，即便莫姨娘不在意，我也不好當著兩個孩子的面來說。」

「夫人這是什麼意思？」莫姨娘終於逮到機會開口，即便質問，也是楚楚之姿，不見半點咄咄逼人的氣勢。「難不成此事跟四姑娘和八姑娘無關？老爺，妾身私下問過六姑娘身邊的丫鬟，道昨晚四姑娘院子裡的小丫鬟在她房外逗留過，也在驛站後院的馬廄裡找到被丟棄的染料，人證、物證俱有，夫人有何話說？」

顧從安皺起眉頭。「夫人？」

尤氏不慌不忙，看顧華月一眼。「帶妳八妹回房吧！」

顧華月撇撇嘴，伸手牽住顧桐月。「父親，我跟八妹先回去了。」

顧從安嘴角微動，似有話說，但到底沒說出來，揮手示意她們離開。

莫姨娘見狀，揚起絕美的小臉，眼淚無聲落下。「老爺，您不能這樣偏心，六姑娘也是您的女兒啊！」

待顧華月與顧桐月走遠，顧從安才伸手拉起莫姨娘，語氣柔和了許多。「且聽聽夫人怎麼說。」

莫姨娘順勢偎進顧從安懷中。「妾身都聽老爺的。」柔弱得恍若菟絲草般。

尤氏看著，連眼波都未動一下，開口道：「此事還得從那日我宴請黃夫人說起——」

那日的事，尤氏早已告訴過顧從安，此時當著莫姨娘的面重說一遍，就見莫姨娘的淚眼閃爍不已。

尤氏暗暗冷笑，繼續道：「……因為此事，老爺已經罰荷姐兒閉門思過，我便以為事情已了，又有莫姨娘悉心教導，定能將荷姐兒引回正途；不想，她卻是個心大的。」

顧從安聞言一凜，放開了懷中的莫姨娘。

莫姨娘聽尤氏提起這句話，心知不好，慌忙拉住顧從安的手，急急道：「夫人，眼下說的是六姑娘頭髮被剪之事，如何又說到別處？這般顧左右而言他，怕是不妥吧？」

「妥與不妥，是妳能說的？」不等尤氏訓斥，顧從安便先板起臉喝斥莫姨娘。

莫姨娘忙低下頭。「妾身一時糊塗，還請老爺、夫人饒恕。」

尤氏嘴角勾起一抹了然的冷笑，在顧從安看過來時，已經又恢復端莊平靜的神色。

「平日在我跟前也罷了，如今快到京城，莫姨娘再這般無狀，讓府中其他人瞧見，於老爺的顏面有礙，往後須謹言慎行。老爺，我說得可對？」

顧從安自然只有點頭的分，又教訓莫姨娘。「記下沒有？」

莫姨娘應是，可憐兮兮地抬起淚眼，小心翼翼地覷顧從安一眼，又低下頭去。

顧從安見狀，又起了憐惜之意。

尤氏不理會兩人之間的眉眼官司，繼續道：「這一路上，荷姐兒不是使丫鬟給謝少爺送點心、茶水，便是無故將帕子、香囊掉在謝少爺跟前。這些舉動卻令謝少爺生厭，氣怒之下，竟頑劣地讓身邊小廝潛進房間，剪了荷姐兒的頭髮，只為讓她不再往他跟前湊！」

尤氏瞧著顧從安瞬間鐵青的臉色及莫姨娘瑟瑟發抖、驚怒萬分的模樣，又道：「如果老爺不信，可以傳謝少爺的小廝來問話。」

「放肆！」顧從安怒氣攻心，拍案而起。「孽畜！她怎麼敢?!」

莫姨娘從未見過顧從安盛怒的樣子，嚇得撲通跪倒在地。

「老爺千萬不要誤聽人言，六姑娘絕不會做出這般沒有體面的事……」
莫姨娘話音未落，顧從安已經劈手摑了她一巴掌，緊緊盯著趴倒的莫姨娘，胸口起伏不定。
「妳養的好女兒！」
「老爺！」莫姨娘捂著臉，難以置信地瞧著顧從安，淒楚喊道：「妾身不信，這不可能，定是有人故意往六姑娘身上潑髒水！老爺，您也說過，六姑娘最是乖巧，怎麼會做出這種事來？老爺，您好歹聽聽六姑娘怎麼說啊！」
尤氏見狀，嘲諷地勾唇，緩聲道：「莫姨娘擔心老爺誤聽人言，實屬尋常，既然不信我說的，這便把人帶過來問話如何？」
「帶什麼帶？」顧從安紅著雙眼咆哮。「還嫌丟人丟得不夠嗎？」
如果這事屬實，只能死死捂著，不能洩漏出去，否則他還有什麼臉面？
「好個無狀的狂妄小兒！」顧從安如困獸般在原地亂轉，猶不解恨，抓起桌上的茶杯砸出去。「好個謝家，當真欺我顧家無人！欺人太甚！」
莫姨娘嚇得縮在牆角發抖，緊咬著唇，不敢出聲，怕得連呼吸都忘了。
尤氏神色未變，走近怒極的顧從安。「老爺息怒，這事該如何了結，還須老爺示下。」
顧從安喘著氣坐下，眼神怒極，定定盯著莫姨娘好半晌，直盯得她幾乎要跳起來，方才沈聲開口。「此事休要再提！」
尤氏似早有預料，顧從安這般看重顏面，怎麼可能為了顧荷月去找謝望對質，將極其丟人的事公諸於眾？

「那謝少爺……」

顧從安恨恨地拍桌，咬牙切齒道：「他已經做出那事，難不成還敢宣揚？他敢往外說一個字，我顧某人也不是吃素的！」

「既如此，我吩咐下去，勒令他們一個字都不許再提。」尤氏順從地道，又柔聲說：「時辰不早，明日還要趕路，老爺早些歇息吧！」

「夫人且等等。」顧從安喚住尤氏，恨鐵不成鋼地瞪莫姨娘一眼，沈吟道：「這話之前我便與妳說過，等回到京城，就讓荷姐兒跟著妳，如今看來，竟是刻不容緩。從今日起，便讓荷姐兒過去，好好教她三從四德、禮義廉恥！」

所以，這一次，還是這般輕輕放過了。

尤氏微垂眼簾，神色淡淡。「都聽老爺的。」

被嚇壞的莫姨娘似也明白過來，不動聲色地鬆了口氣。

顧從安只讓尤氏教養顧荷月，卻沒奪走她的兒子顧維夏，說明他還是顧念她的！只要顧從安顧念她一分，她就能抓住機會翻身！

而顧荷月去了尤氏房裡，於日後說親有益無害，看似懲罰她們母女，實則得到實惠。

回過神來的莫姨娘不由得意地瞧向尤氏，卻見尤氏神色分毫未變。

誰也不知道，尤氏已經看穿他們的心思，只是沒說破罷了。

是夜，顧桐月與顧華月躺在同一張床鋪上。

顧華月激動得睡不著，非要拉著顧桐月說話。

「……原先我還看謝家那混帳東西不順眼，不想他不聲不響絞了那不要臉皮的頭髮，算是幫我出了口惡氣！」

昏昏欲睡的顧桐月不堪其擾，卻打斷不得，只得忍著睏意說：「四姊，這話莫讓旁人聽見，尤其是父親，六姊再如何，也是自家姊妹，如母親今日所言，一榮俱榮、一損俱損。」

見顧桐月不肯與她一道痛罵顧荷月，顧華月有些掃興。「我也只在妳面前提罷了。」又搖搖顧桐月。「妳說這回父親會如何罰她？」

顧桐月沒出聲，並非不想回答，而是琢磨不透尤氏對此事的想法，不好胡亂猜測。

不待顧桐月出聲，顧華月又幸災樂禍地笑道：「她闖下這樣大的禍，父親絕不會姑息，說不定還會打她兩板子，到時少不得要去瞧瞧她狼狽的模樣。」

顧華月雖是嫡女，但顧從安偏疼莫姨娘母女，她又不似顧荷月心眼多，數度吃了暗虧，心裡惱恨至極，卻拿她沒有辦法。

好不容易，顧荷月倒了大楣，這個熱鬧她怎麼忍得住不看？

「四姊消停些吧！」顧桐月閉上眼，睡意矇矓地呢喃。「只怕根本不能如妳所願……」

「怎麼會？」顧華月不滿地推顧桐月一把。「我不信，她做出如此下作之事，父親還不罰她？妳不知道，父親最恨有人丟了顧家的臉面……」

顧桐月不吭聲，已經睡著了。

顧華月頓時覺得沒趣，只得跟著歇下。

一會兒後，顧桐月被一陣喧鬧驚醒，抬眼往窗外瞧，天空仍是漆黑一片，愣了愣，耳邊聽見有人狂奔疾呼失火，才清醒過來。

她慌忙推醒在身邊熟睡的顧華月。「四姊快醒醒，外頭失火了……」

話音未落，一支火箭嗖的破窗而入，直直釘在床欄上。

顧華月睜眼便瞧見這副景象，嚇得心膽俱裂，抱頭尖叫不休。

顧桐月也嚇得不輕，但此時顧不得害怕，火箭已經點燃床帳，眼看就要燒起來，遂抓起被子奮力撲滅火苗，再七手八腳穿上衣裳，出聲催促顧華月下床。

「四姊，別叫了，先穿衣服，我們去母親那邊。」情況不對，外頭已是火光四起、殺聲漫天，伴隨慘叫哀號，丫鬟、婆子卻沒衝進來護著主子，若非遇害，便是四處逃命去了。

顧華月哆哆嗦嗦地下床，拿起衣裳，卻怎麼也穿不進去。

顧桐月忙上前幫忙，聽見她用帶著哭腔的語氣問：「八妹，到底怎麼了？莫不是我作了噩夢？」

「四姊別怕，不會有事的。」

顧桐月安撫她，其實自己也害怕得很，雖然兩世為人，但唐靜好只活了十五年，又是嬌養在深閨中，哪曾遇過這樣殺人放火的險境？現在的反應連她自己都有些詫異，明明驚怕得手腳發抖，腦子裡卻是前所未有的冷靜。

就這麼幾句話工夫，又有幾支火箭射進來，夜風一起，火勢蔓延，房裡瞬間變成火海。

顧華月嚇得花容失色，緊緊拉住顧桐月的手。「八妹！咳咳……」

顧桐月拉著腳步踉蹌的顧華月來到門邊，在風聲與喊殺聲中仔細聽外面的動靜，這才小心翼翼打開門，帶顧華月出去。

才出門口，顧華月就邁不動腳了。

眼前一片火海，到處血肉橫飛，與夜色融在一起的黑衣人手持長劍或短刀，猶如砍瓜般手起刀落，一顆人頭竟直直飛到她腳邊。

「啊——」顧華月大驚，猛地甩開顧桐月的手，死死捂著眼睛，甚至想躲回屋裡。

但是，真由著她回去，只有被活活燒死的下場！

顧桐月緊緊扣住她的手臂，咬牙喝道：「妳是不是想死？要是真的想死，我也不必再管妳！」

雖然顧華月害怕，還是把顧桐月的話聽進去，哆哆嗦嗦地開口。「八妹救我！」

「跟我走。」顧桐月鬆口氣，顧華月自己跟著，總比打暈她拖走輕鬆得多。

越臨近京城，投宿的驛站也好了不少。顧家與黃家主子各得一座院子，且院子裡還有棟獨立的兩層小樓，仿照京中名流貴族之女的閣樓所建。

今晚顧桐月跟顧華月住在二樓，顧荷月因沒臉見人，毫無聲息地隨莫姨娘與顧維夏去住院子西廂；顧從安、尤氏及顧清和則居正院；魏姨娘受了寒，顧雪月陪她待在東廂歇息。

是以，這座小閣樓裡只住了顧桐月與顧華月，丫鬟、婆子則住在樓下。

沒有丫鬟、婆子保護，她們只能依靠自己下樓，找到顧從安及尤氏，在他們身邊，總是安全些。

可這一小段路，此時走起來卻是難如登天。

幸而夜色濃重，各處混亂，黑衣刺客並未留意閣樓裡還有兩個狼狽奔逃的小姑娘。

姊妹倆互相扶持，好不容易下了閣樓，卻又被樓外人間地獄的慘狀驚得魂不附體。

地上是橫七豎八的屍體與頭顱，濃烈撲鼻的血腥味幾乎要把人熏暈過去。

滿布鮮血的路面讓顧華月不敢下腳，直著眼瞪視，身子僵硬，不肯隨顧桐月走。

「妹妹，我不行，我走不了……這太可怕……」

顧桐月拚命扯著她。「閉眼！」

在這當頭，顧華月把顧桐月當成主心骨兒，聽了這話，不由閉上了眼睛，跟著她走。

顧桐月正要扯著顧華月避開黑衣人往東廂跑，卻見火光閃閃中，顧荷月竟頂著亂七八糟的頭髮，驚慌失措地撞過來——

「救命！快救我！」

她身後赫然跟著兩個手持長劍的黑衣人，正追殺著其他丫鬟、婆子。火光下，泛著森冷銀光的劍尖正滴答滴答淌著血。

顧荷月連跌帶爬跌撲在顧桐月腳邊時，刺客們已經解決了兩個婆子，朝她們舉起劍。

顧桐月駭然瞪大眼睛，滿是絕望，卻不甘這樣死去，將已經失聲的顧華月推到一邊——

「快跑！」

自己則掄起手邊的棍子朝刺客丟去，不管有沒有砸中，反正手邊有什麼扔什麼，倒也真的讓她打中好幾下，徹底惹怒了刺客。

在顧荷月的驚呼聲中，劍光猛地一閃，顧桐月閉上了眼睛。

嗤——

溫熱的液體兜頭淋下，黏答答地順著她的臉頰滑落。

「蠢貨，還愣著等死啊！」少年冷冽又焦急的聲音響在耳畔。

顧桐月睜開眼，入目竟是謝望擋在她身前奮力殺敵的背影。

他一身雪白中衣早已被鮮血染透，分不清是刺客還是他自己的血，此時一劍刺入面前刺客的胸口，讓他當場斃命。

謝望緊繃的俊臉上，神情是顧桐月從未見過的凌厲狠辣。

她從來不知道，謝望還有這樣的一面。

謝望手起劍落，又一個刺客倒在他的劍下，然後拉著顧桐月的手臂就走，還瞪她一眼。

「還發愣？也不看看現在是什麼時候，快去妳父親那邊！」

另一邊，顧華月跌跌撞撞地往前奔逃，已被顧府護衛護住，往驛站外撤去。

「謝少爺救我！不要丟下我！」躲在角落瑟瑟發抖的顧荷月忽然撲過來，竟一把抱住謝望的大腿，梨花帶雨地哭著。「帶我離開這裡，求求你……」

謝望厭惡地皺眉，低頭看她一眼，不好真的撒手不管，只好拉起她。

這一耽擱，又有三、五個刺客追過來。

謝望將顧桐月姊妹往前面一推。「快走！」

顧桐月頭也不回地往前跑，雖然受了謝望的救命之恩，有些不安心，可又不是她讓謝望救她並獨自面對刺客的；再說，這時候她留下沒有絲毫用處，反而拖累謝望。

此時，身後響起一聲悶哼，顧桐月忍不住回頭。

顧荷月已經連跌帶爬跑遠了。

謝望拄著劍半跪在地，微垂著頭，彷彿已經力竭。黑衣刺客只剩下一個，看起來似乎比謝望好一點，雙手持劍，就要朝他狠狠劈下。

顧桐月瞧見，手裡握著的棍子緊了又緊，還是跑回去，雖然知道來不及救謝望，卻沒辦法眼睜睜看著他死在面前。

他不但救了她，還是謝斂的親人！

還沒等顧桐月跑回去，銀光一閃，黑衣刺客竟被人一劍腰斬於眼前。

顧桐月堪堪停下腳步，彎腰想吐，卻什麼都吐不出來。一道清俊挺拔的身影落在她身前，擋住她的目光。

已是強弩之末的謝望轉過頭，滿是血污的臉上，唇角似笑非笑地勾起。「六哥，你要是晚來一步，就該給我收屍了。」

那人上前扶他起身。「還撐得住？」

熟悉的嗓音響起，正撐著膝蓋喘氣的顧桐月立即抬頭看向他。

來人竟是蕭瑾修！

謝望看看睜大眼望向他們的顧桐月，將原本到嘴邊的話嚥回去，還努力地抬頭挺胸。

「不過一點皮肉傷，不礙事。」又問：「黃大人不要緊吧？」

蕭瑾修簡潔回道：「黃大人無礙。」說罷，不贊同地微微皺眉。「不是讓你儘早回京？」

謝望咧嘴一笑。「我擔心六哥應付不了，才留下來，事實證明，這決定是對的。」

這番大動靜，已經驚動了州府，待官兵趕至，剩下的黑衣刺客只能落荒而逃。

蕭瑾修扶著謝望朝顧桐月走來，見她仍是呆呆的模樣，正要詢問，謝望卻開口了——

「顧八，剛才為什麼要跑回來？」

他仍是吊兒郎當的模樣，雖然渾身狼狽，滿臉血污，但彷彿帶著嘲弄之色的眼睛竟十分晶亮。

顧桐月抿唇。「多謝謝少爺的救命之恩。」對著那雙眼睛，一句多餘的話也不想說。

蕭瑾修也望向她，小姑娘面色蒼白，未及束起的長髮凌亂地披散在身後，襯得一張小臉越發清冷如雪。比起那兩個被嚇壞的顧家姑娘，手裡還提著木棍的顧桐月顯然膽大得多。

不過，他仍是問道：「有沒有受傷？」

顧桐月搖頭。

「妳父母在外面，出去與他們會合吧！」蕭瑾修語氣淡淡，眼底卻有著關切之色。

顧桐月不想讓人瞧見她獨自跟兩個男子待在一處，正要轉身離開，便聽見香扣喜極而泣的聲音——

「姑娘，您沒事吧？」

顧桐月搖頭，讓香扣扶著走出驛站。

待顧桐月與香扣走遠，謝望才把目光從那瘦弱的身影上收回，嗤笑一聲。「方才顧八竟然想回頭來救我，你說她蠢不蠢？」

「她蠢不蠢，我不知道。」蕭瑾修瞥他一眼。「不過有人逞英雄卻險些命喪於此，我卻是知道的。」

謝望不服氣。「什麼逞英雄，小爺本來就是英雄好嗎？」

蕭瑾修聞言，二話不說將「英雄」鬆開，便聽見謝英雄發出殺豬般的痛呼聲。

「哎呀——疼死小爺了！」

兩人走出驛站，被保護得妥妥帖帖的黃玉賢忙迎上來。「望哥兒，你可還好？」

當時他從睡夢中驚醒，便瞧見刺客站在床前，舉起匕首要朝他當頭刺下，以為此命休矣，正是謝家這看似跳脫輕浮的少年跳窗而入，救了他的性命。

此時見他滿身是血，黃玉賢自然心急得很。

謝望笑著道：「姨父放心，不過一些皮外傷，沒有大礙。」

驚嚇過度的肖氏也趕過來，看見謝望的狼狽狀，心疼得眼圈都紅了，急忙吩咐人扶他上車，又一迭聲讓人送止血創傷的藥來。

等謝望被肖氏不由分說地架上馬車後，黃玉賢便瞧向蕭瑾修。

「這位公子，不知如何稱呼？」

他打量著俊俏清雅猶如修竹的蕭瑾修，有些遲疑。這幾年他外放，京城何時出了這般人物？瞧他跟謝望很熟，難不成是謝家的親戚？

「我姓蕭，與謝小公子相識。」蕭瑾修向黃玉賢拱手行禮。「黃大人不必客氣，臨近年關，各地多有不平，黃大人要當心才是。」

「多謝蕭公子施予援手。」黃玉賢忙道：「他日回京，定當上門拜謝蕭公子的救命之恩。蕭公子也要回京城嗎？」

「正是。」蕭瑾修淡淡道：「黃大人不必客氣，不過舉手之勞罷了。」

他說得客氣，但黃玉賢見識過他的身手，且眼下是多事之秋，越是臨近京城，只怕危險越多，畢竟他手上的東西，讓太多人難以安心，想要平安回到京城，光靠顧、黃兩家的護衛，是不夠的。

因此，黃玉賢道：「既然蕭公子跟望哥兒交好，又是同路，不如結伴一起走？」

蕭瑾修想了想，方才點頭。「也好。」

黃玉賢歡喜不已。「方才蕭公子有沒有受傷？有隨行大夫，不如叫來幫你瞧瞧？」一邊說著、一邊忙不迭地吩咐人喚大夫來，又安排馬車讓蕭瑾修暫且歇息。

蕭瑾修朝他拱手一禮，便隨著僕人瀟灑而去。

瞧著蕭瑾修融入暗色中的身影，黃玉賢撫著略凌亂的鬍鬚若有所思。他是深受皇恩、炙手可熱的二品官員，可蕭瑾修與他應對問，不但沒有絲毫逢迎諂媚之意，還頗有幾分清高貴氣，顯然出身不一般。

肖氏走過來。「老爺在瞧什麼？」

「夫人可問過望哥兒，方才那位蕭公子是京城哪一家的？」黃玉賢總覺得蕭瑾修看上去很面善，卻想不出在哪裡見過。

他是寒門出身，雖為官多年，但京城勛貴眾多，不可能全都認識，自然得請教出身名門的妻子。

肖氏抿嘴一笑。「老爺可是覺得那蕭公子有些像定國公？」

黃玉賢恍然大悟。「難道蕭公子竟是定國公府的人？」

肖氏笑著道：「是，卻也不是。」隨即細細解釋。

黃玉賢聽完，若有所思，心裡有了打算。

因這場襲擊來得太過突然，刺客一來就放火，雖有官兵奮力援救，但夜風太大，火勢蔓延，驛站還是化成了一片灰燼。

顧、黃兩家人口眾多，此時只能暫時撤到樹林旁邊安頓下來。

顧家的馬車裡，尤氏抱著尚未恢復過來的顧華月，聽底下人回話。

「奴婢清點一遍，傷亡的下人名單俱在這裡，請夫人過目。」霜春臉上尚有污跡，卻顧不得清洗，先把手中的單子遞到尤氏手中。

「主子們可有礙？」尤氏蹙眉詢問：「眼下五少爺在何處？」

「只有三姑娘扭了腳，其餘幾個姑娘受了驚嚇，倒是無礙。」霜春回道：「五少爺正與老爺在一處，幫著收拾善後。他知道您必定會擔心他，方才已經派人來說他一切安好，請您莫要擔心。」

尤氏這才鬆口氣，低頭瞧手裡的名單。因事發突然，刺客來了便亂砍亂殺，傷損的人還真不少，連顧桐月的丫鬟巧妙也遭了殃。

「這些不幸被害死的，每家給二十兩撫恤銀子；受傷的不拘銀錢藥物，讓他們好好療傷。」尤氏疲憊地將名單遞還給霜春。「妳跟莊嬤嬤去忙這事，另外，莊嬤嬤那邊熬好安神藥後，給黃家也送些過去，告訴黃夫人，待我這邊收拾妥了，便去瞧她。」

霜春應是，卻未離開，尤氏便抬眼瞧向她。

「是莫姨娘。」霜春忙道：「莫姨娘傷得不輕，奴婢聽老爺吩咐采青她們，定要仔細照料。聽聞，莫姨娘是為了救老爺被刺客殺傷的。」

尤氏神色不變，淡淡道：「她救了老爺，便是顧家的大功臣，吩咐下去，一應吃食藥物都挑最好的送去。」

見尤氏未曾動怒，霜春才垂首躬身退出去。

尤氏有條不紊地將一應事務安排妥當，這才低頭瞧向懷中緊緊抱著她的腰的顧華月。

「華姐兒別怕，已經沒事了。」尤氏輕拍顧華月的後背，柔聲安撫她。

顧華月一個激靈，彷彿這才回過神來，慌慌張張地問：「母親，八妹真的沒事嗎？」

「方才霜春不是說了，只是受驚，喝完安神湯就好了。」尤氏尚且不知顧華月經歷過什麼，以為女兒只是嚇壞了。「等她歇息好，我叫她過來給妳瞧瞧，可好？」

「今晚要是沒有八妹，我就再也見不到您了。」顧華月紅著眼睛嘟囔，不等尤氏追問，便將先前經歷過的可怕險境告訴尤氏。

尤氏聽完，忍不住動容。先前她還敲打過顧桐月，擔心她太過聰明利用顧華月，沒想到危急關頭，卻是她挺身而出。她只是個半大小姑娘，尋常大人遇到這種事，未必能做到她那般捨己救人。

「妳八妹是個好孩子。」半晌，尤氏輕嘆。「日後妳對她，得更好些。」

顧華月用力點頭。「我會對她好的。」

母女倆談了一會兒，顧華月恢復過來，想起剛才霜春說的話，擔憂地皺眉。「顧荷月犯了錯，好不容易才讓父親厭棄她些，沒想到又讓莫姨娘尋得翻身的機會，實在太氣人！」

尤氏聞言，不悅地輕拍她一下。「我跟妳說了多少回，妳是矜貴的姑娘，哪有姑娘家管父親房中事的道理？」

顧華月嘟嘴。「您總叫我別管、別管，可我如今也不小了，以後嫁人，也要面對那些姨娘、通房，您什麼都不跟我說，到時我要怎麼辦？」

尤氏一怔。

顧華月猶自說道：「您想想，是不是這個理？倒不如現在讓我學著應付，以後去別人家，也不會吃虧，您說是不是？」

尤氏暗嘆一聲。「那也沒有拿妳父親妾室練手的道理。罷了，妳想知道什麼？」

顧華月說得不無道理，她本就是橫衝直撞的脾氣，在閨中時不教她，等到嫁人再來教，就太晚了。

「先前父親如何懲罰她們母女的？」見自己當真說服尤氏，顧華月愣了下，急急追問。

瞧著女兒臉上明顯的期待之色，尤氏淺笑，輕描淡寫道：「妳父親的意思，是讓我親自教養荷姐兒；至於莫姨娘，只得了閉門思過的懲罰，如今立功，想必這過也不用再思了。」

顧華月聞言，氣得險些跳起來。「這算哪門子的懲罰？父親實在太偏心，她將顧家臉面丟得一乾二淨，竟連半分責備也沒有，反還讓您教養她？日後說親，只道養在您名下，便平白抬高了身分，而她要是再做出沒皮沒臉的事，豈不全要算在您頭上？父親怎麼能這樣！」緊緊握著拳頭，對顧從安打從心底覺得失望與不忿。

「妳急什麼？」尤氏白她一眼，依然輕聲細語，不見焦灼與憤怒。「莫姨娘受了傷，我體恤她們母女情深，哪裡捨得分開她們，自然要荷姐兒好好陪伴、照顧她姨娘，方才顯得我這母親仁慈不是？」

以前尤氏不願讓顧華月碰這些事，現在決定要教她，自是格外用心，說得清清楚楚。

「可莫姨娘總有傷好的時候。」顧華月嘀咕，緊皺的眉頭幾乎要打結。

「這的確只是權宜之計。」尤氏笑看她。「妳也瞧出來了，妳父親這樣做，無非是想要我幫荷姐兒謀個好親事，可荷姐兒的胃口，哪是我能滿足得了的？到時候，能做的文章多了去。這件事，一時與妳說不清楚，妳呀，好好學學桐姐兒，持重沈穩，多看多聽，許多事自然也就明白了。」

「那莫姨娘呢？」顧華月依偎著尤氏，悶悶問道：「父親如此偏寵她，現在又為父親擋劍受傷，她在父親心裡，只怕更重了些，您心裡難過嗎？」

尤氏神色淡淡。「好孩子，妳要記住，永遠不要讓男人左右妳。女子這一生，為人子、為人妻、為人母，如此多的身分，妳當哪個是最重要的？」

顧華月茫然搖頭，在她看來，這三重身分都十分要緊。

尤氏見狀，勾起唇角，看起來優雅美麗。「無論為人子，抑或為人母，都比為人妻要緊得多。這個世道要求女子以夫為天，是以敬他、重他都是應該；可是華姐兒，要不要愛他，卻是自己可以決定的。」

顧華月越發迷茫。「母親，我不懂。」嫁給一個男人，不就該全心全意愛重他？

尤氏目光轉為深幽，悵然道：「以前我聽到這話時也不明白，後來成親，忽然就懂了。其實母親多麼希望，妳永遠不用懂這些，可身為女子，又能改變什麼？但幸好，我能決定自己的心，我不在乎他們，他們自然也傷不到我。」

說完，尤氏自嘲地笑了笑，這些話很難讓顧華月明白，也有些不合適，畢竟她如顧華月這般大時，對未來與良人還充滿了憧憬。

於是，尤氏將話鋒一轉，問顧華月。「就快回京了，妳父親深知妳祖母的脾性，對莫姨娘的偏疼，自然會收斂些，如果莫姨娘行差踏錯，妳祖母也容不下她。此時我由著妳父親，既不會惹他生氣，又博得賢良的印象，有什麼不好？」

顧華月聽了，好像明白什麼，又好像更糊塗了，但知道自己的母親並沒有傷心難過，便不再多想這番話。

母女兩個相擁著，又說幾句，等顧華月喝完安神湯，尤氏瞧著她睡著後，才起身下車，繼續理事。

此時，天色已經亮了起來。

另一邊，顧桐月小憩一會兒，便睜眼醒來。

莊嬤嬤特意送禦寒薑湯來，顧桐月受寵若驚地道謝，見莊嬤嬤笑得親切又和善，心頭一鬆，知道莊嬤嬤的態度即是尤氏的態度，到底不枉她連命都不要，拚命救下顧華月。

送走莊嬤嬤，外頭傳來顧清和的聲音，香扣忙撩起車簾看去，稟道：「姑娘，五少爺來看您了。」

「快讓清和上來，外面太冷了。」

登上馬車的顧清和聞言，笑道：「姊姊放心，我沒有凍著。」

顧桐月仔細打量他，見他小臉紅通通的，身上披著暖和的狐狸毛厚披風，並沒有驚惶與受傷的樣子，這才放心。

「外頭可都清點好了？」

「父親與黃大人正在清點，沒我的事，便先來瞧瞧姊姊。聽聞姊姊遇險，可有受傷？」

顧清和說著，關切地打量顧桐月，見她有些蒼白憔悴，但精神尚可，才稍稍安心。

「清和放心，姊姊沒事。」顧桐月忙把熱茶遞到他手中，催他喝了一口，才道：「可知那些刺客是什麼身分，是衝著顧家還是黃家來的？」

這些刺客趕盡殺絕，不是一般求財的匪徒，顧桐月不得不往顧家或黃家身上想，只是不知是結仇，抑或朝堂紛爭，才引來這般凶殘的屠殺。

「我聽父親與黃大人說，只怕那些刺客是衝著黃大人來的。當時刺客衝進驛站，最先攻擊的就是黃家的院子，且人數比追殺我們的更多；若非謝少爺救得及時，只怕黃大人已經遭遇不測。」顧清和略略思索，把自己知道的告訴顧桐月。「只是那些刺客的身分，恐怕不好查，我們翻過他們的屍體，發現身上什麼都沒有。」

「黃大人是朝廷二品大員，京城顧府也非籍籍無名，但刺客敢這般肆無忌憚地殺人滅口，只怕背後來頭不小。」顧桐月皺眉。「父親可有說過要與黃家分開回京？」

既是衝著黃家來的，為了安全，應當與黃家分道而行才是，沒必要讓顧家也捲進這場險境；如果顧家有能力，自該幫助黃家一二，可眼下自顧不暇，得先保全自己。

顧桐月不能否認，這麼想也有她的私心——她只想活著回到京城！

顧清和一愣。「黃大人官拜二品，極得陛下愛重，父親不會與黃家分開的。」見顧桐月眉心不展，遂安慰道：「姊姊不必害怕，黃大人已經調來附近的府兵，護送我們回京；再說，還有蕭公子與我們同行，蕭公子可厲害了，若沒有他，只怕我再也見不著姊姊！」

顧清和說著，眼睛亮起來，神色滿是崇拜仰慕。

「這是怎麼了？」顧桐月聞言，忙收斂心神問道。

她脫險後立刻追問顧清和在何處，得知他安全，便沒有多問，此時聽他這般說，自是嚇得不輕。

顧清和雙眼發光，道：「那時父親帶著母親跟我從房裡跑出來，卻被刺客跟僕從衝散，混亂中瞧不清方向，不知怎地竟跑到黃家住的院子，還被刺客發現。正當我以為命不久矣時，蕭公子從天而降，他武藝高強，兩三下就解決刺客，還護送我出驛站。我擔心姊姊的安危，便懇求他救妳，蕭公子竟真的二話不說又衝進去，如此仗義熱心，當是真君子也！」

顧桐月聽完，嘴角抽了抽，瞧著顧清和推崇備至的模樣，倘若他知道口中這位君子曾做過顧府的梁上君子，不知還會不會這般崇拜他？

她原想著跟蕭瑾修之間算是一筆勾銷，不想他非但救她，還救了顧清和……她欠他的，似乎更多了。

「姊姊，我也想成為像蕭公子一樣的人！」顧清和脫口說道。

顧桐月眨眼。「蕭公子熱心助人，的確是個好榜樣。」

顧清和小臉微紅。「我是說，我想習武。」說這話時，底氣明顯有些不足。

顧桐月微微皺眉。「清和，顧家乃詩書傳禮的世家，子弟從沒有棄文從武的先例，這樣的想法，只怕父親不會容許。」

雖然習武對顧清和而言不是壞事，東平侯府的哥哥們，大哥與小哥就是武將，她擔心的是顧府，以及顧從安夫妻會有的反應。他們對顧清和寄予厚望，若顧清和選了另一條路，壞了顧家清貴文雅的家風，姊弟倆只怕都會被厭棄吧！

顧清和聽了，清俊小臉流露出失望之色。「我並非想棄文從武，只是想習得一些本事，倘若再遇到這般險境，不但不會成為別人的負擔，還能保護親人……」

顧桐月這才明白她誤會了，神色緩和下來，想了想道：「習武能強身健體，也是極好。這事交給姊姊，回了京城，我來想法子，必定要如了你的願。」

「姊姊不必費心了。」顧清和的心情還是有些低落，顧桐月是什麼樣的境況，他如何不知，怎能讓他如願？如果因為他，讓顧桐月又陷入窘境，便真是他的罪過了。

顧桐月如何不明白他的想法，深感窩心，伸手摸摸他的頭頂。「你是我弟弟，我不為你費心，要為誰費心？」

如此懂事又乖巧的顧清和，怎能讓顧桐月不喜歡？在她心裡，這個弟弟儼然已經是她至親的親人。

謝望傷得不輕，但幸好都不是致命傷。

大夫替他清理包紮，肖氏瞧著他身上一道一道的傷口，忍不住直掉眼淚。

黃玉賢亦心有不忍，在謝望勸說下，只好領著肖氏先出去。

顧從安也過來了，這回謝望救了顧華月幾人，就算心裡再厭恨他，也要親自向他道謝。

顧從安到底為官，內心再不豫，面上顯露出來的，仍只有感激。慰問一番，又命人送上人參、燕窩之類的滋補藥材，方才離開。

等大夫包好謝望的傷口，蕭瑾修便撩車簾進來，看他被綁得彷彿粽子般，不由笑了聲。

「若讓京裡愛慕謝三爺的姑娘們瞧見你這般模樣，怕要傷心死了。」

謝望懶洋洋地靠在軟墊上。「六哥難得取笑人，罷了，就當博六哥一笑好了。」

蕭瑾修搖頭失笑。「即便為博我一粲，也不需要你如此賣命。」

兩人說笑幾句，謝望才正了神色，問道：「可知這些刺客是誰的人？」

「太子。」蕭瑾修薄唇不疾不徐地吐出兩個字來。

謝望一怔。「太子？難不成，黃大人手中的東西，居然能威脅到他？」

蕭瑾修淡淡道：「如果我猜得沒錯，錦城知府應該是太子一系的人，你可聽聞陛下給黃大人的那道密旨？」

「有人秘密揭發錦城知府昧下管轄之地發現的金礦，此事竟是真的？」謝望難以置信地瞧著蕭瑾修，反應甚快，很快將其中關竅想明白。「而且他還暗地將金礦送到太子手上？」

若這事屬實，黃玉賢手上又掌握真憑實據，太子想殺人滅口，便說得過去了。

見謝望想通，蕭瑾修輕輕點頭。「此事牽連甚廣，你別再插手，以免連累謝府。」

謝望行事無忌，但危害家族的事還是不敢亂來，應道：「六哥放心，我心裡有數。」又問蕭瑾修。「你這趟差事，到底受誰所託？」

蕭瑾修似笑非笑地瞧著他，並不回答。

謝望便明白了。「又是不能說？罷了，最後一個問題，越是臨近京城，只怕今日這樣的刺殺會越多，因此姨父請你一同上路時，你才順水推舟地答應？」

這個問題不難回答，蕭瑾修道：「黃大人乃國之棟梁，我不希望他出事。」

謝望笑起來。「有你在，我就放心了。」

第十章 她的小哥

在護衛及府兵的保護下，顧、黃兩家的車隊重新上路。

馬車裡，莫姨娘閉眼忍著痛，蒼白小臉不時滑落冷汗。

顧荷月陪在她身邊，心慌意亂地問：「娘，您可好受些了？」

「疼……」莫姨娘氣若游絲。「妳爹呢？」

顧荷月忙吩咐喜梅。「快去請我爹過來。」

喜梅應聲去了，顧荷月又問莫姨娘。「娘，爹爹會來嗎？」

「妳爹重情重義，自然會來。」莫姨娘雖然虛弱，回答時卻十分有自信。「妳記住，這男人啊！最喜歡女人對他無私的付出，我捨命救妳爹，連命都不要，有他這份感念，日後在京中，定會更維護我們母女。這世道，男人才是我們女子的立世根本！」

顧荷月聞言，若有所思。

「不明白？」莫姨娘勾唇笑笑。「妳且瞧著便是。」

沒多久，顧從安果然過來了。

原本他的表情有些不悅，但瞧見莫姨娘的蒼白模樣，心中不耐煩頓時化為憐惜疼愛，顧不得顧荷月就在旁邊，握住莫姨娘朝他伸來的手。

「可是疼得厲害？不是讓大夫給妳開了止疼的湯藥，難道沒用？」

莫姨娘笑中帶淚，楚楚可憐又依賴萬分地瞧著他。「老爺不要擔心，妾身忍得住，只是放心不下您。讓人打聽，總說您在忙，沒有親眼瞧見您安好，妾身的心便總是懸著。」

顧從安聞言，神色越發柔和，抬手溫柔地撥撥她汗濕的髮絲。

「妳的心意，我知道。好好養傷，缺什麼、少什麼，就跟夫人說，這次我們與黃家一同回京，我不好總護著妳，妳要自己照顧好自己。」

莫姨娘神色微暗，卻還是強顏歡笑道：「老爺的難處，妾身明白，您放心，妾身不會做出不得體的事，讓您面上無光。」

有黃玉賢在，顧從安不好表露出對妾室的關注與在意，但他肯來跟她說這些，便說明他是顧念她的。

顧從安又說了兩句，最後囑咐顧荷月好好照顧莫姨娘，才下車離開。

顧荷月瞧著莫姨娘詢問的眼神，輕聲道：「娘，我明白您的意思了。」

莫姨娘欣慰地笑起來。「我兒最是聰明不過，好好記住娘的話，日後必有用處。」

另一邊，尤氏正與肖氏說話。

「這次真是多虧望哥兒，若沒有他，只怕老爺與我都已經慘遭毒手。」肖氏容顏憔悴，捏著帕子不時擦拭眼角，又怕又心疼地說道。

「不想望哥兒竟有這般本事，也是姊姊有福氣，偏偏望哥兒去了錦城，偏偏刺客來時又是他在你們身邊，這說明什麼？」尤氏笑盈盈地握住她的手。「大難不死，必有後福，連老天爺都眷顧著妳跟黃大人呢！」

肖氏聞言，忍不住笑出聲。「妳這張嘴啊！從小到現在都沒變，還是這般討人喜歡。」

尤氏見她笑了，方才鬆口氣。「生哥兒也沒事吧？」

提到黃泰生，肖氏有些不自在。她喜歡顧華月，之前也想跟顧家結親，提起兒子自然不覺得不對勁，但經過顧荷月被斷髮的事，想著顧華月的性子或許是莽撞狠辣，就不那麼喜歡這門親事了。

「生哥兒沒事，勞妳惦記了。」

尤氏彷彿沒有瞧出肖氏的不自在，仍是微笑。「沒事就好，我們家幾個孩子，也只有雪姐兒扭了腳，至於荷姐兒……」

她說著，忽然一頓，嘆了口氣。「原是家醜，不好向姊姊提起，不過姊姊與我有幾十年的情誼，即便丟臉，也只能在妳面前說說罷了。荷姐兒一向養在她姨娘屋裡，原本覺得她還小，並無不妥，不想年紀大了，心居然也大了，若非發生那些事，我竟不知，她跟她姨娘將主意打到了望哥兒身上！」

肖氏愣住，隨即皺眉。「竟有這種事？」

顧荷月的舉動，她影影綽綽知道一點，只是一介庶女，並不值得她放在眼裡，此時聽尤氏這般直白地說起來，不免有些驚訝。

肖氏抬眼瞧向尤氏，見尤氏慚愧難當的表情，忙寬慰道：「妳雖是主母，但後院人多手雜，一時沒留意，也是有可能的，以後切勿再這般寬厚，該敲打便敲打，該責罰便責罰，否則現在心就這樣大了，日後回京還得了？」

她這也是提醒尤氏，京中名門勛貴多的是，如莫姨娘母女那般眼皮子淺的，不嚴加管教，說不定會做出更膽大出格的事來。

「姊姊說得對，只是我家老爺維護她們母女，我也不好惹他不快，是以能忍，便都忍了。」尤氏輕嘆著，拿帕子壓壓眼角，才苦笑著繼續道：「如同今次，荷姐兒做出那般不得體的事，老爺居然只讓我教養她，旁的責罰一概全無，好在，謝少爺替我出了口氣。」

「望哥兒？」肖氏眸光微閃，不太明白內中情由，她雖知顧荷月的舉動，但謝望對顧荷月做過什麼，她是真的半點不知情。

尤氏見肖氏疑惑，露出懊悔神色。「姊姊不知道？那便算了，只當我沒說過……」

肖氏見狀，不滿地拉她一把，佯裝生氣道：「我們之間，有什麼話是不能說的？」

「那我說了，姊姊千萬別罰謝少爺。」尤氏道：「他到底還是個半大孩子，且也算是幫我出了氣，我原當妳知情，這才說出來，早知姊姊不曉得，我就不提了。」

「這般囉嗦。」肖氏瞪她一眼。「還不快說到底怎麼回事？」

於是，尤氏故作遲疑，為難地將謝望如何命身邊的小廝竹青夜裡潛入顧荷月房間，絞了她的頭髮之事說出來。見肖氏陰沈著臉，又急急道：「姊姊千萬不要怪他，畢竟是荷姐兒有錯在先，要不是擔心姊姊責罰謝少爺，我是寧願把這事爛在肚子裡的。」

肖氏氣得不輕。「這個皮猴子！他怎麼敢！再怎麼樣，也不能絞了姑娘的頭髮！這是何等要緊的大事，害得我險些誤會……」

「誤會？」尤氏疑惑地眨眨眼。

因為氣憤，肖氏險些說漏嘴，但明白顧華月是無辜的，心思自然轉了回來，忙忙握著尤氏的手。

「妹妹放心，我不會說出去，只是望哥兒這性子實在頑劣，如果是我的孩子，眼下便能給個交代。妳莫要擔心，回了京城，我定會去謝府，將此事告訴他母親──」

「姊姊千萬別說。」尤氏連忙打斷她。「此事就咱們知道便罷了，否則日後我哪還有臉跟雲姊姊走動。」

瞧尤氏臉都臊紅的模樣，肖氏好氣又好笑地戳著她額頭。「妳怎麼就沒臉了？養出那般品行不端孩子的又不是妳。」

尤氏嘆氣。「可我是她嫡母，教養不當的罪名，只得自己擔下。」

肖氏心有戚戚。「唉，這庶子、庶女，可不都是我們的債嗎？」

兩人相視，彼此眼中都有著說不出的無奈與辛酸，但情誼似乎又近了一些。

蕭瑾修預言得果然沒錯，越是臨近京城，車隊遭遇的伏擊與刺殺便越發頻繁。

過了通州，離京城只有半天路程，最後一段路比之前更加凶險。

車隊剛離開通州地界，便被比以往多出不止一倍的殺手團團圍住，下手更加瘋狂急切。

但顧、黃兩家因總是處於驚惶戒備中，不論是主子抑或下人，俱心力交瘁、精疲力盡，瞧見刺客時，甚至不像幾天前那樣無頭蒼蠅似地驚慌亂叫，已是木然又習以為常。

黃玉賢在一片刺耳的兵器交接聲中，瞧向在身側保護他的蕭瑾修。

雖然蕭瑾修並未明說，然這一路下來，蕭瑾修的態度已足夠讓人明白，他是特地趕來保護他的。

前幾次都化險為夷了，可如今瞧著眾多殺手，黃玉賢不免遲疑，這次還能順利過關嗎？

顧桐月等人躲在馬車裡，身旁雖有護衛與府兵保護，但聽著外頭的喊殺與慘叫，女眷們還是忍不住嚇得瑟瑟發抖。

因馬車太多，在第一次遇刺的隔天，蕭瑾修便建議輕裝上路，讓主子們只帶身邊慣用的丫鬟與簡單行李，其他財物交由底下人慢慢押送回京，如此減了負重，也好加快腳程，遇到伏擊時不會亂成一團，反而更容易傷損人命。

因此，顧家幾個姑娘便只能同乘一輛馬車。

顧荷月原本不與姊妹們同乘，藉口自是要照顧莫姨娘，今日不知怎地，偏跟她們擠上同一輛車。

此時，四個姑娘臉上俱無血色，面面相覷地僵坐著。

幾人中，顧雪月年紀最大，顧桐月與顧華月感情最好，便挨擠在一處。

顧荷月也很怕，卻不好厚著臉皮擠過去，只膽戰心驚地聽著外頭的聲音。

先時慘叫聲還離得有些遠，這會兒卻已近在耳旁，顧荷月嚇得心膽俱裂，再顧不得其他，尖叫著撲向顧桐月等人。

顧華月待要嫌棄地推開她，但聽見外頭的聲響，越發將顧桐月抱得更緊些。

「不用怕，有蕭公子在，蕭公子很厲害的。」顧雪月顫聲安慰著幾個妹妹。「他定能將壞人打跑，大家別怕……」

話音未落，馬車突然顛簸起來，四個人沒防備，險些被甩出車外，一時尖叫連連。

此時外頭形勢亦十分危急，蕭瑾修再厲害，然雙拳難敵四掌，好在謝望強撐著也護在黃玉賢身邊，一時半刻的，刺客傷不到他。

但這情形再拖下去，會是什麼結果，在場眾人心知肚明，連黃玉賢也不敢再心存僥倖。

在滿身鮮血的蕭瑾修再次退守回身邊時，黃大人咬牙，從脖子裡扯出貼身戴著的錦囊，小聲而飛快地說：「蕭公子，我知你是奉上命而來，不要再管我，突圍逃出去，將這錦囊交給陛下！」

蕭瑾修不接，長劍橫掃，將一名刺客斬殺在地，方沈聲道：「黃大人乃國之棟梁，是陛下最得力的左臂右膀，我不會讓您出事。」

話落，他舉目望向遠方，刺客彷彿一團烏雲，烏壓壓地衝了過來。

黃玉賢急得跳腳。「刺客太多了，你自己闖出去，或許還有生路。蕭公子，是我讓你走的，陛下面前，你也能交代，逃一個是一個，何必留在這裡全軍覆沒呢？」

蕭瑾修抬頭，瞧見遠遠奔來的小黑點，狠戾的俊逸臉龐忽地逸出一抹淺笑。「黃大人不必多說，我們的救兵來了。」

黃玉賢簡直不敢相信自己的耳朵。「救、救兵？」

蕭瑾修沒再解釋，揮劍又進入戰局。

外頭的擊殺似乎更激烈了，顧桐月等人坐的馬車受驚，好不容易才穩下來，聽著廝殺聲，幾個姑娘越發惶惑不安。

顧荷月小聲地哭起來。「我們會不會死在這裡？」

誰也沒有理會她。

「娘，我要去找我娘！」顧荷月掙扎著要起身。

原本她跟莫姨娘坐一輛馬車，寬綽又舒適，今早莫姨娘卻忽然要她與顧桐月幾個同乘。她不解，莫姨娘便告訴她，臨近京城只怕更危險，雖有顧從安的吩咐，保護她們的護衛不少，但顧華月是嫡女，尤氏想必放心不下，會撥出更多人手去保護，定是更安全些。

孰料，這裡也沒有多安全！

顧荷月鬧著要下車，顧雪月懶得理會她，顧華月更不會阻攔她去找死，唯有顧桐月看她兩眼，冷聲道：「六姊還是別添亂，再等等吧！倘若真躲不過，不過是大家一起死罷了。」

顧荷月到底沒勇氣下車，聞言悻悻地坐了下來。

此時，外頭傳來一聲爽朗的大笑——

「蕭六郎怎麼看上去如此狼狽？區區幾個刺客，你該不會應付不了吧？」

這聲音夾雜在兵器撞擊與慘叫聲中，但仍傳到顧桐月耳裡。

顧桐月難以置信地瞪圓眼睛，突地拉開車簾，顧不得危險，焦急地循聲望去。

是個氣質光風霽月的少年郎，劍眉斜飛、目若朗星、白面俊俏，卻帶著陽剛的爽利。少年坐在馬背上，懶洋洋笑著的模樣實在好看。

小哥！

若非及時捂住自己的嘴，顧桐月只怕已經叫出聲來！

這一刻，她眼中只有唐承赫，目不轉睛，看不到鮮血淋漓的場面，看不到凶神惡煞的刺客，熱淚盈眶。

小哥，是我啊！我是小妹！

「他、他是誰？」原想責備顧桐月胡亂撩開車簾的顧荷月也瞧見了那分外惹人注目的少年，俏臉一紅，目光怔怔。

這人一點都不比謝望差，甚至更勝一籌，京城裡都是這般俊俏又有出息的公子嗎？

顧雪月則飛快收回目光，但臉頰上那抹紅卻怎麼也沒褪下，壓壓胸口，才去拉顧桐月的手，驚覺濕膩冰涼一片，抬眼瞧向她，驚訝又關切地問：「八妹，沒事吧？」

顧桐月這才回過神來，眼睛輕輕一眨，豆大淚珠落下，忙掩飾過去，強顏歡笑道：「沒事，就是瞧見救兵，太高興了。三姊、四姊，咱們得救了呢！」

顧華月沒留意到顧桐月的不對勁，目光也落在唐承赫身上。

少年翩然若仙地飛掠而上，手舞長劍，身形如遊龍，瞧著瀟灑寫意，然揮手之間，就是一條人命。

「是他！」顧華月雙眼一亮，認出了唐承赫，上前將顧荷月擠開。「是唐家軍來救咱們了！太好了，三姊、八妹，我們真的得救了！」

被擠開的顧荷月原有些不悅，聞言立時追問：「唐家軍？四姊認得那個人？他是咱們顧府的親戚嗎，不然妳怎會認識？」
顧華月驕傲又不屑地瞥著顧荷月迫不及待的神色，輕哼道：「我憑什麼要告訴妳？」
顧荷月語塞，卻只能扯著帕子暗暗咬牙。
唐承赫帶唐家軍前來接應，刺客顯然也知曉唐家軍的威名，並不戀戰，飛快撤退了。
唐承赫見狀，留下一小隊人馬收拾殘局，自己則帶著其餘唐家軍，護著顧、黃兩家，繼續上路。

路上，唐承赫似笑非笑地瞧著身旁的蕭瑾修。
「蕭六郎，你傷得不輕啊！大哥總誇你是千年難遇的奇才，如今看來，大哥竟有看走眼的時候。」
蕭瑾修勾唇，淡淡道：「四爺過獎了，將軍不過說說客套話，四爺別當真才是。」
他這寡淡疏離的模樣，讓唐承赫十分無趣。「是不是客套，我心裡清楚，等你養好傷，咱們約個日子切磋一回，如何？」
「好。」蕭瑾修深知唐承赫的性情，倘若不答應他，只怕日後還有得煩。
兩匹白馬一前一後地走著，一時間沒人說話。
過了一會兒，蕭瑾修低聲開口。「侯爺與夫人近來可好？」
唐承赫面上慣有的笑意倏地消失無蹤，眉心、眼底是濃得化不開的痛恨與陰鬱。「怎麼可能好？小妹是母親的命根子，卻突然歿了……不說母親，便是我們兄弟四人，到現在也不能相信，小妹就這麼去了。」

蕭瑾修不擅長安慰人，瞧著唐承赫臉上的恨意與痛色，心裡也不好受。「可有查到是誰害了她？」

唐承赫搖頭。「父親跟大哥動了雷霆之怒，將小妹院子裡所有丫鬟、婆子拘起來重刑拷問，卻沒有問出什麼來，誰也不知小妹是什麼時候出門，又是誰接應了她。」

蕭瑾修輕皺眉頭。「東平侯府守衛向來森嚴，靜……唐姑娘又鮮少出門，即使外頭有人接應，若府中沒人幫忙，只怕也瞞不過去，害了唐姑娘的歹人，可能是侯府裡的人。」

「小妹心軟又寬厚大方，府裡沒人不喜歡。我想不通，到底是誰這般恨她，竟把她帶出侯府，從那樣高的懸崖上推下去，讓她孤零零的一個人……倘若當即喪命也罷了，二哥察看過山洞裡的痕跡，說小妹是足足捱了好幾天才去的。她一個姑娘家，又不能行走，心裡有多麼絕望害怕。」唐承赫說著，恨得聲音都有些不穩。

他只比唐靜好大兩歲，兩人自小一起長大，比其他幾個兄長親密許多。回想起唐靜好死不瞑目的模樣，覺得一顆心都要痛碎了。

蕭瑾修面上並無多餘表情，然而握著韁繩的手指卻是根根泛白。「唐姑娘鮮少出門，又是與世無爭的性子，誰會想害她？而害了她，又是誰從中得到好處？」

唐承赫一怔。「從中得到好處？」

蕭瑾修道：「殺人動機無非三種，因情，因仇，還有因財。我聽你言下之意，唐姑娘或許是被人騙出侯府，身上不太可能帶有貴重財物，所以應該不是為財。」

唐承赫聽了，忍不住跟著他的思路去想。「要說有仇，也是我們父子在外與人結仇，難道小妹竟為我們受過？若是為情，小妹與謝斂青梅竹馬，也不可能。」

蕭瑾修不好多言，只道：「回京後，我會去侯府拜訪侯爺與夫人。」

唐承赫承情道：「老頭子向來喜歡你，去看看他也好。」

蕭瑾修點頭，不再多說了。

另一邊的馬車裡，顧桐月呆呆地坐著，表情似喜似悲。

粗心如顧華月也瞧出她的不對勁，忍不住蹙眉問道：「八妹，妳是怎麼了，怎麼從剛才開始就魂不守舍的？」

此時危機解除，顧荷月不想與顧華月待在一處，回去莫姨娘車上；顧雪月憂心魏姨娘，也尋去了，車裡便只有顧桐月與顧華月而已。

「沒，沒有。」顧桐月回過神。「只是快到家了，有點緊張。」

此時，她真恨不得衝出去，跑到唐承赫面前告訴他，她就是唐靜好！可這麼荒謬又可怕的事情，唐承赫會信嗎？

但好不容易見到唐承赫，難道要這樣眼睜睜錯過？

可眾目睽睽之下，她又能做什麼？

她好想父母還有兄長們，她有好多話要跟唐承赫說，可這些話，她又該怎麼開口？

她心裡焦躁，無法安寧，還得小心掩飾，不能讓任何人起疑。

顧華月聞言，真當顧桐月第一次回京，心裡緊張，便寬慰道：「沒什麼好緊張的，大伯父、二伯父那房的姊妹不多，再說還有大姊跟我，不會讓別人欺負妳。」

「謝謝四姊。」顧桐月對她擠出笑容。

顧華月盯著她，神色越來越嚴肅。

「怎麼了？」對上她這樣犀利的眼神，顧桐月心裡有些打鼓。

「妳是不是也瞧上了唐四爺？」顧華月冷著臉，逼視顧桐月。

顧桐月沈下臉。「四姊說的是什麼話？」

見顧桐月惱了，顧華月連忙道歉。「好妹妹，別生氣嘛！方才我瞧見六妹那副恨不得貼上去的模樣，心裡不爽快……」

「四姊不喜，便要把氣撒到我身上來嗎？」顧桐月仍板著臉，是時候讓顧華月知道，她不願意當任何人的出氣筒。

顧華月理虧，但被自家庶妹教訓，心裡也很不痛快。「我也是好意告訴妳，唐家不是隨便什麼人都能肖想的，六妹不過是庶出，那位唐四爺可是東平侯府的嫡公子。這麼說吧！妳可知道東平侯世子娶的是何人？」

顧桐月聽了，心裡更不是滋味，說顧荷月是庶出，不也是暗指她嗎？當下卻不再多想，只道：「我如何知道？」

其實，她當然曉得大哥唐承宗娶的是誰。

顧華月跟她咬耳朵。「唐世子十一、二歲時，就被侯爺丟進軍營，鎮國將軍的封號可是實打實的功績掙來的，陛下十分喜歡他，將自己最寵愛的端和公主嫁給他。因唐家家風很好，陛下甚至沒賜公主府，讓端和公主如尋常姑娘般嫁進去，上侍公婆，下待小叔、小姑。」

大周並沒有駙馬不得入朝為官的條例，因此武德帝下嫁愛女，自是因為信重，可見唐家受的聖眷有多盛。

聽顧華月提起端和公主，顧桐月不由又是一陣悵然。

端和公主其人，如同她的封號般，十分端貴親和，雖是公主，在東平侯府卻從未端過公主架子。唐夫人郭氏身子不太好，她如尋常媳婦般守在身邊伺候，將侯府打理得井井有條，對弟妹們關切有加，與唐承宗更是舉案齊眉、恩愛非常。

美中不足的是，嫁進唐家已有五載，端和公主至今仍無所出。

唐家人並沒有因此苛責端和公主，但端和公主卻愧疚難當，甚至主動給唐承宗納妾，惹得他動怒，最後是郭氏勸阻，端和公主這才打消念頭。

因此，端和公主對公婆更是孝順。

雖然姑嫂年紀相差一截，但唐靜好是公婆唯一的女兒、兄長們唯一的妹妹，因此端和公主對她更是關懷備至，有什麼好吃的、好玩的，總不忘先送來給她。

想到這裡，顧桐月越發心酸難忍。

她面上並不顯露，顧華月也瞧不出來，繼續道：「唐世子娶公主，唐二公子娶的則是徐大學士府的嫡長女。徐大學士官居一品，徐家也是咱們大周朝五大氏族之一，由此可見，東平侯府挑媳婦定然十分嚴格，咱們顧家，別說庶出，只怕嫡出也入不了唐家的眼。」

但顧桐月對那位二嫂卻是無論如何也喜歡不起來，大概因為徐氏是學士府裡的嫡長女，自然是嬌生慣養著長大，性子雖無大惡之處，卻太過嬌蠻任性。她曾瞧見徐氏對二哥唐承博指手畫腳、頤指氣使的模樣，而對她這位小姑，因兄長們憐惜疼愛，徐氏竟也有些吃醋。這些都還好，最讓顧桐月不喜歡的一點，是她總對姚嫣然橫挑鼻子豎挑眼的刻薄態度。

姚嫣然是她的親姨表妹，她的親娘是郭氏最小的妹妹，在姚嫣然尚小時，姚家捲入一場可怕的禍事，全族成年男女盡皆斬殺流放。姚家一夕之間敗落，母親便將小姨母唯一的女兒接到唐家教養。唐家本就沒有什麼女孩兒，長房這支僅唐靜好一人；後來唐靜好出事，成為不良於行的廢人後，若非姚嫣然相陪，恐怕她也走不出殘廢的陰影。

姚嫣然於唐靜好而言，不是親人勝似親人，徐氏對姚嫣然的態度，自然令唐靜好十分不喜，只是到現在，她仍弄不明白，徐氏怎會那般討厭嫣然。

想到此，顧桐月心裡又是一聲嘆息。她死了，徐氏想必不會如何難過，姚嫣然定然要難過死了。沒有她護著，徐氏定會更肆無忌憚地欺負姚嫣然吧！只盼著二哥能像護著她一樣，多回護姚嫣然就好了。

顧華月撐著下巴，憶及以前也曾遠遠瞧過東平侯府那四個風姿瀟灑的公子，一時間也忍不住紅了臉，輕聲嘆道：「東平侯府，最命途多舛的，恐怕就是三公子了。」

顧桐月大奇。「這是為何？」

在她心裡，她家三哥唐承遠可是真正風流灑脫的人物，既不像唐承宗那般嚴肅嚴謹，也不像唐承博的溫潤如玉。唐承遠文采出眾，有多本詩集論著，與他交好的文人雅士數不勝數，春天踏青賞花，夏天游泳納涼，秋天楓林唱晚，冬天垂釣寒江，可以說，幾個哥哥裡面，唐承遠最懂享受生活、最瀟灑不羈，外頭人還讚他頗有魏晉才子之風。

這樣一個連她都羨慕得不得了的人，從哪裡冒出命途多舛的說法？

「三公子訂過兩門親，第一門親事是大理寺卿家的姑娘，聽說兩家庚帖都換了，就差訂下婚期。孰料，那位姑娘居然想不開，放著大名鼎鼎的唐三公子不要，竟跟她表哥私奔了！」顧華月說著，心裡的八卦之火熊熊燃燒起來。這些話，平日裡尤氏不許她說，好不容易有顧桐月聽，還聽得這樣認真，自然說得更仔細。

顧桐月是第一次聽見自家三哥的流言，不由目瞪口呆。

「真的？」

她知道三哥第一次說親原是訂了大理寺卿家姑娘，可家裡的說法是，那姑娘八字太硬，對三哥有所妨害，這才作罷。怎麼外頭的蜚語，與她知道的出入這般大？

「當然是真的！」顧華月白她一眼。「前兩年我跟父親、母親回京過年，薰風表姊來家做客，她告訴我的。我悄悄跟妳說，薰風表姊喜歡唐三公子，唐三公子的事，她清楚得很。」

「薰風表姊？」顧桐月努力在腦子裡回想她知道的那些人家，有哪個姑娘閨名叫薰風。

「那是大舅家的表姊，這回回京，妳就能見到啦！」顧華月簡單說完，又把話頭扯回唐三公子身上。「其實，唐三公子還相過一門親事，聽說唐夫人親自相看那位姑娘，滿意得不得了，但這親事最後還是沒能成，妳道是為什麼？」

唐承遠第一次親事失敗，在擇媳上，郭氏自然更謹慎，相看不少人家，最後才說定都察院左都御史家的姑娘。郭氏對她很滿意，回來時還誇個不停，但沒多久，卻不了了之。

她問過郭氏，但她只是搖頭，什麼話都不說；倒是唐承遠，原以為他會難過，她還特地過去安慰他，孰料他跟沒事人一樣，難不成其中又有什麼隱情？

不等顧桐月追問，顧華月就迫不及待地說出來。「原來那位張姑娘竟是個石女，不能圓房的！」

顧桐月愣住，好一會兒才反應過來，皺起眉頭。「四姊，這種話怎能亂說？」

「這可不是我亂說的！」顧華月撇唇。「若非張姑娘有問題，東平侯府是什麼樣的人家，這門親事豈有不成的道理？正是因為張家怕就此把姑娘嫁進侯府，反得罪人，這才遮遮掩掩地透露實情，但不知最後怎麼傳出去了，張姑娘即刻被送出京城；倘若不是真的，張家為何要送走她？」

顧桐月啞口無言。

「妳說，這唐三公子的親事如此一波三折，不是命途多舛是什麼？」

顧桐月哭笑不得，含糊道了句。「或許唐三公子自己也不想成親呢！」

她的三哥她知道，瞧上去最是聽母親的話，最是孝順不過，實則極有主見，當面能哄得母親合不攏嘴，背地裡行事又是另一套，還美其名曰：做人要懂得變通。依她看，分明是他還沒收心，才對成親興致缺缺。

說到東平侯府，顧桐月又想起父母，若顧華月不在身邊，只怕要悲從中來，且唐承赫就在不遠處，卻無法相認，更令她心如刀絞。好不容易才忍住悲傷，不敢再提侯府的人，遂忙岔開了話。

「我從未見過祖母，還有長房、二房的人，不知他們好不好相處？」

顧華月聞言，頓時沒了碎嘴心情。「老太太嚴厲，規矩又大，最是看重家風，回府後，妳千萬注意，不得行差踏錯半步，不然輕則跪祠堂，重則挨板子，那不是唬人，是真打！」說著，她又幸災樂禍起來。「妳向來乖巧，我倒不擔心，可有些人回去後，再不改掉那通身毛病，肯定沒有好果子吃。」

顧桐月聽她提起顧府老太太，並不以「祖母」稱之，就知她對顧老太太並不親近。

「大伯父嚴肅古板得很，沒事最好不要出現在他面前，他最喜歡考問功課。」顧華月心有餘悸。「大伯母看起來很和善，不過也只是表面罷了。二姊跟五妹是長房的女兒，因此氣焰高些，不過二姊是嫡出，五妹是庶出，因此五妹一向以二姊馬首是瞻。大哥、二哥、三哥、四弟都是長房的兒子。」

她頓了頓，整理思緒，因顧桐月是頭一次回京，便將府裡情形細細講給她聽。

「二伯父最是和藹風趣，在翰林院當差，聽說還曾給太子殿下講過學，再清高不過。二伯母尖酸刻薄，又十分善妒，聽說二伯父的姨娘、通房被她管得死死的。二房沒有庶出子女，只有七妹跟六弟，那可是二伯母的命根子，別輕易招惹他們，不然二伯母能生吃了妳！」

顧桐月連連點頭，將顧華月告知的牢牢記下，心裡有了數。

另一邊，莫姨娘也正抓緊工夫囑咐顧荷月。

「回府之後，旁的不說，妳一定要抓住老太太的心。老太太不喜夫人，若能討得老太太的喜歡，夫人再如何刁難，便不用怕了。」

顧荷月聽了，不禁緊張起來。「我彷彿聽說老太太是不喜歡庶出子孫的？」

「說是這麼說，但人老了，最喜歡孝順乖巧的子孫在身旁服侍。妳別忘了，妳大姊就是養在老太太屋裡的，她在府中比夫人還得臉，靠得不正是老太太？」

三、四歲時，顧荷月跟著顧從安與尤氏回過京城，對眾人的印象早已淡忘，聞言不由洩氣道：「娘也說了，有大姊在祖母面前，哪有我孝順的餘地？」

「妳大姊已經十六歲，明年三月出閣，這段時日得忙著備嫁，這是多好的機會，一定要抓住！」說到顧蘭月的親事，莫姨娘羨慕得眼都紅了。「妳大姊那門好親事，就是老太太訂下的，如果妳得了老太太青眼，再不用忌憚夫人，說不定老太太也會為妳謀個好親事呢！」

顧荷月聽著，羞澀地低下頭，揉著手裡的帕子。「娘，您說謝府好些，還是東平侯府更好些？外頭那位唐四少爺，不但一表人才，家世也比謝家更好，如果可以……」

莫姨娘聽到東平侯府四個字，眼睛都亮了，可她心裡清楚，唐家的嫡出少爺，怎麼可能會求娶顧府的庶出姑娘？便是嫡出如顧華月，怕東平侯府都瞧不上。

但看著顧荷月那嬌羞期待之色，莫姨娘又不好打擊她，遂含糊道：「若能討好老太太，也不是不可能，我兒長得這般出色，琴棋書畫樣樣精通，只是出身不如人罷了。」

顧荷月點頭，輕咬下唇，面上生起紅暈。「我……我會努力討老太太歡心的。」

之前對謝望，是想嫁入名門的純粹渴望；現在對唐承赫——

顧荷月撫著怦怦亂跳的胸口，那裡像是藏了一隻小兔子，捉也捉不住地跳個不停。

這就是情竇初開吧！

傍晚時分，雪花紛紛揚揚落下，車隊終於平安抵達京城。

今天已是臘月二十三，一進城門便能感受到濃濃的年味。整座城披紅挂綵，熱鬧喧囂，讓顧桐月忍不住生出一股「終於回來了」的喟嘆。

顧家與黃家在不同的方向，停車後，便各自告別而去。

顧桐月偷偷掀起車簾，在人群中尋找唐承赫的身影，很快便瞧見他坐在馬背上，神色是一貫的漫不經心，正與蕭瑾修說話。

從顧桐月這邊瞧不見蕭瑾修的表情，但卻能將唐承赫的臉看得一清二楚，不由疑惑。

看他隨意的模樣，感覺與蕭瑾修不但相識，甚至還很熟悉？

但京城姓蕭的人家與東平侯府有來往的，顧桐月也只識得定國公府而已，可蕭瑾修上次自報家門時，分明說他不是定國公府的人，那他到底是什麼來路？

這一路上，她憂心如焚，總想找機會跟唐承赫說話，然而眾目睽睽，又有顧華月在旁，哪裡找得到機會？再者，即便有機會，她也還沒想好要如何告訴唐承赫，說她就是唐靜好。

因此，顧桐月只能不停安慰自己，好歹已經回到京城，莫要著急，徐徐圖之，才是萬全之策！

一會兒後，目送唐承赫領著唐家軍策馬而去，顧桐月悵然地放下了車簾。

忽然，一聲激動叫喚傳來，驚得睡夢中的顧華月猛地睜開眼。

「三老爺，小的們奉老太太的命令，前來接您！」

顧華月揉揉眼睛坐起身。「咱們到了？」

「剛進城。」顧桐月把大毛衣裳遞給她。「有家奴來迎接咱們，想必快到府裡了。」

她話音剛落，又聽見家奴的聲音傳來。

「老太太催咱們來了好幾趟呢！老人家在府裡已是望眼欲穿，原本要親自前來，大老爺跟二老爺好說歹說，才勸住了。」

顧從安也很高興，聲音聽起來輕快高昂幾分。「勞母親惦記，這就回去吧！」

一行人加快車程，約莫小半個時辰後，馬車終於停下。

顧桐月與顧華月偷偷掀起車簾一角，頭靠頭地往外瞧。

此時，顧府大門打開，家奴歡天喜地地在前引路，迎進他們的車。

顧府算不得鐘鳴鼎食之家，到底也傳承了上百年，宅子雖翻新過，但古樸厚重之感還是迎面而來。

約莫一炷香工夫後，馬車停住。

當雙腳踏實落在鋪了淺淺一層雪花的地上時，顧桐月忍不住瞧向在二門處等候的人。

最前頭的便是顧府老太太，著雲霏妝花緞織的海棠錦衣、厚厚灰鼠皮的披風，額頭上勒雙鳳朝陽玄色絨面額帕，整齊的髮髻上插著白玉嵌紅珊瑚珠雙結如意釵，釵上寸長的金流蘇下綴著一顆鮮豔的紅寶石，很是雍容富態；被丫鬟攙扶的手上掛著油亮光澤的沉香念珠，拄鑲金點翠枴杖的另一隻手則戴金鑲玉手鐲，色澤晶瑩、做工精緻，是少見的稀罕之物。

顧老太太身旁站著一位姑娘，穿金線織就的華服，外披白貂絨披風，襯得氣質清豔不可方物。

姑娘微微抬起下巴瞧過來，露出一截雪白纖細的脖子，上面只戴著一串紅珊瑚項鍊，襯得皮膚更潔白細緻，微笑起來，有種令人屏息的高貴和華美。

原本激動的顧華月瞧見顧桐月呆怔的目光，驕傲又得意地小聲笑道：「大姊是不是好生美麗？」

這就是顧府大姑娘顧蘭月！

「大姊與四姊一樣好看。」顧桐月這話倒是沒摻半點水，顧蘭月與顧華月是嫡親姊妹，容貌有七、八分相似，只是顧蘭月已經長開，而顧華月還略帶些稚氣；再來，一個美得明豔張揚，一個美得高貴優雅，真真是一對極惹眼的姊妹花。

顧老太太瞧見顧從安，顫巍巍往前迎了兩步，老淚縱橫。

「兒啊……」

顧從安瞧見老母，亦熱淚盈眶，雙膝跪下，失聲喚道：「母親，兒子回來了！」

旁邊的大老爺顧從明與二老爺顧從仁見狀，趕緊上前，一人攙起顧老夫人，一人去扶顧從安。

「三弟快起。」

「母親，三弟已經回來，我們先進屋再說話，外頭著實太冷，您的身體可受不住。」

顧從安起身，抹抹眼睛，也上前攙扶顧老太太。「二哥說得很是，母親，咱們先進屋，兒子再給您磕頭。」

大夫人劉氏與二夫人秦氏也紛紛勸說，好不容易才止住顧老太太的哭聲。

顧老太太一手拉著顧從安、一手拉著顧從仁，被眾人簇擁著往正院走去。

劉氏這才笑著迎向尤氏，握住她的手。「三弟妹，總算回來了，這一路很辛苦吧？」表情熱切又和善。

尤氏回握住她。「多謝大嫂惦記，雖然路上有些波折，所幸總算平安回來。」跟在顧老太太身後的秦氏冷冷看著這一幕，嘴角輕蔑地勾了勾，很快又回過頭，跟著顧老太太離去。

顧桐月瞧見了，心想秦氏與尤氏之間的過節還不小，以至於秦氏連表面工夫都不肯做，以後遇見秦氏，還是躲遠些才好。

「快進屋，等安頓好了，咱們再慢慢說話。」瞧著顧老太太一行人快走遠，劉氏拉著尤氏跟上去。「你們住的知暉院，我早讓人收拾好了，若有缺的、漏的，便派人跟我說。我怕你們剛回來，人手不夠使喚，便先撥了幾個去伺候，等弟妹安置妥當，他們是留是走，再與我說一聲就是。」

尤氏忙謝過她。

劉氏的目光掃過身後的三房兒女，瞧見顧清和時，笑容更盛了些。「幾年未見，清和竟已經這樣大了。」

顧華月聽見，忙領著顧桐月與顧清和等人向劉氏行禮。

劉氏抿唇笑著，一手拉過顧華月、一手拉著顧清和。「華姐兒也出落得越發好看，與蘭姐兒越來越像，都像足了妳們的母親。」

尤氏微微臉紅。「大嫂越發會打趣人了。」

劉氏也不喜庶出子女，只拉著顧華月與顧清和說話，對顧桐月幾個微笑了下便作罷。

顧桐月與顧雪月早料到，面上都還撐得住，但一心想往前湊的顧荷月，心裡很不是滋味，臉色便不太好看。

不過，此時沒人將她放在眼裡，說笑著往正院去了。

不久，眾人進了正院，院裡燈火通明，猶如白晝般。

顧從安扶著顧老太太端坐在大花梨木雕花羅漢床上，領著妻子、兒女齊齊地跪下。

顧桐月隨著眾人下拜，眼角餘光卻悄悄打量著屋裡的擺設，五翟凌雲花紋錦緞鋪就的軟椅、纏枝牡丹翠葉熏爐熏出清雅宜人的香味，布上果品名茗。顧家雖是清貴的詩書人家，但家底竟是讓人不敢小覷。

三房眾人給顧老太太請完安，顧華月又領著兄弟姊妹見過顧大老爺與顧二老爺，接著是兄弟姊妹之間的見禮，氣氛熱鬧融洽。

不過，顧家人口實在太多，一圈下來，顧桐月都快暈了。

大家對這個頭一回見到的八姑娘，也充滿了好奇，都知道她是個傻子，沒想到竟有好起來的一天。

劉氏身為當家主母，自是忙得團團轉，趁著眾人說話的工夫，吩咐擺宴開席。

這晚，顧府開了五桌席面，熱鬧得像是過節般。

顧老太太體恤顧從安，吃完飯便令人都散了，讓三房的人回院子歇息。

第十一章 顧府三房

知暉院位於顧府東邊。京城寸土寸金，即便顧府傳承百年，宅院也沒大到哪裡去，知暉院還沒有顧從安在陽城時的宅院寬敞舒適，好在也是個二進院子，勉強夠住。

顧桐月與顧華月依然隨尤氏住在正院東、西廂，兩個姨娘也各得了一座小跨院。

顧從安並未與尤氏一道回來，因顧清和被安排在前院住下，他有些不放心，便與顧清和過去瞧瞧。

正院裡，尤氏攬著顧華月剛坐定，就有人來稟，說顧蘭月過來了。

顧桐月站在那裡，有些躊躇，不知該避開還是留下。

尤氏瞧著她遲疑的模樣，淡淡笑道：「桐姐兒也留下見見妳大姊。」

顧桐月聽了，暗暗鬆口氣，忙笑著應下。

不久，通身嫡女氣派的顧蘭月便在丫鬟們的簇擁下緩緩而來。

尤氏瞧著大女兒這般美麗又貞靜的模樣，不由紅了眼眶，等顧蘭月跪下，便忙起身至她身邊，親手扶起她。

「蘭姐兒，快起來，讓娘好好瞧一瞧。」

相較於尤氏的激動，顧蘭月表現得有些冷淡，秀美面上含著恰到好處、矜持疏離的微笑。「母親與妹妹們一路辛苦了，祖母打發我來問問，母親這邊可有什麼不周到的？」

尤氏聞言，笑容微僵，拉著顧蘭月的手緊了緊，察覺她幾不可見的皺眉，忙放輕手勁，拉著她往羅漢床走去，一起坐下。

「現在蘭姐兒還是住在老太太屋裡？眼下我們回京，妳父親可能會進六部任職，以後我們一家便能長長久久留下，不如妳也搬回知暉院，我們母女……」

「不必麻煩。」顧蘭月微笑。「明年三月就是婚期，不過幾個月工夫，不用搬來搬去那般麻煩。」

眼瞧著尤氏的笑容僵住，顧桐月越發不自在，庶女見到嫡母這般可說得上是狼狽的模樣，總歸不好，但現在不能開口告退，只得不吭聲，假裝她什麼都沒看到、沒聽到。

顧華月卻沈不住氣了。「大姊，母親就是想妳啊！我也很想妳，難道妳不想我們，不想跟我們住在一起嗎？」

顧蘭月瞧向顧華月，面對這個妹妹，她的笑容不像面對尤氏一般疏離，多了幾分真切，乘機從尤氏手中抽出自己的手，走向顧華月。

「四妹，我也很想妳。」卻是絕口不提想念尤氏的話。

顧華月忙拉住她，撒嬌道：「大姊想我，就搬過來跟我們一起住嘛！」

顧蘭月還是搖頭。「祖母年紀大了，我自小在她身邊長大，眼看就要出門，能陪她的時日不多了，若妳想我，就去知慈院找我說話，不過幾步路而已。」

這時，尤氏已經收起面上的難過，勉強笑道：「華姐兒，妳大姊說的是，這樣搬來搬去的也甚麻煩，別再纏著妳大姊了。」

顧蘭月朝尤氏福了福身。「多謝母親體諒。」

尤氏一聽，眼淚差點掉下來。

顧桐月瞧得分明，更將自己往角落裡藏。

看上去總是從容淡定的尤氏，原來不是真的無堅不摧。

她的女兒們，就是她的軟肋吧！

氣氛僵凝，顧華月看看顧蘭月，又看看尤氏，心裡焦急得不行，卻不知該說什麼，轉眼看見顧桐月，急忙對她招手。

「八妹，妳快過來。」

顧華月對顧蘭月道：「大姊，妳還沒見過八妹吧？她以前傻乎乎的，什麼都不懂、什麼都不會，可是現在好了，竟也有幾分機靈勁呢！」

顧桐月簡直想捂臉，不敢去看尤氏的臉色，見顧蘭月瞧過來，忙硬著頭皮走上前，對她行禮。

「大姊好，我是桐月。」

顧蘭月打量她兩眼，客氣笑著。「八妹不必多禮，妳的事，我聽說了，回來就好。」

顧桐月沒指望一回京就讓顧蘭月喜歡上她，她沒排斥已經很好。

顧華月不住對顧桐月使眼色，希望她能想辦法讓顧蘭月改變主意，搬來知暉院。

顧桐月無語至極，顧華月是親妹妹，都沒能說服顧蘭月，她一個庶妹湊什麼熱鬧？因而只當沒瞧見。

顧蘭月也當沒瞧見顧華月那幾乎要抽筋的眼睛，道：「母親與妹妹們剛回來，一路舟車勞頓，想必十分辛苦。今晚先歇下吧！咱們姊妹如今在一處，日後說話機會多的是。」頓了頓，才望向尤氏。「明早女兒過來給父親、母親請安。」

尤氏只得點頭道好，殷殷叮囑。「不用太早過來，如今天冷了，要穿得暖和才好。」

顧蘭月面色平靜，點頭應下。

尤氏猶自貪婪地望著她，又吩咐她帶來的丫鬟們。「妳們仔細服侍大姑娘，回去後趕緊給大姑娘熬碗熱熱的薑湯喝，既可防風寒，也能暖胃。」

丫鬟們恭敬地應下。

「母親不必為我操心。」顧蘭月面上笑容淡得幾乎看不出來。「這些年，我早已學會如何照顧自己。」

說完，她對顧華月與顧桐月點點頭，便轉身往外走。

尤氏心頭大痛，不由追著顧蘭月，直把人送到院門口，瞧著顧蘭月頭也不回地離去，眼淚再忍不住，順著精緻臉龐無聲滑落。

顧華月擔憂不已，正要上前，卻被顧桐月拉住，對她搖了搖頭。

尤氏這般脆弱的模樣，一定不希望被她們看見。

與此同時，和蕭瑾修告別後，唐承赫直接騎馬回東平侯府。

進府後，唐承赫隨手把馬鞭丟給小廝，大步往二哥唐承博的院子走去，隨口問道：「大爺回來沒有？」

「大爺回府了，吩咐小的在此等四爺，讓您回來後便去外書房見他。」小廝回道。

唐承赫腳步一轉，朝外書房走。「把二爺也請來書房說話。」

小廝應聲去了。

唐承赫到了外書房，風風火火地推開門，便瞧見身材高大、神色肅穆的唐承宗端坐在案桌後。

見他進來，唐承宗的如電目光便先將他從頭到尾打量一遍，確定他毫髮無傷後，才不滿地皺起眉頭，嚴厲道：「多大的人了，還這般毛毛躁躁，成何體統？」

唐承赫比唐承宗小了近十歲，跟唐靜好一樣，對不苟言笑的大哥很是敬畏。

但此時唐承赫顧不上怕唐承宗說教，逕自上前問道：「大哥，小妹的事情可有進展了？」

唐承宗聞言，面上蒙了一層痛色，隨即斂容道：「小妹的事，我心裡有數。交給你的事情辦得如何了？」

唐承赫道：「原要送黃大人回府，但他堅持先進宮面聖，我已派人送他去皇城，這個時候，應該已經見到陛下了。」

唐承宗點頭，神色稍緩。

這時，唐承博也趕到書房門口。

「大哥，小弟，可是出了什麼事？」

唐承博目露疑惑，唐承宗似有所悟，兩人齊齊望向唐承赫。

唐承赫深吸一口氣，沈聲道：「是為了小妹的事。」頓了頓，先問：「今日母親如何，可有起色？」

唐承博嘆氣。「跟往日一樣，太醫說母親悲痛過度，鬱結於心，若是不將鬱氣疏散出來，於身子大為不妙；可小妹慘遭這般橫禍，一時半刻的，母親怎麼可能放下？」

「公主倒是提過，倘若能盡快抓到殺害小妹的凶手，母親心裡說不定能好受些。」唐承宗也皺眉道。

唐承赫神色沈重。「現在還是嫣然陪著母親？」

唐承博點頭，發覺唐承赫今日不太一樣，溫潤如玉的面上多了抹探詢之意。「怎麼？」

「大哥、二哥，你們說，小妹不在了，其中誰得到的好處最多？」

唐承宗與唐承博面面相覷，不明白唐承赫的意思。

「我們一直在查小妹到底如何出府，究竟是誰害了小妹，卻從沒想過小妹為何遇害。」

「小妹行動不便，好些年不曾出府，她性子也好，見過她的人都喜歡她。」唐承博輕聲道：「我實在想不出是誰要傷害她，更別提是因為利益。」

「二哥說的是，小妹自小喜歡謝斂，不可能因移情而遇害；至於仇殺，只能從我們幾個入手，但我不覺得是如此，那只剩我方才的問題——小妹不在了，誰是最大的得益者？」

自聽了蕭瑾修的話，回府路上，唐承赫不停思索，越想越覺得有理，然而細細想去，卻冒出一身冷汗，因為他只想到了一個人。

見唐承赫那般慎重的模樣，全然不似以往的跳脫，讓唐承宗與唐承博不由慎重起來，兩人一深想，俱露出不可思議的神色。

唐承宗比唐承博沈得住氣，表情絲毫未變，但唐承博卻險些打翻手邊的茶盞，驚聲開口——

「姚嫣然?!」

顧府知慈院裡，顧老太太已經洗漱完，倚在大迎枕上與顧蘭月說話，祖孫倆甚是親密地靠在一起。

「如今妳父母回府，妳可想過要搬回知暉院去？」顧老太太沈黑的眼裡一片精光，面上卻笑盈盈地瞧著最寵愛的孫女兒。

「祖母這是要趕我走？」在顧老太太面前，顧蘭月哪還有面對尤氏時的冷淡自持，一派小女兒姿態地靠在她身上，如同小時候般，玩著她保養得宜的手。「方才母親也問我，要不要搬去知暉院，我捨不得祖母，便沒有答應。現在可好，祖母倒不要我了。」

「妳這猴兒。」顧老太太雖是嗔責，但臉上浮現欣慰歡喜的笑。「祖母何曾說過不要妳了？妳是祖母最心愛的小囡囡，可妳盼了妳母親多年，她好不容易回京，當真不想回去？」

顧蘭月聞言，臉上的笑淡了兩分。「我哪有盼著什麼，再說，有四妹承歡膝下，也不需要我去錦上添花，反倒沒意思。」

見顧老太太還有話說，顧蘭月索性使了小性子，拉過旁邊的被子蓋上頭。「好睏、好睏，我睡著了。」

顧老太太好氣又好笑，瞧著把自己裹成蟲繭般的顧蘭月，到底沒忍住，輕拍她一下。

「罷了、罷了，隨妳吧！」到底是滿意她的回答。

顧蘭月對尤氏的心結，她自然清楚，她也不喜歡尤氏，開口讓顧蘭月去親近尤氏，不過是說說罷了。

顧家長房的知懷園裡，劉氏體貼地為顧從明換上家常衣裳，一邊說著話。

「老爺與三叔談過了？」

顧從明淡淡嗯了一聲。

「那三叔可答應了？」劉氏又問。

顧從明聞言，臉色難看起來。「老三就是個頑固脾氣，怎麼說也說不通！如今黃家看著是鮮花著錦、烈火烹油之勢，可太子才是正統，得罪了太子，將來太子登基，黃家能有什麼好下場？居然還想著與黃家結親，這豈不是將顧府滿門陷入危險境地？」

劉氏遲疑著，小聲道：「但這回太子犯下的事顯然不小，陛下還能容他？」

朝堂上的風聲，即便劉氏是內宅婦人，也聽聞了一些。

「陛下與太子畢竟是父子。」顧從明有些煩亂。「太子又是陛下一手栽培的儲君，即便有些不妥，難道會容不下？」

「老爺的意思，這次陛下還是會輕輕放過？」

「儲君乃國之根本，陛下不可能輕易廢太子。」顧從明懂劉氏的意思。「何況，太子為元后所出。陛下與元后是青梅竹馬的少年夫妻，元后離世時，陛下答應她，永不廢太子。」

劉氏一驚。「還有這等事？」

「元后去得早，陛下又立了繼后，知道這事的人不多。」顧從明淡淡道：「妳不曉得，也是正常。」

顧從明說著，忽然短促一笑。「朝中許多如老三那般的人看不分明，自以為逮著太子的把柄，就能讓陛下廢他，如今太子殿下心裡定然有一筆帳，等著登上大寶再清算。我知道陛下不可能廢太子，才勸著老三與黃家劃清界限，誰知他根本不肯聽，真是氣煞人也。」

「老爺息怒。」劉氏撫了撫他的胸口，為他順氣。「三弟妹明理些，不然我去跟她說說，讓她勸勸三叔？」

顧從明沈吟，可有可無地道：「那妳便試試吧！」又吩咐。「替我備些厚禮，明日我要見太子詹事，希望能託他跟太子說說情。」

說著，他面上生出惱恨之色。「這個老三，一回來就給我找麻煩！」

另一邊，二房的知趣園裡，二老爺顧從仁正心情頗好地賞著字畫。

見秦氏甩著帕子走進來，他忙對她招手，獻寶般道：「快過來瞧瞧，這可是名家字畫，千金難求啊！」

秦氏探頭一看，嗤道：「不過就是堆石頭跟竹子，有什麼好看的。」

「婦人之見。」顧從仁不生氣，仍是笑咪咪，兀自撫著精心修剪過的美鬚點頭，愛不釋手地瞧著手裡的畫。「這畫師已經封筆多年，他的畫作如今很難再買到，不想三弟一回來，就送了我這樣大的禮。」

這一點，秦氏與他無話可談，遂道：「行了，別再看這些沒用東西。我問你，你的事可跟老太太與大伯商量過了，他們怎麼說？」

顧從仁皺眉，慢條斯理地將畫卷起來放好。「有什麼可說的？」

秦氏急了。「之前你是如何答應我的？即便不為我想，也該替秋哥兒想想！大伯是鴻臚寺卿，長房的哥兒、姐兒在外頭多有臉面；戶部侍郎這個位置，若能落在老爺頭上，那可是正三品，要比長房更得意。你在翰林院當了那麼久的閒差，好不容易有了晉升機會，怎能讓給三房？」

「說什麼讓不讓的。」顧從仁不悅道：「三弟比我有出息，這是不爭的事實，更何況，他在陽城的治績有目共睹，外放這些年，也該升一升了。」

秦氏聞言，急得上前擰他一把。「什麼治績？你就比他差了？若非當初他頂替你外放出京，現在這般風光的是你！」

「住口，越發渾說了！」顧從仁脾氣極好，可一旦發怒，還是讓潑辣慣了的秦氏有些發怵。「當初三弟外放的事，府裡上下誰不知情，妳怎麼還有臉拿出來說？眼下瞧著三弟要升官，妳就眼紅地去搶他的功勞？」

秦氏被訓得沒臉，忍不住低聲辯駁。「他的功勞誰搶得走？我就是覺得，這麼多年，你也該升了；況且，那個位置，原就是我們先看中的。」

她這般說著，竟理直氣壯起來。「要說搶，那也是他搶咱們的！咱們去求求母親吧！之前母親聽聞你要升遷，不也很高興嗎？」

「當年母親軟磨硬泡讓三弟頂替我外放，三弟與母親因此生出嫌隙，妳當母親心裡好受？這些年，她對三弟充滿愧疚，如今好不容易把人盼回來，若知道我們要跟三弟搶那個位置，不知會氣成什麼樣呢！」顧從仁嘆口氣，瞪著不甘心的秦氏。「總之，這件事不許妳胡亂插手，在母親面前，更是一個字都不許提！」

秦氏仍是不服，嘟囔道：「試都沒試過，你怎麼知道母親不會向著咱們？那可是戶部侍郎，正三品的官職啊！」要她眼睜睜放棄，像拿刀子剜她的心一般疼。「父親那裡還等著我回信呢！你讓我怎麼跟他交代？」

為了這次升遷之事，秦家出了多少人力、物力，好不容易有點頭緒，三房居然要橫插一腳搶去，叫她怎麼不生氣！

顧從仁拂袖而起。「岳父那裡，我自會去說，妳不許亂來！」

秦氏與顧從仁一塊兒長大，兩人是青梅竹馬的情分，成親以來，也曾有段恩愛時日。秦氏是什麼脾性，顧從仁一清二楚，平日不要緊之處，他寬縱放任，但事關顧府，便顧不上夫妻之情了，直接板起臉出言教訓，說完就要走。

秦氏一把拉住他。「你要去哪裡？」

「我去姨娘那邊坐坐。」顧從仁不耐煩地扯開她的手。

這時，秦氏也顧不上謀劃升官發財了，大興醋火。「我不許你去！」

顧從仁見狀，更是生氣，乾脆不理會秦氏，甩開她的手，逕自離開。

是夜，長房和二房鬧出的動靜，完全沒傳進知暉院裡。

因長女的疏遠，尤氏難過了一回，打發顧華月與顧桐月回屋休息後，便強撐著在燈下等顧從安回來。

莊嬤嬤心疼地瞧著尤氏眼圈微紅的模樣，寬慰道：「夫人實在太苦了，您心裡對大姑娘的疼愛，比四姑娘只多不少，大姑娘這般，著實太傷您的心。」

「不能怪她。」尤氏放下撐著額頭的手，幽幽嘆道：「我早有預料，這些年她沒在我身邊，心裡會怨，也是應該的。」

「這哪能怪您，若非當年老太太硬要……」

「嬤嬤慎言！」尤氏及時打斷她，微皺眉頭。「如今不在陽城，這府裡有多少眼睛盯著咱們，倘若被人拿住把柄，該如何是好？我知道妳替我不平，但我的確虧欠蘭姐兒，沒什麼可辯解的。」

當年，是她選擇顧從安，棄了顧蘭月，如今被女兒埋怨，又怪得了誰？

要是人生可以重來一次，她無論如何也不會放棄自己的女兒。

莊嬤嬤知錯，忙自打了兩嘴巴，又憂心問道：「日後夫人可有什麼想法？總不好由著大姑娘這般……再過不久她就要出門，母女的心結再不解開，該怎麼辦才好？」

「此事急不得。」尤氏伸手輕叩桌面。「但不管如何，都得讓蘭姐兒搬回來住才行。」

莊嬤嬤嘆氣。「希望大姑娘能明白您的心意。」

主僕倆正說著，就聽見外頭傳來丫鬟問候顧從安的聲音。

尤氏藏起思緒，起身迎了兩步，就見厚厚門簾被掀開，顧從安挾裹著一身寒意進來。

「老爺回來了。」尤氏含笑望著他。

顧從安卻沈著臉，與剛回來時的愉悅截然不同。

尤氏見狀，不急著追問，只喊霜春與海秋來伺候，輕聲道：「和哥兒那邊安置好了？」

「大嫂安排得極好。」顧從安神色稍緩，在霜春的服侍下脫下大毛外衣。「和哥兒住在靠著春哥兒屋子的那座小院，春哥兒學問極好，平日正好可以請教他。待到年後，再瞧著是送和哥兒進學院，還是請夫子來府裡，妳覺得呢？」

顧孟春是顧大老爺的嫡次子，考中進士後，被欽點為翰林院的庶起士，是如今顧府小輩中最有出息的一個。

明年顧從安有意讓顧清和下場試試，因此對於劉氏的安排十分滿意。

尤氏點頭笑道：「老爺考慮得周全，竟是半點不用我操心。」

聽著尤氏輕聲打趣，顧從安心裡覺得熨貼不少，拉她坐下。「蘭姐兒可來過了？」

「方才過來請安，原是要等您回來，我瞧著天色不早，便打發她回去歇息。」尤氏親手捧著茶，遞到顧從安手中。「老爺喝口熱茶，暖一暖身體。」

顧從安笑著接過，並未發覺尤氏眼底的失落，又問：「如今咱們回府，不好讓蘭姐兒繼續住在老太太院子裡，妳可跟她提了搬回來的事？」

尤氏對顧蘭月充滿愧疚，顧從安對這個自小便沒養在身邊的女兒也甚是虧欠。顧蘭月是他的第一個孩子，初為人父的激動、喜悅，以及忐忑，都是在顧蘭月身上體會到的，他也曾抱過她、哄過她，陪她玩耍，但後來因為外放，不得不把她留在京中。

對於這個女兒，他跟尤氏一樣，也懷有補償的心思；而且，她的未來夫家是忠勇伯府，日後需要倚仗她的地方還很多。

尤氏長睫微垂，含笑道：「自然要搬回來，不過今晚太過倉促，再者，老太太那裡也得說好。老爺知曉蘭姐兒與老太太的情分，沒有咱們一回來，就要惹她老人家不高興的道理，這事，老爺別管了，交給我就是。」

顧從安聞言，皺起眉頭。「老太太一手帶大蘭姐兒，只怕……」

他說著，便有些遲疑，才剛回來，又要過年，實不願在這時惹得顧老太太不高興。「不如，就讓蘭姐兒繼續住在知慈院吧！」

尤氏眸底冷光微閃，面上卻仍掛著笑。「蘭姐兒本就與我們夫妻不親近，若是搬回來，趁著備嫁這段日子，我們也能多親近親近。老爺細想，蘭姐兒的夫家是忠勇伯府，如果她一直與我們有心結，可不是好事。」

顧從安心思轉得極快，忠勇伯府這門親事著實不錯，如能藉此提攜他或顧清和，再好不過！倘若顧蘭月因為與他們夫妻的芥蒂，而不願幫襯娘家……

「夫人所言甚是！」顧從安立刻做下決定。「這件事便交給夫人了。」

尤氏聞言，心裡的鄙夷按都按不住，顧從安就是這樣，既想得好處，又不想得罪顧老太太，便乾脆把擔子全丟給她。

「老爺放心，明日從官署回來後，便等著見未來姑爺吧！」

今日，忠勇伯府得知他們回府的消息，即刻差人送來拜帖，表示看重，極給顧家臉面。

顧從安聽了，舒心地笑起來，很是深情地握住尤氏的手。「夫人說的很是，沒想到，一轉眼，咱們蘭姐兒就要出嫁了，妳我也當上岳父、岳母。」

尤氏也抿嘴笑道：「是呢！說不定再過不久，連小外孫也有了呢！」

顧從安便嘆息。「果真是歲月不饒人。」

話音一落，夫妻兩人俱笑了起來。

顧從安才道：「方才見了大哥，起了些爭執。」

尤氏忙止住笑，關切地問：「怎麼才回來就跟大伯爭執？發生了什麼事？」

尤氏心知肚明，顧從安對顧府如今的當家人顧從明也很不滿。當年他被顧老太太一哭二鬧三上吊地逼著代替顧從仁外放時，身為當家人、又是兄長的顧從明也從中逼迫，最後，顧從安不得不憋著一肚子火，連夜離京赴任。

尤氏原本想著，回來後，應該能過段相安無事的日子，不想第一天就鬧開了，頓時覺得有些頭疼。

顧從安微微傾身，低聲對尤氏道：「大哥覺得我們與黃家走得太近並不妥，不贊成結下兒女親事。」

尤氏驚訝地挑眉。「有何不妥？」

顧從安見狀，暗暗想著，這就是有底蘊的名門養出來的大家閨秀，與莫姨娘那小門小戶出身的見識就是不一樣；若莫姨娘得知黃家的親事不能成，不知會如何糾纏，但尤氏第一個想到的，卻是其中的不妥之處。

要論眼界，莫姨娘到底還是差了一大截。

顧從安讚賞地瞧著尤氏，說了顧從明的意思。

尤氏立時明白過來，壓低聲音道：「大伯竟是站在太子那邊？」

「大哥道太子才是正統，就算出了些差錯，也不會有多大妨礙；若因我們與黃家走得太近，而被太子猜疑，只怕將來太子登基後，會厭棄顧家。」顧從安這般說著，心裡也有些沒底。當時，他不喜顧從明教訓他那居高臨下的語氣，忍不住頂嘴，差點把兄長氣得倒仰。「他要我同太子請罪，這件事，妳說該如何是好？」

尤氏沈吟著，過了一會兒，才謹慎開口。「黃大人是天子近臣，陛下對他信重有加，我聽肖家姊姊無意透露，這回黃大人遇刺，正與太子有關，說是黃大人查到太子背著陛下犯了不小的事。我想著，這肯定是大事，否則太子為何會派出這樣多的人來行刺？」

顧從安聞言，有些不悅。「既然妳知道，怎麼不早點跟我說？」

他站起身，焦躁地走了兩步。「原先我只當太子與黃大人不和，不想，其中竟然還有內情。太子連黃大人都敢動手，我們與黃家走得近，豈不受牽連？難不成真要去向太子殿下賠罪嗎？」

想到自己到底要對兄長服軟低頭，顧從安便心氣不順，連帶著瞧尤氏也不順眼了。

尤氏依然從容鎮定。「我原想跟老爺說，只是肖家姊姊說得含糊，我也不好猜測真假，沒有把握的事情，又如何敢在老爺面前說嘴？眼下也是聽您說起，才想起這件事來。

「不過，老爺不必憂心，若陛下對太子殿下無芥蒂，又如何會讓信重的臣子親自去查案？黃大人乃朝中砥柱，陛下也不願折損心腹愛將吧！」

顧從安聞言，腳步一頓，若有所思地想了想。「夫人說得很有道理，要不是對太子殿下起了忌憚之心，陛下想必也不會讓黃大人涉險。」

他坐下來，又是懊惱、又是不甘地砸了下桌面。「要是我們能知道這回黃大人所查到底何事就好了。」

如此，便可根據此事大小來猜度聖意，此次到底是重拿輕放，還是絕不輕饒？雖說妄自揣測聖意是死罪，但為人臣子，哪個不是在揣測聖意？

尤氏垂眸一笑，並不接顧從安的話，只柔順地幫他加茶。

顧從安輕咳一聲，正欲開口。

尤氏忽然道：「有件事想跟老爺商量。咱們剛回府，又快過年，雖說我不是當家主母，可知暉院的事情也夠我忙了；還有蘭姐兒備嫁的事，越發令我暈頭轉向，畢竟蘭姐兒嫁的不是一般人家，又是咱們顧府這輩第一個出閣的姑娘，更是不能出錯。」

顧從安不明白尤氏突然提起這話的意思，但聽著覺得很有道理，便點了點頭。

見顧從安頷首，尤氏接著道：「先前我答應老爺，把荷姐兒接到身邊教導，可眼下這般情形，竟是顧不上她；老爺讓我指點荷姐兒，原是對我信任，如今怕是要辜負老爺了。」

顧從安聞言，不由打量起尤氏來。

燈下，尤氏依然年輕漂亮的臉龐帶著清淺笑意，瞧著他的眼裡，滿是慚愧之色，彷彿真的愧對、辜負了他一樣。

「說什麼辜負不辜負的。」顧從安心下那一點對尤氏的不悅瞬間淡去，他雖不喜女人在他面前耍小聰明，但尤氏是他結髮之妻，自然又不一樣。

更何況，他自己知道，對於顧荷月犯錯的事，他處理得並不公平，但當時，尤氏依然柔順地接受了他的決定，顧全他的臉面。

這樣一想，顧從安神色越發柔和。「自然是蘭姐兒備嫁的事更要緊，至於荷姐兒，還是讓她跟著她姨娘吧！」

尤氏聞言，鬆了口氣。「老爺不怪罪我就好。莫姨娘那邊，您放心，明早我就請大夫過府，讓她好好養傷，希望過年前便能好起來。這是咱們回京城過的第一個年，總要人多，才熱鬧些。」

顧從安不想跟尤氏談論這些家長裡短，只敷衍地點點頭。「知暉院的事情，自然都交給夫人，夫人管事，我向來放心。」

尤氏嘴角噙笑。「但老爺才是咱們三房的一家之主，有事不與老爺商量，要跟誰商量？說到商量，還有一件事要討老爺的示下。」

尤氏這樣不疾不徐，又巧笑倩兮，饒是顧從安心裡再急，也不好打斷她，遂忍耐著道：

「夫人且說。」

「咱們剛回京城，理應安頓好再回我娘家，可方才門房來傳話，道尤家的父母、兄長很思念幾個孩子，後日想派車來接我跟孩子回去瞧瞧。」

顧從安聽了，雙眼一亮，心頭那點悶氣隨之消散，偏偏面上還裝出鎮定沈穩的模樣，撫著短鬚道：「我原該陪夫人與孩子們一道回去給岳父、岳母還有大舅兄請安，只是這兩日要到吏部述職，恐走不開，岳父、岳母那邊，還得請夫人為我多說些好話才是。」

尤老太爺乃兩朝元老，如今任內閣大學士，雖年事已高，遞了摺子要告老，但武德帝沒批准，只允他一年裡半數時日上朝，半數時日在家。雖如此，但曾做過天子伴讀的尤老太爺在武德帝面前仍十分得臉，武德帝有煩難之事，也總愛宣他老人家進宮說話。

這幾年，尤家大舅兄官運極佳，他已經從兄長那裡得知，待年後，大舅兄就是戶部尚書，他的戶部侍郎一職卻還沒有落定呢！

有這樣的岳父與舅兄，顧從安便想讓尤氏回娘家打聽武德帝與太子的情況。他是大男人，雖靠著岳家扶持才能順利走到眼下地步，眾人心知肚明，但要他這麼直白地拜託尤氏，他做不到，才希望善解人意的尤氏能自己說出來。

尤氏果真說了，卻藉機推託教養顧荷月的事；不過，仕途與顧荷月的教養，哪個更重要，顧從安簡直想都不用想。

以前在陽城，離岳家遠，寵愛姨娘與庶女就罷了，如今回京，自不好再如陽城那般沒有規矩，該給尤氏的臉面定要給足，如此，在尤老太爺與大舅兄面前才好交代。

這樣一想，顧從安的聲音越發溫柔。「這兩日很忙，來不及向岳父、岳母請安，要不後日一早，我先陪你們去尤府，待辦完事，再去拜見岳父、岳母，接你們回家，這樣可行？」

尤氏欣然點頭。「老爺的安排，自然是最好的。」

顧從安笑起來，把尤氏拉進懷裡。「得夫人如此賢妻，真是為夫天大的福氣。」

尤氏靠在他胸口，唇角微揚，垂下的眼睫蓋住了眼底的嘲弄之色。

第十二章　針鋒相對

翌日一早，天還未亮，顧桐月便睜開了眼睛。

睡在腳踏上的香扣聽到動靜，忙坐起身，藉著昏暗的燭光看看櫃上的漏壺，輕聲道：「姑娘，時候還早，要不要再睡一會兒？」

顧桐月爬起來。「睡不著，先梳洗吧！」

香扣應是，收拾好腳踏上的被褥，便開門吩咐小丫鬟送熱水來。

巧妙受傷後，一直沒有近前服侍，而巧沁自被顧桐月裝鬼嚇病之後，便留在陽城，沒跟著上京。劉氏雖然派了些粗使丫鬟來，卻是用不順手，因而這屋裡屋外，得用的竟只有香扣一個。

其他差事，香扣也沒讓她失望，昨晚還依她吩咐，出去打聽顧府的狀況，再細細回稟。

顧桐月梳洗好，才瞧見顧華月房裡亮燈。她看了一會兒書，想著顧華月應當洗漱完，才讓香扣取來灰鼠毛厚披風穿上，一道往顧華月的廂房走去。

主僕倆剛到門口，便瞧見顧雪月與顧荷月到了，此時天色不過微微發白而已。

瞧見顧桐月，顧雪月才笑了開來。「八妹。」

「三姊。」顧桐月軟軟喚道，又瞧向神色淡淡的顧荷月。「六姊。」目光從顧荷月頭髮上掠過，原本被謝望剪得亂七八糟的頭髮已經修整好，又飾以假髻，倒是瞧不出破綻。梳高的髮型讓她露出雪白修長的頸脖，被白色狐狸圍脖襯托得越發清麗。

顧荷月似笑非笑地打量顧桐月兩眼，似乎想說什麼，嘴角一頓，又忍住了。

等顧華月出來，姊妹幾個便相攜著前往尤氏屋裡。

顧華月還不知道尤氏已經毫不費力地推了教養顧荷月的事，見了她，難免有些不高興。

顧荷月只當沒瞧見，還笑盈盈地靠近顧華月。「四姊，不知以後母親會安排我住東廂還是西廂？」

顧華月一聽這話就要發怒，顧桐月拉她一下，道：「不拘東廂還是西廂，母親吩咐下來，我跟四姊無有不從。」

「我想來想去，母親應該會安排我同八妹一塊兒住。」顧荷月原本想激怒顧華月，讓她一早便大發脾氣，傳到顧老太太耳中才好，沒想到顧桐月跳出來，幫她解圍，於是一腔惡意自然全轉到了顧桐月身上。

她讓身邊丫鬟打聽謝望被顧桐月聽個正著，再加上頭髮被剪之事，雖已聽說這事是謝望所為，但她還是把這筆帳算到顧桐月頭上。新仇舊恨下，怎麼看顧桐月，怎麼不順眼。

「我瞧著妹妹眼下住的那間房就很不錯，雖說姊姊應該讓著妹妹，但妹妹也曾讀過兩天書，應當曉得孔融讓梨的典故，想來不會讓姊姊失望才是。」

顧華月聞言冷笑，顧雪月也為之側目，沒想到顧荷月敢這樣直接地搶奪顧桐月的房間，一時竟說不出話來。

顧桐月倒是很平靜。「六姊喜歡，讓給六姊也無妨。」

顧荷月得意一笑，眼裡閃著惡意的光。「那就多謝八妹了。」知顧桐月等人不喜歡她，說完這話，便揚長而去。

顧華月瞪著她的背影，氣道：「居然這樣囂張，真是氣死我了！」

顧桐月正要勸她別生氣，顧華月已經恨鐵不成鋼地瞪向她。「妳啊！說什麼她喜歡就要讓給她，今日她喜歡妳的房間，明日她就要喜歡妳的衣裳首飾，都要讓給她不成？」

顧雪月也贊同道：「四妹說的是，八妹，妳不該如此縱著她。」

顧桐月瞧著兩個姊姊既擔心又不贊成的神色，甜甜一笑，一手挽住一個。「六姊胃口大得很，我的房間，她瞧不上；況且，母親還沒發話，即便六姊瞧上我的房間，也沒用啊！」

顧華月聽了，思索著後幾句話，想起尤氏教過的事，點點頭。「妳說的也是，娘定然不會輕易鬆口。」

顧雪月的目光卻閃了閃，若有所思地瞧向顧桐月。她在意的，是前一句「胃口大得很」，若顧荷月連尤氏的正院都瞧不上，那她瞧上的……

心思細膩的顧雪月瞬間明白過來，頓時有些哭笑不得。顧荷月憑什麼能肯定，顧老太太會喜歡她，會像疼愛大姊一樣地疼愛她？

顧桐月幾個進了屋，剛坐定，便有一陣香風襲來，門簾被打開，海秋恭敬地迎顧蘭月進來。

顧蘭月身後跟著一堆丫鬟、婆子，矜持高貴又優雅美麗，端的是一派嫡女風範，幾乎令人不敢直視。

顧荷月看過去，目光落在顧蘭月身上的頭面首飾，忍不住流露出又羨又妒的神色。

顧桐月等人起身，恭敬喚道：「大姊。」

顧蘭月站定，任由丫鬟為她脫下厚披風，才微笑著瞧向幾個妹妹。

「妹妹們來得好早，倒是我這個做姊姊的太懲懶了。」

話音剛落，就見莊嬤嬤從裡間走出來，朝顧蘭月行禮笑道：「老爺、夫人知道大姑娘來了，請您進去說話。」

顧蘭月笑容微頓，秀氣眉頭幾不可見地輕蹙一下，頓了頓，方道：「我剛從外面來，一身寒氣，這般進去，倘若衝撞父親與母親，就不好了。」

顧桐月看得分明，顧蘭月的神態與舉止都露出她的不情願，她不願親近尤氏夫妻。

顧華月自然也知道親姊姊的想法，遂上前挽住顧蘭月的胳膊。「父親跟母親的身體好著呢！哪那麼容易就被衝撞，大姊，我陪妳一起進去。」

顧荷月湊上來。「大姊，我也陪著妳。」不經意間流露出討好諂媚之色。

顧雪月瞧不上她這般做派，眉頭挑了挑，逕自端坐不動。

她的眼尾餘光瞧見顧桐月，見她竟也端坐著沒動，不由有些詫異，不過隨即釋懷，這個最小的妹妹，比顧荷月那眼皮子淺的還穩得住。

顧華月見顧荷月巴著顧蘭月的模樣就覺得礙眼，正要出言譏諷，就聽見水晶珠簾清脆撞擊的聲響，緊接著，顧從安與尤氏相繼從裡間走出來。

顧雪月與顧桐月趕緊起身，待顧從安夫妻坐定，便隨顧蘭月、顧華月向他們請安問好。

顧從安滿意地捋著短鬚，瞧著面前站成一排的嬌嬌女兒，點點頭，喚她們起身，又吩咐顧蘭月。「蘭姐兒，妳是府裡最大的姑娘，是長姊，如今妹妹們回來，得要多照拂些。」

「是。」顧蘭月低頭屈膝，恭順應道。

不過，連顧桐月都看得出來，她雖恭順有禮，卻疏離冷淡，應下後，竟再無他言。

顧從安聽了，神色有些不豫。對顧蘭月心懷有愧是一回事，但顧蘭月如此不親近父親，也讓習慣被孩子們撒嬌討好的顧從安非常不悅，想著尤氏昨晚的話，越發堅定要讓顧蘭月搬回知暉院的決心。

尤氏見狀，忙笑著岔開話。「老爺可是忘了，蘭姐兒要備嫁，即便想照拂妹妹們，也是心有餘而力不足，我還打算拘著她們，少去打擾她們大姊，以免耽誤蘭姐兒的事。」

顧從安這才緩和神色。「妳們母親說的很是，不過如今天寒地凍，又臨近年關，府裡的女學課也停了，孩子們剛回來便被拘著，倒是可憐。」

「這也是沒法子的事。」尤氏隨口應了聲，卻一直留意著顧蘭月的神色，生怕她有半分不悅或委屈。

「在府裡與妹妹們說說話也可以。」顧從安笑道，又瞧向尤氏。「明日出門，把她們全帶上，我想著，這些年不見，只怕華姐兒都要忘記外祖家的大門朝哪邊開了。」

顧華月嘟嘴。「父親又笑話女兒！雖然幾年沒回京，但外祖家在哪裡，女兒如何能忘？」說完這句，才似忽然回過神來，立時驚喜得紅了臉。「明日我們要去外祖家？」

見顧華月驚喜得如同小孩子般，連顧蘭月也忍不住露出微笑，牽住她的手。「許久未見外祖父、外祖母，好不容易回來，豈有不去給他們請安的道理？」
「對對對！」顧華月一迭聲地道，卻懊惱地一拍額頭，急得團團轉。「可我剛回來，還沒做新衣裳、打新首飾，就這麼去外祖父家，一定會被表姊妹笑話是土包子的！」
顧從安哪能想到這些，遂望向尤氏，卻見尤氏正目不轉睛地瞧著顧蘭月，面上神色似喜還悲。
尤氏察覺到顧從安的目光，忙取帕子壓了壓眼角，輕聲道：「讓老爺笑話了。」
顧從安見狀，不由軟下心腸，趁著女兒們沒注意，飛快握了握尤氏的手。「這些年，苦了夫人。」
尤氏難得這樣軟弱，而他也難得這般柔情，這瞬間，兩人真似相互扶持、毫無芥蒂的恩愛夫妻。
在女兒們發覺之前，顧從安放開了尤氏的手。「不如這樣，今兒夫人領著孩子們去外面逛逛，買些衣裳首飾，孩子們總要打扮得漂漂亮亮，才不會讓人笑話。」
顧從安雖然看重兒子，但對女兒們也從不手軟，深知女兒若教養得好，日後嫁出門，也可做為家族的助力。門庭之間，聯姻的關係是最穩固的。
尤氏有些遲疑。「這不太好吧？」回來隔天便出門去逛，顧老太太會不會不高興？
顧從安看出她的疑慮，道：「母親那裡，由我去說。」隨即看看漏壺，起身道：「我先去知慈院請安，妳們娘兒幾個說完話便過去吧！」

一會兒後，尤氏帶著幾個姑娘，浩浩蕩蕩往知慈院走去。
半道兒上，她們遇到秦氏與她所出的七姑娘顧冰月。
「喲，三弟妹好早。」秦氏似笑非笑地甩了下帕子，斜睨尤氏一眼。
她今日穿戴得十分整齊富貴，尤其面上那桃花妝，是近年來京裡貴夫人最喜歡的打扮。
尤氏在陽城那樣偏僻地方待了多年，如今京裡時興什麼，她肯定不知曉，瞧見尤氏的打扮後，秦氏便忍不住抿嘴笑起來。
尤氏打扮得格外端莊，卻少了幾分她的鮮活嬌嫩。
可尤氏彷彿聽不出秦氏陰陽怪氣的嘲諷，淡淡頷首，對她招呼道：「二嫂都這般早，我又怎麼敢怠慢？」
顧蘭月領著妹妹們向秦氏行禮。「二伯母早。」
顧桐月暗暗打量秦氏，尤氏派給她的香扣實在能幹，雖然不是府裡的家生子，然而昨晚不過奉命出去兩趟，竟就不動聲色地摸清了府裡的大致情況。
秦氏是顧從仁青梅竹馬的表妹，也是顧老太太的親姪女。當年顧從仁非秦氏不娶，這親上加親的喜事，顧老太太自然樂見其成；不想秦家卻不願意，原因是顧從仁身子不甚健壯。為了兒子，顧老太太拉下臉皮回娘家求娶，頗費周章才將秦氏娶進門。
因此，秦氏雖非顧府主母，卻連當家的劉氏都要讓她三分。
秦氏在顧府過得得意，直到尤氏進門。
尤家父子位高權重，故而尤氏算是高門低嫁。秦氏有些擔心尤氏進府後會壓她一頭，因此在尤氏還是新婦時，便攛掇顧老太太拿捏尤氏，把對未來生活充滿期待與憧憬的尤氏折騰得苦不堪言。

但尤氏是尤家嬌養的女兒，更是年輕氣盛，忍無可忍之下，竟與顧老太太鬧翻，領著丫鬟、婆子回娘家！

這下可不得了，當年顧老太太拿捏兒媳婦、逼得兒媳婦回娘家的傳聞傳了好幾年，後來隨著尤氏跟著顧從安去了任上，才漸漸沒人提及。

這便是顧老太太、秦氏與尤氏三人間的恩怨。

昨晚，香扣說得簡單，但顧桐月一想，便知當年勢必鬧得很不像樣，所以顧老太太到現在還瞧尤氏極不順眼。

這些年，尤氏避走在外，府中仍是顧老太太獨大，秦氏第二，如今這三人又在一起，日後不知會生出什麼樣的事來。

秦氏掩嘴一笑，目光從幾個姑娘身上滑過，彷彿打量貨物般，露出挑剔輕慢之色。

「三弟妹真是賢慧，短短幾年，就為三叔教養了這麼些如花似玉的女兒，不像我們老爺，膝下也就冰姐兒一個，連我見了都要羨慕三叔的福氣。」

這哪裡是羨慕，分明是炫耀。這番話是嘲弄尤氏沒本事，管不住男人，才會有這麼多的庶子女，心裡不知多苦呢！偏偏面上還要裝出個賢慧模樣來。

尤氏聞言，只淡淡一笑。「二伯身體不好，眾所皆知，二嫂也不必太過自責，子女緣分，原就是強求不來的。」

秦氏得意的笑臉頓時僵住。

她跟二老爺少年夫妻又恩愛非常，原本膝下不只兩個孩子，但不知怎麼回事，幾個孩子要不是莫名其妙流掉了，要不就早夭，最後只養住七姑娘跟八少爺，且這兩個孩子也是生而不足，仔細將養這些年，仍是病弱。

尤氏這話，簡直是在捅她的心窩。

秦氏嘴角狠抽一下，才嘲弄道：「想來這些年三弟妹時常拿這話來安慰自己吧！對了，聽說蓮姨娘死了，妳要把她的兒子記到名下？」

這是要攻擊尤氏沒能生出兒子來了。二房子嗣再單薄，嫡子還是從她肚皮裡爬出來的，尤氏卻淪落到要搶妾室生的兒子來養，到底誰才是可悲可憐的那個？

顧桐月小心翼翼瞧向尤氏，卻見尤氏神色不變，道：「此事稟了老太太後，便會開祠堂將和哥兒記在我名下，二嫂消息靈通，想必已經知道很久了。」

秦氏不理會尤氏話裡的諷意，逕自說：「蓮姨娘可是老太太給三叔的，我記得她身子向來強壯，老太太也是看她好生養，才給三叔，果然就生了一兒一女。我當她是個有福的，怎麼說歿就歿了？等會兒老太太怕是要問，三弟妹可想好說詞了？」

「蓮姨娘不幸病逝，我跟老爺都很遺憾。」尤氏淡淡道，不想多說。

秦氏只當她心虛，竟朝顧桐月招了招手，道：「桐姐兒，妳可知道妳姨娘是如何歿的？真可憐，這麼小就沒了親娘，一定吃了不少苦吧？」

顧桐月沒想到，她安安靜靜站在這裡看個小熱鬧，轉眼間就成了眾人眼中的熱鬧，有些哭笑不得。她當然明白秦氏是要利用自己給尤氏添堵，但她早已不傻了，秦氏不是消息靈通，怎還會覺得自己會如她所願？

秦氏笑咪咪地瞧著顧桐月，誘哄著說：「好孩子別害怕，妳姨娘可是老太太很喜歡的人，等會兒老太太見了妳，定也喜歡得不得了。妳大姊眼見著要出閣，往後沒人承歡膝下，老人家想來也會十分不慣呢！」

原來這裡給她備了顆糖呢！

尤氏與顧蘭月聽了神色淡淡，顧華月有些不悅地瞧向顧桐月，顧雪月若有所思沈默著，唯有顧荷月瞪著顧桐月的目光幾乎要射出刀子來，又是緊張、又是不甘。

莫姨娘是顧從安任上時納進府的，蓮姨娘卻是顧老太太的人，若顧老太太見了顧桐月，因蓮姨娘之故對她另眼相看，也有可能，顧荷月自然將顧桐月當成對手敵視。

此時顧桐月顧不上去想眾人是什麼心思，只怯怯抬頭看秦氏一眼，彷彿十分不安，又匆匆低下頭，木訥地開口。「母親待我比姨娘更好，我沒有吃苦，多謝二伯母為我操心。」

尤氏唇角輕輕一挑。

秦氏有些意外，沒想到她拋出這誘餌也沒引得顧桐月心動，瞧著尤氏彷彿勝利一樣的笑容，越發覺得刺眼。

「三弟妹真會調教孩子，這一點，我得好好跟妳學才是。」

尤氏毫不示弱地反擊。「二嫂說笑了，妳又用不上，不過白學罷了。」只差沒明說二房子嗣單薄了。

顧桐月有些弄不明白，按理說，三房剛回來，就算做不到和睦相處，也不該這般針鋒相對，直接將二房得罪透了吧？

秦氏被尤氏擠對一通，心裡惱火至極，卻不能如市井潑婦般和她撕破臉，只得冷著臉牽起顧冰月，踩著憤憤的腳步率先走了。從頭到尾，竟沒讓顧冰月向尤氏行禮。

三房的人見狀，心想秦家並非小門小戶，可秦氏的作風，還真是讓人看不上眼。

去知慈院的路上，顧荷月忍了忍，終是沒忍住，語氣難掩擔心埋怨地開口問道：「母親，聽聞二伯母與祖母向來親厚，咱們剛回來就得罪她，是不是有些不妥？」

尤氏淡淡瞥她一眼。「這是大人的事，妳不需要操心。」

顧荷月抿唇，不敢再多言。

尤氏見她頻頻往前面張望，略頓了下，才笑道：「剛才我是一時激憤，說出來的話怕是有些不好聽，荷姐兒的嘴一向最甜，不如由妳去給妳們二伯母賠個不是。」

「這不太好吧？」顧荷月微愣，躊躇著開口，有些不明白尤氏的意思。這是當真要她去替她賠不是，還是別有用心？她一時拿捏不定，便遲疑了。

「妳是小輩，又慣會哄人開心，如果做成這件事，母親定不會虧待妳。」

顧荷月想了想，道：「為母親分憂解勞，本就是女兒該做的，女兒這便去追二伯母。」

尤氏笑得滿面春風，和藹萬分地說：「去吧！」

顧荷月便帶著她的丫鬟，加快腳步去追秦氏。

顧華月皺眉瞧著她匆匆忙忙的身影，不解道：「母親，您怎麼當真讓那眼皮子淺的東西去找二伯母了？這不是明著打您的臉嗎？」

尤氏淡淡道：「她起了歪心思，日防夜防，還不如放她去，看她能做出什麼來。」

這時候，她的目光溫和慈愛看向若有所思的顧蘭月。「蘭姐兒，方才母親與妳二伯母那般，妳可覺得不妥？」

顧蘭月沈穩回道：「並沒有不妥。」

尤氏微挑眉，顧桐月與顧雪月也難掩詫異地看著顧蘭月。

顧蘭月淡道：「二伯母與母親向來不和，從前您在陽城也罷了，如今回來，若還退讓，以二伯母的性子，日後定會步步緊逼，倒不如一開始便不給她臉，反正她日後也不會給您留顏面。」

這話可說是十分不客氣，但尤氏聞言卻欣慰地笑了，垂首問顧桐月三個。「妳們可聽明白了？」

三個姑娘露出恍然大悟的神色來。

顧桐月適時地奉送上一記馬屁。「原來是這樣，大姊好生厲害！」

顧蘭月原本並未留意這最小的妹妹，只在剛才她怯生生地效忠時，才多看她兩眼，此時聽著她軟糯的聲音，看見刻意討好卻不令人反感的燦爛笑容，微愣了下。

「原還當八妹真是個傻子，如今瞧來，倒是比六妹聰明得多。」顧蘭月毫不客氣地下了評語。

顧桐月嘴角抽了抽，顧蘭月看著優雅高貴，這一開口，且說的還是誇讚話語，可怎麼聽起來卻讓人不太開心呢？但她還得吶吶地感激道：「多謝大姊誇獎。」

顧蘭月淡然地收下感激，見顧桐月黑白分明的大眼盈盈望著她，想了想，端起大姊的架子，隨口叮囑。「妳還要在府裡待上好幾年，日後更要機靈些，別傻傻地讓人賣了，還感激人家賣得好、賣得妙。」

顧華月聞言，噗哧笑了出來，顧雪月也拿帕子掩住唇角，無聲地笑。

尤氏見狀，心情好轉，雖然長女跟她仍是不親，但如此聰慧又彆扭的模樣，還是令她忍不住揚起唇角。

「桐姐兒瞧著木訥，實則最機靈不過。」尤氏想與顧蘭月多說些話，便藉著顧桐月道：「妳三妹、四妹從前跟著我回過京城，桐姐兒卻是從未回來，只怕不太懂規矩。蘭姐兒，咱們府裡可有信得過的教養嬤嬤？」

「以前祖母請過嬤嬤來府裡教姊妹們規矩禮儀，後來嬤嬤年紀大了又思鄉心切，祖母便放她走了；若母親想請信得過的人，不如明日去外祖家後，與外祖母或大舅母提一提。」顧蘭月說著，神色又疏離下來。

尤氏見狀，表情一黯，沒能掩飾住眼裡的失落。

顧華月瞧見，擠到兩人中間，道：「母親，大姊，先不提教養嬤嬤的事，我還有個問題沒想明白呢！」

顧蘭月捏捏她的臉。「毛毛躁躁像什麼樣子？切記在祖母面前不要這般，她老人家會不喜歡。」

當年尤氏丟下顧蘭月隨顧從安赴任，顧老太太對尤氏不滿之餘，更是疼惜顧蘭月，竟連她嫡親的妹妹顧華月也不喜歡，覺得她搶走屬於顧蘭月的母愛，因此每每見了顧華月，總要挑剔一番。

顧華月嘟嘴。「反正不管我在祖母面前如何表現，她老人家也不會喜歡我的。好啦、好啦，等會兒到了老太太面前，我會收斂的。」

她一邊說著、一邊迫不及待地問：「既然我們不需要怕二伯母，那方才母親叫顧荷月去道歉，豈不顯得氣勢弱？只怕二伯母要得意死了。」

尤氏聽了，又慈愛地瞧向長女。「蘭姐兒，妳來說說。」

這回顧蘭月略想了想，才道：「您讓六妹去賠罪，是因為您清楚二伯母的性子。她在您這裡受了氣，六妹追過去道歉，但她不過是個庶女，二伯母怕是要多心，以為您故意讓庶女去諷刺她，如此一來，六妹只有被她當成出氣筒的下場。」

顧蘭月思緒轉得極快。「這是其一，其二便是六妹。她是三房的人，卻想巴結二房，您身為嫡母，若大張旗鼓懲罰她，反倒落了下乘，還留下苛待庶女的話柄。」

這般說著，顧蘭月忍不住也看向尤氏，只是隨口幾句話，瞧不出任何機鋒，輕描淡寫間卻是一舉兩得的算計。確如顧老太太所言，尤氏很厲害，因此對尤氏的感覺越發複雜起來。

旁邊的顧桐月也露出驚訝之色，沒想到其中還有這樣的深意，不由更加佩服尤氏。與她一樣陷入沈思的，還有顧雪月。

顧華月卻皺眉問道：「顧荷月要討好二伯母？這是為什麼？」這幾人中，只有顧華月的心思最是簡單直白，沒那麼多的彎彎繞繞，大家都看明白了內情，她卻不懂。

還是顧蘭月負責幫她解惑。「六妹想討好二伯母，是因為二伯母在祖母面前得臉。妳忘了她方才對八妹說的話？想必六妹對那話上了心，我即將出閣，看來她是想抓住機會討祖母歡心。」說著，忍不住勾唇，露出一抹淡淡的冷笑。

尤氏瞧著自家長女，越看越是滿意。心有成算、不驕不躁，嫁進忠勇伯府當宗婦，定能勝任。

顧桐月與顧雪月心裡早有所料，因而並不吃驚，顧華月卻嚇得不輕。「這個沒皮沒臉的，她竟然敢打這樣的主意？難道不知老太太跟母親不睦嗎？」

顧蘭月見顧桐月與顧雪月表情淡然，暗暗點頭，看來這兩個庶妹比起自家親妹聰明得多；不過這世上聰明人多，仗著自己聰明做錯事的，也不少。

以她對尤氏不多的了解，若兩人能安分守己，尤氏定然不會虧待她們；但要做出出格的事，如顧荷月那般，就算她不打壓，也會不管不問，甚至在親事上做些小小手腳，就夠她們受了。

這回，是尤氏開口。「她不是不知道，正是因為太知道了。」

她神色淡淡，在女兒們面前，並未流露出一絲一毫的情緒。「既然荷姐兒存了這樣的大志向，妳們瞧著就好，只當看了場熱鬧吧！」

放著嫡母不敬，反去討好不喜嫡母的祖母，這將嫡母置於何地？簡直是打她的臉！

如果嫡母柔弱沒主見也就罷了，可尤氏不是！

顧華月不能忍。「如此一來，她豈不給母親丟了大臉？這個混帳，不好好收拾怎麼行？」

尤氏瞧著為自己鳴不平而憤怒的顧華月，心裡熨貼，抬手摸摸她尚且有些圓潤的小臉。

「母親在這府裡有沒有臉，無關緊要，華姐兒不必為我叫屈。」

當年，婆媳、妯娌之間可算是完全撕破了臉，誰也沒給誰留臉，誰的臉面也沒那麼光滑好看。她早已經看明白，唯有不要臉面，才能在這府裡活得好。

尤氏眼中的疼愛與欣慰落在顧蘭月眼裡，垂下眼睫，原本還掛著淺笑的嘴角慢慢抿緊。

顧桐月瞧著這一幕，不知為何，竟想輕嘆一聲。

其實，顧蘭月還是很在意尤氏的吧！

尤氏領著幾個女兒到達知慈院，便瞧見剛才忙著去追秦氏的顧荷月獨自站在顧老太太的正房外頭。寒冬臘月的清早，就算她穿得再多，這時也凍得臉色青白、瑟瑟發抖了。

瞧見她的狼狽模樣，顧華月幸災樂禍笑道：「活該！」

顧桐月與顧雪月對視一眼，心裡由衷佩服尤氏與顧蘭月，將秦氏的心思拿捏得這樣準。

顧荷月這般淒慘，可不就是在秦氏那裡吃了癟嗎？

「母親，大姊，妳們終於來了。」瞧見尤氏到了，顧荷月激動地奔上前，因站得太久，還踉蹌一下，被喜梅眼疾手快地扶住，才免得摔倒，在眾人面前更狼狽。

「妳不是追著妳二伯母過來的，怎麼獨自等在外頭？人呢？」尤氏故作不解地問。

顧荷月委屈得眼眶都紅了。「原本女兒想為母親分憂，好好向二伯母賠禮，結果二伯母反而大怒，說母親不安好心，還因此遷怒女兒；到了祖母這裡，也不讓女兒進去，道女兒沒規矩，跟著二房來算什麼道理，非要女兒在這裡等母親與姊妹們來了，才可以進去。」

「六妹，京城與陽城不一樣，講的是規矩跟禮數。」顧華月愉快地落井下石。「妳得記住這次教訓，以後不能再做出這樣沒規矩的事，惹旁人笑話咱們三房沒規矩，就不好了。」

「可剛才母親沒說這不合規矩……」顧荷月忍不住辯解，但隨即會意，驚覺自己不知不覺間被尤氏陰了，忙住了口，越發委屈又可憐地說：「是，都是我的錯，還請母親責罰。」

她這模樣，讓顧蘭月有些刮目相看，原來也不是蠢笨到底的人物。

「說什麼責罰，是我沒跟妳說清楚。」尤氏笑得慈藹，吩咐身邊的霜春。「瞧六姑娘凍成什麼模樣了，趕緊讓丫鬟進去通傳一聲，姑娘家身嬌體弱，別凍病了才好，尤其這又是在老太太的院子裡，傳了出去，豈不讓人以為咱們家老太太不慈？」

尤氏聲音平靜，隱約帶著笑意，可在這安靜的早晨，想必能清楚地傳進屋裡人的耳朵。

顧桐月這才恍然大悟，將顧荷月丟在外面不聞不問，大約也是顧老太太要借秦氏的手給尤氏下馬威。

原本顧老太太還打算讓尤氏也在外頭罰站一會兒，不想尤氏藉著顧荷月以不慈之名破了她簡單粗暴的計策。

這還真是，一環扣著一環啊！

顧桐月感覺自己的腦子不夠用了，原來深宅大院裡，竟有這麼多的彎彎繞繞。

想起人少單純的東平侯府、想到心慈面軟的親娘，顧桐月忍不住有些恍惚，倘若處在尤氏這樣的位置，她能遊刃有餘地應付這些嗎？如果不是變成顧桐月，恐怕她就跟郭氏一樣，一輩子也不會遇到這些事情。

這種經歷，到底是好，還是不好？

果然，尤氏話音才落，就有丫鬟打起繡著雲紋福字的錦緞厚門簾，笑盈盈地對她行禮。

「三夫人來了。奴婢懈懶，竟沒有留意，實在該罰，還請三夫人與姑娘們趕緊進來，奴婢好去老太太跟前領罰。」

「翡翠姑娘說笑了，妳是老太太最倚重的人，老太太罰誰，也捨不得罰妳。」尤氏亦是笑著，看來很給翡翠臉面。「幾年不見，翡翠姑娘的容色更好了，這般我見猶憐的好模樣，別說老太太捨不得罰，任誰見了，都捨不得。」

翡翠臉上一紅，低下頭。「三夫人一回來便打趣奴婢，奴婢這點顏色，在您面前，算得了什麼？」

「怪道老太太喜歡妳。」尤氏笑著脫下手腕上的赤金石榴鐲子，不由分說牽起翡翠的手，幫她戴上。「這般會說話的小嘴，便是我見了，也很喜歡。」

翡翠面上閃過一絲慌亂，顧桐月瞧得清楚，原本她打算推拒，並不肯收，但她掙扎了下，垂下眼睫後，竟後退半步將衣袖掩下，遮住那只分量不輕的鐲子。

「奴婢哪裡當得起三夫人這般誇獎，您跟姑娘們趕緊進來吧！老太太正盼著呢！」

顧桐月簡直嘆為觀止，尤氏這一手，雖然做得飛快又隱秘，但在顧老太太的地盤，這樣毫不避諱地收買她的人，心臟不夠強大，還真是做不出來！

跟著尤氏的每一天，顧桐月都覺得，她實在有無數的收穫啊！

第十三章　嘆為觀止

尤氏領著幾個姑娘順利進門，屋子裡燃著地龍，一進去便暖烘烘的，十分舒服。絲絲縷縷的輕盈煙氣從正廳當中的鎏金百合大鼎中升起，瀰漫著好聞的丁香味。香料對高門貴女來說，是必須熟悉的東西，顧桐月自然不能免俗，因此聞到丁香，就忍不住瞧向坐在上方的顧老太太。

顧老太太穿著家常墨綠色半新夾襖，原本正傾身與劉氏、秦氏說笑，但她們一進來，便斂了笑，連坐姿都端正不少，哪還有半分先前的慈愛隨意？

尤氏幾年沒回京城，回來第二天，屋裡便用上舒緩鬱結的丁香，如果不是老人家平日裡偏愛用丁香，那麼便是特意點了，由著人誤會尤氏一回來就令她不悅，不由讓人去想，這不孝的兒媳婦到底是做了什麼事情？

尤氏也瞧了眼鎏金百合大鼎，神色不變，面上仍掛著溫和笑容，若無其事地領著姑娘們向顧老太太請安行禮，方才笑問：「以前老太太不是最喜迦南香，這是換香了？」

劉氏微笑著沒答話，明白顧老太太跟尤氏之間有一場擂臺好打。顧老太太是長輩，但得罪了尤氏，就是得罪尤家，尤家可不是顧府現在能得罪的；再說，有秦氏在顧老太太跟前，也用不上她來幫腔。

果不其然，顧老太太垂下眼睛不說話，秦氏便輕蔑地勾起嘴角道：「母親這是心情不好，才換了能舒緩鬱結的丁香。這幾年，母親頭一回換香，不知是誰讓她老人家不高興了。」

尤氏恍然大悟，笑道：「原來如此，嚇了我一跳，還以為老太太不愛迦南香了。老太太不知道，回京之前，我好不容易託人從遼國帶了串伽羅手串兒回來，想著討老太太歡心，方才一進門，聞著丁香味，心都涼了半截呢！」

她這般說著，還煞有介事地拍拍胸口。「幸好老太太的喜好並沒有變，否則這手串兒，我可不好意思拿出來。」便吩咐霜春將早已備好的錦盒恭敬呈上。

顧老太太身邊另一個大丫鬟瑪瑙見顧老太太輕輕點了下頭，才走上前接過錦盒，在顧老太太面前打開。

一股宜人香氣頓時從盒子裡散發出來，如糖果味，卻越發濃烈起來，漸到後來，又似海外那醉人的葡萄美酒，尾韻十足。

見多了好物的顧老太太忍不住伸手取過手串兒細看，珠子顆顆圓潤飽滿，帶著天然涼味與奇香，簡直令她愛不釋手。

秦氏咬牙。「不過一串手串兒罷了，說得跟價值連城一樣。俗話說，三年清知府，十萬雪花銀，三弟外放多年，要買這麼一串珠子，還不是輕而易舉的事？」

尤氏淡淡看她一眼。「二嫂慎言。老爺在任上兢兢業業、勤勤懇懇，從未收受過任何不義之財，咱們在陽城的生活再清寒不過，否則當年二嫂怎麼不願二伯外放？」

秦氏被堵得說不出話來，她只知道離了京城苦，哪裡知道任上的富庶？這兩年，三房送回府裡的東西越發稀罕珍貴，不用想也知道是在任上得了好處，要不是當年二房成全三房，今日輪得到尤氏來她面前顯擺？

尤氏就這樣提起當年的事，顧老太太的臉頓時拉下來。「都過去了，還提什麼提？」

「是。」尤氏欠身，從善如流道：「媳婦只是想提醒二嫂，這話在自家人面前說說就罷了，若到外頭還說，外人聽了，豈不以為咱們老爺在外頭做的是貪官營生？對老爺的仕途不好，對咱們顧府怕也不大好。」

「我又沒說三叔當的是貪官，弟妹這是著哪門子的急？」秦氏忍氣反駁。「不過隨口一句話，弟妹就想這麼多，這心思還是一如既往地讓人不敢恭維呢！」

「夠了！」顧老太太開口打斷。到底拿人手短，且當年逼小兒子外放之事，也是她心頭的刺，自然不願意妯娌倆妳來我往拿這事來作筏子。

她撩起眼皮，瞥尤氏一眼。「老三的俸祿銀子不多，你們膝下子女不少，妳該好好為他、為三房用心操持才是，以後再不要這樣大手大腳，可記住了？」到底還是敲打了兩句。

若是剛嫁進來的尤氏，便忍下了，可尤氏早已不是當初的小媳婦，淡淡笑道：「老太太安心，老爺的俸祿銀子，我可不敢動，給您買的手串兒，是花我的體己銀子；不獨給您的手串兒，這些年送回府的東西，都是我自己出錢置辦的，可不敢挪用老爺的俸祿。」

顧老太太聞言，臉都青了，呵呵冷笑。「這話是什麼意思？是顧府這些年委屈了妳不成？劉氏，這些年妳掌管府裡中饋，難道沒往陽城撥過銀子？他們一家好幾口的嚼用，難道不是府裡出的？」

劉氏的臉色也有些難看。「當年三弟負氣外放，派人把老爺給的銀子送回來，還道以後再不用府裡的錢；老爺也氣壞了，吩咐我不許往陽城送銀兩，是以……」

她原想遠離這場戰火，孰料還是被波及，不由有些懊惱，早知便該哄著顧老太太轉過話頭才是。

「大嫂不必自責，靠著我的嫁妝，這些年三房在外面過得還行；再說，當初也是老爺犯倔，不肯用府裡的銀子，跟妳與大伯並不相干。」

劉氏聽了，簡直想過去捂尤氏的嘴，聽她這話說的，與長房不相干，那是與誰相干？這不是存心要惹顧老太太更不高興嗎？

果然，秦氏森然冷笑。「與大伯、大嫂不相干，那與誰相干？三弟妹不妨說來聽聽。」

尤氏半點不動氣，也不害怕，只似笑非笑地瞧著她。「與誰相干，難道二嫂不知？」

「妳——」秦氏沒料到尤氏竟真的說出來，氣急敗壞又不知該如何反駁，只得跺腳去求老太太。「母親，您看看三弟妹，才回來就對您如此無禮，太過分了。難道尤家就是這樣教養女兒的？真是這樣的話，誰還敢娶尤家的姑娘？」

「多謝二嫂這樣關心尤家的姑娘，明日回娘家，我會把二嫂的意思轉達給父親、母親，想來，父親對秦大人也會心懷感激，更會報答一二。」尤氏微微一笑，瞧著秦氏瞬間蔫下來的模樣。

尤氏這是明擺著，若秦氏敢繼續得罪她，就要回娘家告狀，由娘家來整治秦氏的娘家！娘家是女人在婆家立足的根本，娘家強硬的尤氏，又怎麼會怕日漸頹落的秦家女兒？

同樣身為秦家女的顧老太太氣得發抖。「好了！說夠了沒有?!」

秦氏咬牙低下頭，尤氏也收回與秦氏對峙的目光。「我瞧著老太太臉色不太好，這回還帶了些上等的燕窩、阿膠等物回來，如今還在路上，等到了府裡，便給您送來。」

顧老太太陰沈著臉，淡淡道：「老三媳婦有心了，沒別的事，就回去吧！」顯然是不想瞧見尤氏。

尤氏卻道：「還有一件事，想請老太太示下。」

「什麼事？」顧老太太不耐煩地問。

「您照顧蘭姐兒多年，十分辛苦，我跟老爺心中極是感念。昨晚老爺說，蘭姐兒是咱們第一個孩子，又即將出閣，想讓蘭姐兒搬回知暉院，媳婦也好教導她理家，不至於去了忠勇伯府，兩眼一抹黑，什麼都不知道才好。」

顧桐月聞言，忍住倒抽口氣的慾望，悄悄覷著神色輕鬆的尤氏。

原來，這才是今天的重頭戲？

先是送重禮給顧老太太，再提出要讓顧蘭月搬往知暉院的事，顧老太太便是不悅想拒絕，也不好意思太過生氣吧！

這話一出，顧老太太與顧蘭月都直直看向了尤氏。

顧老太太眼裡有著明顯的不悅。「方才老三怎麼沒對我說起這件事？」

尤氏佯裝驚訝，隨即笑道：「老爺大概以為這不過是件微不足道的小事，就沒有對您提起。老爺原想著，您習慣了讓蘭姐兒待在身邊，我們一回來便接走蘭姐兒，確是不好，而您教導蘭姐兒，我們也沒有什麼不放心的，只是有些事，到底還是要我這個做母親的來教導，否則豈不白擔了母親這兩個字？」

顧老太太聞言，毫不客氣地斥責。「這會兒想起自己是蘭姐兒的母親，那之前都做什麼去了？」

「您說的是，當年的確是我的不是。」尤氏瞧著沈默的顧蘭月。「如果可以再選一次，當年無論如何，我都會帶著蘭姐兒一塊兒走！」

顧蘭月抿了抿唇，目光甚是複雜。

顧老太太卻冷笑。「妳還有臉提當初?!」

尤氏依然平靜自若。「老太太這話，我倒聽不懂了，難道當初全是我的錯？」

「妳上不敬婆母，下不睦妯娌，更狠心拋棄懵懂幼女，這些還不是妳的錯？」顧老太太厲聲喝道。

這尤氏是吃錯了藥不成？原本她準備好好整治她一番，沒想到頭來，卻是她一直處在下風。不孝的東西，簡直要氣死她了。

不僅顧老太太不解尤氏的用意，滿屋子的人都沒想到尤氏會如此強硬地對付顧老太太，瞧著氣呼呼的顧老太太與沒事人般的尤氏，都驚詫地說不出話來。

過了半晌，顧蘭月開口了。「母親，我想留在知慈院陪祖母。」

顧老太太聽了，緊繃的臉色頓時一鬆，到底是她帶大的人，關鍵時刻沒向著那無禮不孝的娘。

尤氏還未開口，憋了半天的顧荷月已忍不住了。

「大姊，這些年母親在外面，無時無刻不惦記著妳，好不容易回京，妳卻要出閣了，母親心裡萬分不捨；況且母親也說了，有些事到底要母親才好教導，這也是為了大姊好。

「依我說，大姊便應了母親，至於祖母這裡，妹妹可以代替姊姊留在祖母身邊盡孝。這些年都是大姊陪在祖母身邊，我們想孝敬祖母也沒機會，如今回來，大姊不如成全了妹妹這孝敬祖母的一片心？」

這回，所有人的目光全落在了顧荷月身上。

顧桐月想捂眼睛，顧荷月真是太著急，這樣不管不顧、迫不及待，真是難看得令人不忍直視。

沈默中，秦氏的譏笑聲響起。「聽說三弟妹對庶出子女很是關愛，眼下瞧來，這話似也不真嘛！」

誰瞧不出尤氏與顧老太太已算是當面撕破臉，顧荷月卻在這時候跳出來，說要代顧蘭月服侍顧老太太，這不是打尤氏的臉是什麼？若尤氏真的心慈大度，庶女又怎會在這時候給她添亂？

這一記響亮的耳光打在尤氏臉上，自然令秦氏開心不已。

顧荷月這才露出失言的不安模樣，怯怯看向尤氏。「不是，母親平日對我們很好……」

沒人聽她在說什麼。

尤氏神色平靜，不疾不徐道：「這是荷姐兒對她祖母的孝心。蘭姐兒搬回知暉院，老太太院子裡勢必冷清不少，荷姐兒肯為我分憂解勞，我自然不會攔著，只一點，荷姐兒切記，好好服侍祖母，不可以惹她老人家生氣。」

顧荷月沒想到，尤氏不但沒阻攔她，還成全她，一時愣怔，有些不敢相信。

顧老太太卻勃然大怒，在她的知慈院中，尤氏越過她做決定，簡直不可饒恕！臉色鐵青，就要發作。

秦氏瞧見她的臉色，趕在她之前問道：「三弟妹也太心急了些，方才蘭姐兒說了，她不願跟妳回知暉院，這樣做，豈不是罔顧她的心意？蘭姐兒，還不好好與妳母親說說。」

她頓了頓，又道：「老太太疼了妳這麼多年，做人可不能如此沒良心，別像某些人，瞧著出身書香門第，行事卻如市井潑婦般毫無規矩，那是要被人笑話的。日後妳要進的可是忠勇伯府，讓那邊知道了，怕也要心存芥蒂。」

秦氏言下之意，不但提醒尤氏與顧蘭月，這門親事是怎麼來的，也在警告顧蘭月，若棄了顧老太太，忠勇伯府便會知情，曉得她刻薄寡恩，竟不顧念一手養大她的年邁祖母。

這話裡的意思，連顧華月都聽了出來，氣氛瞬間變得十分緊張。

顧華月忍不住拉住顧桐月的手，急急地悄聲詢問：「怎麼辦？大姊現在是怎麼選都不對了啊！」

顧桐月暗暗點頭，這是將顧蘭月置於兩難境地。她抬眸去看尤氏，便見尤氏早不復剛才的雲淡風輕，臉繃得有些緊，顯然也不願讓事情發展到這個地步，更不願自己的女兒為難。

可秦氏這話實在太難應付，一來顧蘭月的親事的確是顧老太太做主說定的，二來，忠勇伯府的門楣到底比顧府高，尤氏再聰明果毅，怕也捨不得這門親事，更不願女兒還沒嫁過去，便被未來夫家看低。

雖然依她前世記憶，忠勇伯世子根本就不值得託付終身……

顧桐月想著，眼睛一亮，忙附耳在顧華月耳邊嘀咕幾句。

顧華月滿臉震驚。「這……是真的？妳不會是聽岔了吧？」

「這麼要緊的事，我怎麼可能聽岔？原也不敢跟妳說，但眼下……也顧不得這許多了。妳記住，千萬不能當眾嚷出來。」顧桐月推她一把。「私下告訴母親就好。」

顧桐月並未用力，但顧華月只顧著發怔，竟被顧桐月推了出去。

這下子，眾人目光全齊齊地盯住了她。

「華姐兒有話要說？」秦氏似笑非笑地瞧著表情懵懂的顧華月。「這倒也是，到底是嫡親姊妹嘛！不知華姐兒想要說什麼？」

「華姐兒，還不快回來！」尤氏低聲喚顧華月。

顧華月抿唇，並沒有依言回去，而是慢慢挺直後背，站在顧蘭月身前，竟是要將她護在身後的模樣。

「忠勇伯府又如何？我們顧府也不差多少。父親即將出任戶部侍郎，正三品的官職，忠勇伯府裡可有如他一樣的實權人物？還有我的外祖父與舅舅們，大姊有的是倚仗，不用怕旁人如何說嘴，只有出身不足的人，才會在意嫁過去會抬不起頭。再說，府裡發生的事，有大伯母掌家，誰還敢出去亂嚼舌根？」

顧華月說著，終於回過神來。還當這是什麼好親事呢！方才聽了顧桐月的話，倘若顧蘭月真的嫁過去，以後不知會過什麼樣的日子，心裡就恨得不得了。

顧老太太不知其中內情就罷了，如果她知情，還要將顧蘭月嫁過去，那簡直是恨她，而非疼愛之舉！

顧華月這番義正辭嚴的話一出，顧桐月都想給她拍手叫好了！原還有些擔心，此計甚險，擔心顧華月會因怯場而鎮不住，沒想到她能發揮得這樣淋漓盡致！

這番話不但表明如今顧從安在府裡的身分，那「出身不足」四個字，又狠狠打了秦氏的臉；最後更將長房的劉氏也拉下來，劉氏掌中饋，倘若有流言蜚語傳出去，自然跟她治家不嚴有關係。

秦氏與劉氏聞言，不禁變了臉色。秦氏是被氣得，一張明豔的臉乍青乍白；劉氏則是審視著顧華月，心思不明。

兩人表現各異，但心中皆想著，尤氏生的女兒果然跟她一樣，不是好拿捏的人。

尤氏面上也閃過詫異，轉頭瞧了低首下心的顧桐月一眼，見她交握著手，一派的老實木訥，便忍不住勾了勾唇。

「聖旨還沒下來，華姐兒就敢口口聲聲說三叔要出任戶部侍郎，倘若到時落空，豈不成了天大的笑話？」秦氏的語氣尖利又難掩酸意，氣得不住揉搓手裡的帕子。這個職位，她娘家父親費了九牛二虎之力，塞了多少銀子，搭了多少人情，才剛瞧見希望，三房竟要這樣來搶，實在欺人太甚！

顧華月不是傻子，輕挑眉梢道：「為何二伯母覺得會落空呢！莫非有什麼我們都不知道的內情不成？」

秦氏臉上一僵，這件事她還沒跟顧老太太說起。「我身為妳的二伯母，只是要告訴妳，做人做事切不可太過驕傲自滿，否則總有自打嘴巴時。在自己家裡丟人就罷了，出去丟了顧府臉面，該如何是好？」

「行了，都扯到哪裡去了！」顧老太太聽見話頭扯到朝廷任職，斷然斥道。她再糊塗也曉得，這些不是內宅婦人可以拿來說嘴的。

「蘭姐兒，祖母問妳，妳可要搬回知暉院去？」

「祖母何必為難大姊？」顧華月搶著開口。「父親要大姊搬回去，為了您，大姊自然不願，陷入兩難。大姊留下，便是對父親不敬；搬回去，又是對您不孝，您一向疼愛大姊，如何能眼睜睜看她為難？難道不能再疼一疼她？」

她毫無懼意地看著端坐上首、氣勢威嚴的顧老太太，一字一字慢慢道：「如同當年您疼愛二伯一樣，您疼一疼父親，疼一疼大姊，想必父親對祖母也會十分感激！」

此話一出，原本勃然大怒、正要發作的顧老太太，頓時沒了聲音。

當天，顧蘭月便搬回了知暉院。

眾人要離開知慈院時，不知出於什麼目的，顧老太太竟真的留下了顧荷月。

沒多久，便傳出顧老太太不舒服的消息，那頭劉氏才傳了大夫，這頭尤氏就打發顧華月去跪祠堂了。

顧華月心甘情願地跑去領罰。

顧蘭月的滿腔怨懟，此時也消散得差不多，她知道顧華月頂撞顧老太太，是不願讓她夾在中間為難。

只是面對尤氏，她心裡還是有些過不去。

「昨日您不是答應我，讓我留在知慈院，直至出嫁為止，不過一晚，您就變卦了？」

她這般不客氣地質問，還是當著來不及退走的顧桐月與顧雪月的面，使她們進退不得，只得齊齊站在不遠處，低眉垂眼，不敢出聲。

尤氏不慌不忙，喚顧雪月上前。「雪姐兒，桌上有杏蓉糕，是妳姨娘愛吃的，包一些回去吧！」

顧雪月忙應下，由著海秋引她走向飯廳，卻豎起耳朵聽尤氏會如何打發顧桐月，可直到她走出去，也沒聽見尤氏吩咐顧桐月離開。

親疏之間，已見分明。

顧雪月心裡忍不住有些悵然，原本在尤氏面前，她只是排在嫡女之後，可現在，連顧桐月都不如了嗎？

顧桐月見顧雪月走遠，想著尤氏該打發她了，不想尤氏並未開口，瞧向顧蘭月，含笑道：「這件事的確是母親的錯，昨日應了妳，今早便食言，母親該向妳認錯道歉，咱們蘭姐兒大人大量，便原諒母親這一回吧？」

顧蘭月沒料到尤氏竟能這樣放低身段，顧桐月也瞧得一愣一愣。

此時尤氏且不管顧桐月如何，看著顧蘭月難以置信的愣怔模樣，笑著教她。「蘭姐兒，面子的確很重要，但有時候，放下面子，能得到比面子更重要的東西，妳說，這面子放下得值不值得？」

顧蘭月越發愣住，然而那張與尤氏像了七、八分的俏臉卻悄悄紅了，嘴唇微動，又默默地將到嘴邊的話嚥回去。

這話，竟是說她比尤氏的面子更要緊？

顧蘭月念頭一轉，忽然捏緊了拳頭。「母親當我是三歲孩子，拿這樣的話就能哄住我？若我真的重要，當年那般哀求您帶我出京，您又是怎麼做的？」

尤氏瞧著顧蘭月面上的激憤，笑容變為苦澀。「是母親的錯，彼時母親太過年輕，以為把妳留下，便是全了我跟老太太之間的臉面與情分，如今想來，實在大錯特錯。母親知道，無論如何也彌補不了這些年對妳的虧欠，但要妳搬回知暉院的事，母親不得不為之。」

她說著，聲音低了兩分，垂首按按眼角，方才勉強笑道：「昨晚母親一宿未睡，一直在想這件事，讓妳從知慈院出嫁，委實不妥。妳先別反駁，聽我一一道來。」

顧蘭月聞言，只得閉上嘴巴，沈默地瞧著尤氏。

尤氏輕嘆一聲。「妳們倆都坐下吧！」

見尤氏竟捎帶上她，並非忘了打發，顧桐月不安又震驚，不懂尤氏留她下來摻和這件事是為什麼？

尤氏見她們坐好了，才對顧蘭月解釋。「其一，大周沒有姑娘自祖母院子裡出嫁的先例，妳要嫁的又不是一般人家，難免會被人挑錯，如此到了夫家，是會被看輕幾分。未來妳要當宗婦，以後底下妯娌好相處也罷了，若是不好相處，這件事便會成為別人攻擊妳的把柄。」

顧蘭月默然。

「其二，我與妳祖母關係不睦，方才的情形，妳也瞧見了，母親實不願妳日後都要這般兩邊為難。母親不是沒想過忍讓，等妳出嫁就好，但自古有東風壓倒西風之說，妳祖母的性子又是那樣，如果我悶不吭聲地忍了，日後為難的事只會更多，妳底下還有弟弟、妹妹需要我看顧，因為他們，我也不能一味示弱。」

顧蘭月把頭扭到了一邊。

尤氏嘆息一聲。「其三，便是二房。剛剛妳二伯母那尖酸嫉妒的嘴臉，妳可瞧見了？我不鬧一場，只怕不出今日，妳祖母就要找上我跟妳爹，逼我們將戶部侍郎一職讓給二房，由妳二伯出任，妳信不信？」

顧蘭月脫口道：「這不可能！」

尤氏失笑。「這有什麼不可能？當年妳祖母能逼得妳父親代替妳二伯外放，如今為了他，再強迫我們一回，又算什麼？」

她說著，聲音驟然嚴厲起來。「這戶部侍郎一職，是妳父親在任上多年的辛苦努力，是妳外祖父與舅舅們在京城默默使力的結果，是妳們姊妹日後嫁去別府立足的根本，我絕不會眼睜睜看著旁人來破壞。蘭姐兒，妳明不明白?!」
顧蘭月怔怔看著尤氏，半晌無法言語。
這時，莊嬤嬤前來回話，道閣樓已經收拾妥當，顧蘭月的東西也由她的大丫鬟們擺好，請她過去看看，看有什麼錯的、漏的。
昨晚，莊嬤嬤聽了尤氏的命令，連夜忙著打掃，一早才能將閣樓收拾出來。
尤氏便讓她領著顧蘭月過去看看。
顧蘭月點頭，隨莊嬤嬤出了屋。

顧桐月原以為尤氏會讓她一塊兒去，沒想到尤氏卻將她留下來。
顧桐月心裡忐忑不定，等顧蘭月離開，忙站起身，乖巧又不安地站在尤氏面前。
「桐姐兒，剛才在妳祖母院子裡，妳跟妳四姊說了些什麼？」尤氏直接問道。
顧桐月這才明白尤氏留下她的原因，沒想到，不過短短時間，顧華月就乘機把她賣了！
顧桐月垂首。「是女兒的錯，不該慫恿四姊亂說話。母親，您也罰我去跪祠堂吧！」
尤氏眼中閃過一抹了然，面上卻是嚴厲之色。「妳居然敢胡亂誣衊忠勇伯世子，可知這件事若傳出去，會鬧出怎樣的軒然大波？」
顧桐月忙跪下。「母親息怒！」
「還不老實招來，那話到底是誰教妳說的？還是聽見誰這般說了？」
「是女兒無意間，聽……聽見謝公子身邊小廝與他玩笑時說起的，只不知是真是假，所以女兒方才在祖母屋裡才叮囑四姊千萬不能嚷出來。」

尤氏聞言，鬆了口氣，還好她叮囑過顧華月，要不然這話一嚷出來，便是徹底得罪了忠勇伯府。若是真的，這樁親事不成就罷；倘若不實，豈不是害了顧蘭月一輩子？

「他們是怎麼說的，妳說來我聽聽。」

是與不是，尤氏得自己聽了再做決定。

「謝公子道，等回京後便要找俞世子出來玩耍，小廝就說，俞世子怕是沒心情跟他出門，因他近來迷上了如意班的旦角，為了他，不但一擲千金，還買了大宅子把人接過去住呢！又道這回俞世子是動了真心，連俞家老太君也奈何不了他。」

這當然不是聽謝望說的，其實是唐承赫說給她聽的。以前有段時日，唐承赫跟俞世子好得不得了，每次出去玩，回來後總跟她說，今日去哪裡摸魚，明天又要去哪裡打獵，實在契合得很。

後來，有一天，唐承赫氣呼呼地回來，竟在她面前說出與俞世子斷交的話來。她聽了自然覺得奇怪，要問個明白，才知原來那俞世子竟有斷袖之癖，還頗為殘虐，喜歡花樣百出地折辱那些孌童，好幾個小倌被他折磨而死。不過他做得十分隱秘，若非唐承赫突然尋去他的別院，也不會發現，是以，京中竟無人知曉此事。

所以，顧桐月聽聞顧蘭月竟要嫁給那位俞世子，才覺得這著實算不上什麼好親事。

唐承赫抱怨完，才後知後覺地想起，這事不該跟她說，於是任她再怎麼問，也不肯再提，故而什麼如意班的旦角，實是她胡亂編造的，反正有了這些話，疼愛顧蘭月的尤氏定會鉅細靡遺地去查俞世子的底。等查完，這門親事還算不算數，就不是她能管得了的。

尤氏沈默片刻。「我知道了，此事關係重大，妳切不可再對旁人提起隻言片語。」

顧桐月連忙道：「是，母親。」

「妳是個好孩子，這件事，母親代妳大姊領妳這份情。」

言下之意已經很清楚，如果此事屬實，尤氏不會將顧蘭月嫁去忠勇伯府。

顧桐月惶恐道：「母親言重，您不怪責女兒胡亂出主意，女兒已經很是感激。」

「快起來吧！」尤氏語氣帶了些許疲憊。「今日我顧不上妳們姊妹，妳父親那裡勢必還要我給他交代，妳跟妳四姊一向要好，替我多看著她。」

顧桐月應下。「母親放心，我會好好看著四姊。」

顧華月去跪祠堂，尤氏不放心，想來是怕其他兩房的姑娘們會落井下石，要不然便是擔憂她在祠堂裡餓著、渴著或是冷著了。

一想到這裡，顧桐月也坐不住了，祠堂裡沒有地龍，也沒有火爐或炭盆，顧華月那般嬌滴滴，只怕要凍壞了。

她眼巴巴瞧著尤氏手裡的手爐，忽然問道：「母親，您這個青花纏枝的手爐真是精緻好看，能不能賞給女兒把玩？」

她這才突然明白過來，屋裡並不冷，為何尤氏卻一直抱著手爐的原因——這根本是給顧華月預備的，真是可憐天下父母心！

尤氏聞言，滿意地笑起來。「莊嬤嬤，幫八姑娘換上最好的銀絲炭，再多包些糕點零嘴給八姑娘。」

顧桐月感激道：「多謝母親。」

對於顧桐月這樣上道的行為，尤氏自然更加滿意。「好孩子，快去吧！」

顧桐月點頭，拿著莊嬤嬤準備好的小包袱去了。

顧桐月前腳剛走，便有丫鬟來稟。「夫人，大夫人來了。」

尤氏起身，讓霜春幫她整理好衣裳，才往外迎去。

劉氏已經進了院門，瞧見尤氏笑容滿面地迎來，心裡頗有些不是滋味。這個弟妹雖從未主動給她添過堵，但從前便吵得全府不得安寧，她娘家又是府裡妯娌中最厲害的，所以連她這個當家主母也要避其鋒芒。

今早的事原本與她無關，卻被她的女兒拉下水，弄得裡外不是人，還不得不走這一趟。不過，她心裡再不滿，面上卻絲毫不露。若三房真的更進一步，顧從安出任戶部侍郎，在官級上，甚至壓了她家老爺一頭！

三房這般上進，只怕日後長房都得讓其三分；但又有什麼法子，誰讓尤氏有那樣的娘家，顧從安有那樣的岳家扶持？

劉氏的心思，尤氏自然不知道，此刻迎著她，行禮道：「這會兒大嫂怎麼有空過來？老太太那邊已經無礙了？」

她這樣毫不避忌地提起顧老太太，彷彿與她之間沒有任何嫌隙，劉氏不由想讚聲厲害，遂牽起尤氏的手，輕嘆道：「老太太年紀大了，又受了刺激，方才請大夫開方子服藥，此時睡下了，二弟妹在那邊守著呢！」

尤氏跟著嘆氣。「到底是上了年紀，當年我還在府裡時，老太太身子硬朗，不比府裡的爺們差。」

劉氏故意提起顧老太太受了刺激，尤氏卻只道顧老太太是上了年紀，根本不承認是她將顧老太太氣壞的。

不過，這回劉氏並未放過她，一邊與尤氏往屋裡走、一邊語重心長勸道：「三弟妹，我知妳這些年不容易，不過老太太到底是長輩，倘若今日的事傳出去，不說妳如何，府裡的姑娘們又該怎麼辦？更何況，蘭姐兒正值備嫁，萬萬不能有任何於妳、於蘭姐兒不利的隻言片語才好。」這是勸她要忍讓了。

尤氏微笑。「大嫂一心為我好，我是知道的。有一件事，我想問問大嫂，當初訂下蘭姐兒親事，是老太太的主意，還是其他人的意思？」

當時她收到消息，只覺得忠勇伯府門第極好，顧家算是高攀了，又讓人打聽過俞世子的品行，沒有不說好的，誰知這裡面竟藏了那些齷齪事；如果不是顧桐月說破，就這麼將顧蘭月嫁過去，不知道未來要過什麼樣的可怕日子！

這件事若只是府裡不察，她便不計較了，若是有心人故意將顧蘭月嫁過去受罪，她絕不會輕易饒恕！

劉氏微愣，不解尤氏怎麼突然問起這事，問道：「怎麼，可有什麼不對的？」

尤氏搖頭。「隨口問問罷了。蘭姐兒能得這門良緣，說起來還是要感謝老太太，既幫我教養蘭姐兒，又給她尋了這樣的好親事，如此想著，倒是真有幾分愧疚，方才在知慈院，不知是不是豬油蒙了心呢！如今只盼著老太太不要氣太久，否則老爺回來，可饒不了我。」

尤氏這樣苦著臉、煞有介事地說著，若非眼裡沒有半點悔意，劉氏都要信了她的話。雖不知她因何這樣說，還是將自己知道的事告訴她。

「說起來，這件事，妳要多謝二弟妹才是。」

尤氏眸光一緊，面上卻是好奇。「哦？難不成是二嫂促成的？」

「正是。」劉氏笑著道：「妳忘了，二弟妹家有個姨母嫁進忠勇伯府，做了俞三老爺的正室。雖說俞三老爺也是庶子，不過當年她姨母以庶女身分高嫁伯府庶子，仍引起不少注意，妳長年不在京城，自然不清楚了。」

忠勇伯府家的庶出老爺娶什麼人，尤氏還真沒留意過，沒想到秦氏竟與他們有關係，那麼，有關俞世子的癖好，秦氏說不定是知情的！

若她知情，那麼這門親事定是故意為之！

尤氏唇邊依然帶著笑，眼底卻醞釀著狂風驟雨般的厲色，柔聲道：「原來是這樣，如此好親事，二嫂能想著我們蘭姐兒，我不好好感謝她，倒真是對不住她了。」

「雖說二弟妹那性子是有些好強，不過她沒什麼壞心眼。」劉氏並未聽出尤氏話語裡的恨意與狠意，猶自勸和。「咱們是一家人，難免會拌嘴，也沒什麼。俗語說，牙齒跟舌頭還有不當心要打架的時候呢！妳向來寬厚大度，瞧在蘭姐兒的親事上，不要跟二弟妹計較了，可好？」

「好。」尤氏大方笑道：「我都聽大嫂的。」

劉氏這才舒展眉心笑了起來。

與此同時，顧桐月帶著手爐與點心去祠堂探視顧華月時，丫鬟采青正飛奔著將好消息傳回莫姨娘住的小跨院。

「姨娘，成了、成了！姑娘成功了！」

莫姨娘顧不得自己肩頭的傷，騰地坐起身，扯得傷口差點又要裂開，卻顧不得理會，抓著采青直問道：「可是真的？六姑娘當真被老太太留下了？」

采青喜得直點頭。「奴婢聽見老太太院子裡的婆子們在說，是老太太開口讓咱們姑娘留下的，這會兒正服侍老太太呢！不但如此，大姑娘已經搬離知慈院，被夫人帶回去，如此，老太太身邊便只有咱們姑娘一人，這可真是天大的好消息啊！」

莫姨娘喜得雙手合十，不住唸佛。「我就知道，我兒聰明又乖巧，哪有人不喜歡？如今好了，她得到老太太的青眼，便是夫人也拿她沒奈何。」

「可不是！」采青也歡喜不已，扶著莫姨娘躺下。「咱們姑娘有了出息，日後姨娘在府裡也能過得更自在些，七少爺說不定也要沾姑娘的福呢！有老太太照拂著姑娘跟少爺，日後前程自不必說。」

莫姨娘聞言，甚是舒心地嘆口氣。「總算是熬出來了。」

采青喜得直點頭。主子有了好日子，她們這些服侍主子的，自然跟著好了。

「您瞧，昨兒咱們才回來，老爺就請大夫來給七少爺診脈。奴婢聽說，那大夫可是京裡有名的神醫，有他幫忙調理著，想來不日七少爺就能大好了。」

這話，莫姨娘自然愛聽，隨著采青的奉承，莫姨娘彷彿當真看到兒子也能為她掙來鳳冠霞帔的風光，不由笑得越發舒心。

顧家本宗並不在京城，因而顧府裡的祠堂，只奉了顧老太爺這一支的牌位。

顧桐月趕到祠堂時，發現二房的七姑娘顧冰月正站在門前，細聲細氣地說著話。

「四姊，妳與三嬸不愧是母女，回來就聯手氣倒祖母。說起來，三嬸也是名門望族出來的大家閨秀，婦德、婦容被稱讚有加，我心中一直十分嚮往，不想……還真是令人失望。」

顧華月的冷哼從祠堂裡傳出來。「妳失不失望，關我們什麼事？我說七妹啊！妳這小身板本就不甚健壯，還莫名其妙操些閒心，難怪身子總好不起來，想來是操心太過的緣故。」

顧冰月卻未動氣，緊了緊身上的深毛大厚披風，依舊慢條斯理地說：「所以我才羨慕四姊，這大冷的天，我只在門口略站一會兒都有些受不了，四姊卻要在這裡跪上一天一夜，幸虧四姊身子好，想來是熬得住的。」

裡頭的顧華月沒了聲音，顯然是被她的話嚇到了。

顧冰月輕輕一笑，這才轉身，瞧見站在不遠處的顧桐月，恍若未見般收回目光，吩咐守在祠堂外的粗使婆子們。「祖母的交代，妳們方才都聽見了，四姊要在這裡靜心敗火，須得看好了，明早再放四姊出來。記住，別讓其他不相干的人進去擾了四姊的清靜。」

跪了一地的婆子們恭恭敬敬地應下，顧冰月才舉步走向顧桐月。

顧桐月不動聲色地將小包袱塞進袖袋裡，捂得嚴嚴實實。

「八妹也不放心四姊？」顧冰月長得纖瘦，人也有一股病弱的美，瞧著弱不勝衣，說話輕聲細語，帶著一點點恰到好處的笑意。

顧桐月瞧著她這舉動做派，忍不住想到了顧蘭月。

顧冰月舉手投足間，可不正有幾分神似顧蘭月？怪道越瞧越眼熟；不過她年紀尚小，眼底的驕傲與輕視到底還是藏不住。

顧桐月老實地點點頭。「七姊要回去了？」

「我只是奉祖母的命走這一趟，眼下要去回話。」顧冰月微笑。「祖母吩咐了，不許任何人去瞧四姊，這裡風大，八妹還是趕緊回去吧！」

她頓了頓，忽然道：「剛剛祖母還問起妳姨娘，她老人家還不知道蓮姨娘已經歿了，八妹要不要隨我一起去見祖母，順便與祖母說說，蓮姨娘是如何歿的？」

顧桐月依然垂首，一副木訥老實的樣子，怯懦開口。「我……我怕惹祖母生氣……」

顧冰月哪裡瞧得上顧桐月這樣的做派，眼裡輕視越發明顯。「妳不必怕，有七姊在，七姊會護著妳。如今妳六姊已經被祖母留在知慈院，妳不想也留在那裡孝敬祖母？瞧見大姊了吧！那通身的氣派，可是祖母調教出來的，若去了祖母那邊，得了好處的，還不是妳？」

這母女倆都不遺餘力想給尤氏添堵呢！如果顧桐月不了解尤氏，說不定這三言兩語已經叫她動心，但她已下定決心抱緊尤氏這棵大樹，自然不好三心二意，連尤氏都厭棄她才好。

「我還是先……先去回了母親才好。」說罷，她慌慌張張地就走。「七姊慢走。」說完，拉著香扣一溜煙地跑了。

顧冰月撇唇，她身旁的丫鬟見狀，忙笑著奉承。「這就是上不得檯面的庶女，一點規矩教養都沒有。」

「可不是。」顧冰月輕蔑地笑了聲。「我原還可憐她在三嬸手裡討生活不容易，想給她指條明路，誰想她竟這樣不上道。」

「就是，枉費了姑娘的一片好心。姑娘不必理會，反正跟咱們二房沒甚相干，您就當她是戲臺子上唱戲的罷了，您看得高興，便給幾個賞錢；不高興了，不看就是。」

顧冰月聞言，笑了起來。「妳說得很是，走吧！」

第十四章　巧送糕點

隱身在廊角柱子後的顧桐月等顧冰月主僕離開後，才緩步走出來，若有所思地瞧著被婆子們守得猶如鐵桶般的祠堂。

「姑娘，咱們怕是進不去。」香扣也打量四周。「不如先去回夫人，再由夫人定奪？」

顧桐月搖頭。「如果連這點小事都不能辦好，母親會失望的。」

眼下雖然回到京城，但能不能走出顧府，能不能接觸到東平侯府，實則還是要依靠尤氏，如果她不能證明自己的能力，尤氏又憑什麼給她機會？

香扣不好再勸，便安靜地陪在顧桐月身邊。

「祠堂後面是什麼樣子，妳知道嗎？」顧桐月忽然問道。

香扣也不甚了解。「奴婢悄悄過去看看。」

顧桐月點頭。「小心些。」

不一會兒，香扣神色凝重地回來。「祠堂後面沒有門，只有扇小小的窗戶。窗子很高，旁邊除了一棵椿樹，並沒有任何可攀爬的梯子等物。」

「有樹？」顧桐月眼睛一亮。「帶我去看看。」

香扣勸道：「姑娘，瞧了也沒用，奴婢不會爬樹呀！倘若再驚動旁人，只怕姑娘也要被罰進祠堂。」

顧桐月卻催促香扣帶路，香扣無法，只得帶著顧桐月，避開祠堂門口守著的婆子們，穿越一大片湘妃竹，毫無聲息地繞到祠堂後面。

經過竹林時，顧桐月還吩咐香扣揀了根竹竿帶上。

主僕倆來到樹前，那椿樹已經有些年紀，樹葉落盡，光禿禿地佇在那裡。樹幹有碗口大粗壯，只是樹幹筆直，並無可以借力的枝椏，香扣自覺爬不上去，帶顧桐月來看過，想必她就能死心了。

不想，她轉頭一瞧，便發現顧桐月正興致勃勃地撩起裙襬，小心而熟練地掖在腰間，又摘下頭飾交給她。

「妳先幫我收著，等我爬上去後，再將方才揀的竹竿遞給我。」

香扣大驚失色。「姑娘您……」

「噓——」顧桐月忙對她做出噤聲的動作，低聲道：「放心，我爬樹厲害得很。」

想她還沒掉下城樓成為不良於行的殘廢前，成日裡偷偷跟著唐承赫上山下河地四處野，爬樹對她而言，再簡單不過。

「妳仔細留意著，不過我猜這地方也不會有人來。」顧桐月一邊說、一邊挽起袖子抱住樹幹。剛開始，動作還有些笨拙，兩下子後便熟悉了，竟真讓她蹭蹭蹭地爬上去。

香扣戰戰兢兢、又慌又怕，顧桐月這模樣要是被人發現，可就完了！但瞧見顧桐月竟兩三下爬上去，頓時目瞪口呆。

等顧桐月爬到與窗戶同高的位置，香扣才回過神，忙將竹竿遞到她手中。

顧桐月拿竹竿輕輕地敲了敲窗戶。

從她的位置，能看見顧華月正無精打采地跪坐在蒲團上，因為冷得不得了，不時環抱雙臂，又握著手在唇邊不住呵氣取暖，冷豔小臉煞白一片，不住打著哆嗦。

顧桐月見狀，又是好笑、又是無奈。得知自己氣壞了顧老太太後，這率直的四姊便小手一揮，瀟灑地跑來跪祠堂，也不事先準備準備，哪怕是換件更厚、更暖的披風也好啊！

顧華月聽到窗戶傳來的小動靜，抬眼便瞧見一根竹竿敲啊敲的，順著竹竿瞧去，竟猛地跳起來，連忙看看門外，見那些婆子並未留意到屋裡動靜，這才小心翼翼站起身，飛快走近窗口。

顧桐月見狀，將竹竿收回去，沒多久，又顫巍巍地伸過來，上面還繫著帕子做成的小包袱。

顧華月四下看看，搬椅子過來，站上去，將竹竿上的包袱取下來。

外面，顧桐月猴子似地一手抱著樹幹、一手拿著竹竿，好不容易把東西送進去，累得手指險些要抽筋。

顧華月站在椅子上，拿著包袱朝她揮手，用嘴形對她說：「快回去，別讓人發現了。」

顧桐月點頭，也用嘴形回覆。「四姊別擔心，母親定會想辦法將妳弄出去。」

簡單交代兩句，顧桐月便滑下樹，正要讓香扣過來幫她整理衣飾，卻見香扣一臉驚恐地看著她身後，模樣跟見了鬼似的。

顧桐月心頭猛地一跳，身子僵在原地動彈不得，嗡嗡作響的腦子裡只有一個念頭——

完蛋，被人發現了！

但身後依然靜悄悄，那人似乎並沒有要鬧開的意思？

顧桐月慢慢轉身，就見顧蘭月隻身一人似笑非笑地站在那裡，眼裡帶著審視又溫暖的光，靜靜瞧著她。

顧桐月高高懸起的心倏地落下，朝顧蘭月露出嬌憨又無辜的笑容，張口欲要說話。

顧蘭月抬手要她噤聲，轉身往外走去。

顧桐月忙提起裙襬，輕手輕腳跟在她身後。

又回到方才的廊柱後面，已經鎮定下來的香扣連忙上前，與顧蘭月的大丫鬟百合一起幫顧桐月整理衣裳、鞋子，將她身上、鞋上沾的污泥清理乾淨。

「妳這丫頭，膽子倒不小。」顧蘭月這才開口教訓顧桐月。「方才那模樣若被府裡的人瞧去，可知妳會落得什麼樣的後果？」

顧桐月聞言，笑得嬌憨又討好。

她身為唐靜好時，做得最好的事就是撒嬌賣乖，因為她的父母兄長全都吃這一套，此時面對含笑譴責她的顧蘭月，遂不由露出了本來面目。

「所以幸好是被大姊瞧見呀，剛剛嚇得我連心肝都險些跳出來呢！若不是大姊，我肯定要嚇死了。」說著，她還皺了皺俏鼻，越發顯得嬌俏可人。「我知道大姊最好了，不會將這件事告訴任何人，因為大姊這樣好，所以我最喜歡大姊了！」

顧蘭月愣住。她自小便獨自在京裡，長房、二房那幾位妹妹，別說像眼前的顧桐月一樣在她跟前撒嬌賣癡，有時連表面的客套都裝不出來，也給她下過絆子；要不是她自己立得起來，又有顧老太太幫襯，只怕早讓那幾個妹妹欺負透了。

雖說她有嫡親妹妹，卻因相處時日不多，姊妹間並不親厚，因而被顧桐月用這般愛嬌又信任的模樣瞧著，還是第一回呢！不禁又氣又笑，用纖細白皙的手指點著顧桐月的額頭。

「小馬屁精，以為這樣我就輕輕放過了？妳委實膽大，得叫母親好好罰妳一頓才行。」

顧桐月眼珠子一轉。「大姊先別忙著教訓我，方才妳一個人去那邊做什麼？咦，大姊的衣袖怎麼鼓鼓的，莫不是藏了什麼好東西不給妹妹們吃，想吃獨食呢！」一邊說著、一邊就要去看顧蘭月的衣袖。

顧蘭月拂袖退開兩步，終是忍不住笑出聲。

「好了，妳這小猴子託生的，我倒沒瞧出來，瘦伶仃的模樣，爬樹倒是俐落得緊。」

顧桐月嘿嘿傻笑。「那也是沒辦法嘛，如果東西送不進去，四姊在裡頭凍病了、餓壞了，大姊也要心疼不是？」

「我才懶得心疼妳們這些小潑猴兒！」顧蘭月說罷，率先轉身往回走。

她聽丫鬟說，顧老夫人氣壞了，特地傳話，要讓顧華月跪足一天一夜。祠堂又陰又冷，沒有地龍、火盆，她也很擔心顧華月在裡頭受了大罪。

顧桐月巴巴跟在她身後，苦著臉哀求。「好姊姊，能不能就當沒看見我爬樹的樣子？」

「不能。」

「求求妳嘛！」
「求我也沒用。」
「不要嘛，大姊……」
「好好走路，年糕似的，讓人瞧見成什麼體統？」
「哦……」
另一邊，魏姨娘住的小跨院裡，白果匆匆跑進來，低聲回稟道：「方才大姑娘與八姑娘都往祠堂去了，這會兒八姑娘跟大姑娘回了閣樓，聽聞兩人有說有笑，甚是親熱。」
顧雪月聽了，揮手命白果出去守著，隨即不安地咬唇瞧向一旁做著針線活的魏姨娘。
「姨娘，我是不是也該去祠堂瞧瞧？」
魏姨娘停下手裡的動作，略想了想，笑道：「不必，夫人打發妳回來，便是不希望妳摻和這件事，大姑娘與八姑娘的舉動，妳只當不知道便罷了。」
顧雪月略微安心，但眉心仍積著揮之不去的愁緒。「母親對八妹越發看重，如今連我也要排在八妹後面，這樣下去，只怕……還有六妹，誰也料不到老太太竟真的留下了她，以後，只怕每個姊妹都比我有出息。」
「我的傻姑娘。」魏姨娘笑起來，拉住惶惶不安的顧雪月，與她細細說道：「夫人對八姑娘看重，多半是因為和哥兒，還有，她的姨娘是死去的蓮姨娘。今早，當著夫人的面，二房就能以蓮姨娘來挑撥夫人與八姑娘，不將八姑娘放在跟前，夫人焉能放心？」

「姨娘說的很是。」顧雪月眉間的鬱氣散了些。「不過到底近水樓臺，如今連大姊也對她另眼相看。」

魏姨娘點頭。「這就是八姑娘的能耐了。八姑娘精明內斂，跟她交好，只有好處，沒有壞處。」

顧雪月秀美的面上閃過一抹掙扎，躊躇著慢慢開口。「姨娘，若我也能得了老太太的喜歡……」

「打住！」魏姨娘驀地正了神色。「這個念頭，以後想都不要想！」

「我不明白。」顧雪月被魏姨娘的嚴厲嚇了一跳。「您剛剛也聽到了，六妹才住進去，老太太就讓針線房的人過去給她量身做衣服，還賞了好些頭面、首飾。」

「老太太？」魏姨娘輕笑一聲。「妳當她真是高風亮節、德高望重的老祖宗？去了她屋裡，還不知會被教成什麼樣子，只有莫姨娘母女會得意洋洋、沾沾自喜，不然，為何長房跟二房的姑娘不曾養在老太太屋裡？二夫人還是老太太的親姪女呢！」

「可大姊不是挺好的嗎？」顧雪月想著顧蘭月通身的嫡女氣派，覺得魏姨娘是不是言過其實？

「大姑娘是住在老太太屋裡沒錯，可妳難道不知，大姑娘一年裡有大半年是住在尤府的？尤老夫人可不似老太太那般糊塗短視，明日妳隨夫人去尤府做客就知道了。」魏姨娘是尤氏的陪嫁丫鬟，此時提到尤府，不由露出懷念的神色。

「老太太糊塗短視？」顧雪月睜大眼睛。

「老太太的心性……老太爺在時，她還能收斂一二，老太爺前腳一走，後頭才剛出殯，她便迫不及待將庶子分出去。是她命好，所出的三個兒子，除了二老爺，大老爺與妳父親都能幹出息，她才能安安穩穩地當她的老祖宗。」魏姨娘輕柔的語氣裡，掩不住對顧老太太的鄙夷與輕視。

顧雪月想到早上那一幕，又道：「早上母親把老太太氣壞了，我幾次瞧見老太太想拿那串伽羅手串兒砸人，可都忍住了，最後還是將手串兒收起來。」

「這就是夫人的高明之處。」魏姨娘搖頭。「拿人手短，老太太若真將手串兒砸了，對著夫人也能理直氣壯些，偏她捨不得，收了夫人的東西，也只能鬧鬧脾氣而已。妳看，她甚至沒叫夫人去侍疾，說到底，這也是妳父親立得起來，還有尤家撐腰的緣故。」

顧雪月若有所思。「我明白了，咱們只要緊跟著母親，旁的不必理會。」

「大姑娘出閣後，接著二姑娘訂親，再來就是妳。妳要乖，不要惹夫人生氣，更不要被夫人厭棄，夫人便不會虧待咱們娘兒倆。」魏姨娘彷彿保證般對顧雪月說道。

顧雪月點點頭，不再胡思亂想了。

另一邊，顧從安裹著滿身寒意與怒意直奔知暉院。

尤氏正氣定神閒地吩咐丫鬟們準備擺飯，見顧從安回來，忙笑著迎上去，同往常般溫言體貼道：「老爺回來了，今日一切可都順利？」

顧從安緊盯著尤氏，竟在她面上瞧不出半分愧疚不安，心頭怒火不由更盛，但他養氣功夫不錯，即使氣成這樣，也沒有立時發作，只沈聲問道：「今日妳在府裡都做了些什麼？」

尤氏笑意一頓，微微抬頭，面上露出幾分委屈。「老爺都知道了？」

「讓大姐兒搬回來的事，妳就不能好好跟老太太說？如今老太太年事已高，倘若把她氣出個好歹來，該如何收場？」顧從安板著臉訓斥尤氏，竟全然不顧屋裡還有丫鬟與婆子。

尤氏不覺得如何，但莊嬤嬤與霜春的臉都快掛不住了，忙毫無聲息地領著人退出去。

等屋裡的人都退下了，尤氏才開口道：「老爺在外奔波一整日，回府來還不得清靜安寧，確是我的不是。老爺先坐下來喝口茶，我讓人備了燕窩粥，先用一點，詳情我再細細說給老爺聽。」

雖略有不安，但尤氏仍是不慌不忙的模樣，一如往常般服侍他，顧從安心裡的火氣便稍稍散了些，就著尤氏的手坐下，在她伺候下用茶，又吃了盅燕窩粥，才定睛盯住尤氏。

「今日老爺在官署，可曾聽見什麼沒有？」尤氏輕聲問道。

顧從安微微皺眉。「並沒有什麼特別的，怎麼了？」

「今早老爺走後，兄長那邊便派人傳話來，說這些日子秦家老爺跑吏部跑得很勤，走了不少門路，想給二伯求個升遷機會。秦老爺瞧上的，正是戶部侍郎這個缺。」

「什麼?!」顧從安驚得險些跳起來。「竟有此事？」

「兄長問我，倘若老爺有相讓之意，他們就不再使力，不然反倒壞了老爺與二伯的兄弟情誼；我聽了這話，心裡不自在，便讓人打聽二房的動靜，卻聽說——」尤氏一頓，瞧著顧從安欲噴火的眼睛，唇角幾不可見地彎了彎，瞬間又是憂愁煩悶的模樣，繼續道：「原來二嫂又打算老調重彈了。」

顧從安氣得喘息兩聲，如火目光漸漸變得冰涼無波，彷彿頹喪，又似失落。

「老太太又同意了？」

原來尤氏會鬧這一場，是替他不平！

連尤氏都知道心疼他，他的母親為何要一次又一次地這樣對他？

升遷的機會，縱使顧府出了力，可歸根結柢，還是尤家岳丈與大舅兄出的力最多！

難道又要這樣輕易地將他好不容易得到的機會，再次拱手讓給顧從仁？

尤氏瞧著顧從安從憤懣不甘到頹然無奈的神情，心裡冷笑一聲，語氣卻越發柔和。「我正是怕重蹈當年的覆轍，才拚著與老太太鬧上一場，揹上不孝不敬的名聲，也不能讓她們將這件事說出口！」

顧從安一愣，抬眼瞧向尤氏。

尤氏眼圈微紅。「這些年老爺如何辛苦，我都看在眼裡，您能順利升遷，固然與府裡的助力脫不了干係，可也跟您的治績相關；若非老爺有這樣的才幹，即便大家如何費心張羅，只怕也升遷不成。如今好不容易熬出來，怎麼又要老爺孔融讓梨？就算您肯，我也不應。」

尤氏這般說著，彷彿鬧彆扭般，扭著身子側向一旁，拿著帕子按眼角，連聲音都哽咽起來。

顧從安原本跌到冰湖裡的心也因尤氏這番話與舉動暖和了些，長嘆一聲，伸手把尤氏拉進懷裡。

「妳同我置什麼氣？連孔融讓梨都說出來了，那戶部侍郎的位置，若真只是顆梨，倒也好了。」

尤氏彷彿委屈得不能自已，也不說自己或父兄如何勞苦功高，只說顧從安。「老爺這般辛苦才博來這個機會，憑什麼二房想要便要拿過去？這次不為了老爺，只為蘭姐兒與和哥兒他們，我也不准老爺顧著兄友弟恭，就將這職位讓給二伯！

「俗話說封妻蔭子，我不求老爺給我掙來什麼，可是孩子們呢？姐兒與哥兒們仰仗的可是老爺啊！這回我真生氣了，老爺說我不孝也好，不成體統也罷，可我不與她們鬧上一鬧，當真要等著她們開口來為難老爺、為難我們嗎？」雖未直說，但夫妻一體的意思，已經藏在話裡了。

顧從安聞言，哪還有半分火氣，只覺心裡一陣一陣的熨貼。仔細想尤氏的話，也怕得背心被冷汗浸濕；若非尤氏當機立斷，立時發難堵住秦氏的口，等秦氏與顧老太太說定，她們要逼的人，就真的是他了！

如今這樣鬧一場，顧華月還把他即將任職戶部侍郎的事嚷出去，這樣一來，她們也會收斂些吧？

此時，顧從安對顧老太太生起了前所未有的失望與麻木。

只要跟顧從仁有關，顧老太太定會向著他！

他想起剛才在知慈院裡，顧老太太聲淚俱下地對他控訴尤氏的可惡可恨、顧華月的頑劣不堪，忍不住閉上了眼睛。

「讓妳跟華姐兒受委屈了。」顧從安低聲對尤氏道。

「不過這點委屈，算得了什麼。」尤氏靠在他懷裡。「只是，倘若我這般鬧了，老太太還要提起這件事，該如何是好？」

「放心。」顧從安拍拍她。「誰也別想要我讓出本該屬於我的位置！妳說得對，我走到今天不容易，妻兒也要倚靠我，我知道該怎麼做。華姐兒呢？」

尤氏悲從中來，終是嗚咽出聲。「華姐兒為了我與她大姊，出言頂撞了老太太，被罰進祠堂，要她跪足一天一夜！可憐她那麼點大的孩子，又是身嬌肉貴的姑娘家，祠堂是什麼樣子，老爺比我更清楚，這一天一夜下來，我的華姐兒還不得……我想著，明日還是暫且不回娘家，否則母親問起華姐兒來，我怕搪塞不住……」

其實顧從安已從顧老太太口中得知顧華月被罰進祠堂，彼時還惱怒她的頑劣莽撞，現在聽了尤氏的話，也心疼起來。

「妳別急，我這就去把她帶回來。」

「這……」尤氏從他懷裡抬起頭，已經淚流滿面。「這到底是老太太的意思，今日已經惹她生氣，老爺再把華姐兒接回來，老太太不解氣，又鬧得不好了，可怎麼辦？」

顧從安目色沈沈，拍拍她的肩。「我會領著華姐兒去向老太太磕頭認錯。」

尤氏眸光一緊，卻知這是眼下最好的法子。「今日華姐兒也受了委屈，老爺別再責怪她才好。」

顧從安點點頭，起身往外走去，走了兩步，又停下來。「等會兒我讓小廝將我的帳冊送進來，以後我在外頭的禮節往來、家用都拿我那邊的銀子，不必再取妳的嫁妝補貼。」

這一項，也是顧老太太大罵他的其中一條罪名。別說他們這樣清貴的詩書人家，就是尋常百姓，也斷無拿妻子嫁妝補貼家用的。

這事極傷顧老太太的臉面，顧從安曉得後，也惱羞成怒。

他跟尤氏成親，按照慣例，公中撥了幾間鋪子與莊子給他們，當時他並沒有把這些交給尤氏來管，而是令自己的心腹仔細經營；後來去了陽城，他也只令人置辦一些地產交給尤氏打理，日用支出便一概不再理會。

他不像兩個哥哥清貴得視銀子為無物，而是深刻知道有銀子的好處。在陽城時，他寵愛莫姨娘，莫姨娘受了委屈抑或看中什麼首飾、脂粉，他不需要知會尤氏，就能買給她。

這些年來，尤氏從未讓顧從安操心家用，他知道她十分擅長打理這些，如今她手裡的銀錢，只怕不比他少，遂安心地不多問。

直到今天被顧老太太氣急敗壞地指責，他才意識到，他與尤氏到底夫妻一體，從前遠在陽城便罷，如今回京，人多嘴雜，這句「嫁妝補貼」的話倘若傳出去，他跟顧府都沒了臉面；且尤家與顧家不過只隔了幾條街，尤家若因此事與他生分……那可真是因小失大了！

尤氏一怔，隨即大急，慌忙解釋。「老爺，方才在老太太屋裡，我故意那般說，只是不想讓她們太過心安理得，並非心裡不滿；況且這些年莊子與鋪子經營得極好，我根本沒拿嫁妝來補貼……」

見她這樣著急，顧從安原還有些動搖不滿的心立時定了下來，笑著擺手。

「慌什麼，我知道妳沒有別的心思，只是妳到底是三房主母，這些事本就該讓妳管。之前在任上東忙西忙，才忘了這事，如今回來，以後花銷更大，有夫人打理，我很放心。」

聽他這樣說，尤氏放下心，帶著微微淚光的眸裡透出深情與愛慕，柔婉應道：「老爺放心，我定不會讓您失望。」

把顧從安送出知暉院後，尤氏站在院門口，殷殷神色頓時冷寂下來。

莊嬤嬤扶著她的手，忍不住感慨道：「依老爺的性子，能把私產全交給夫人打理，可見老爺對您的信重，這麼多年，夫人總算熬出來了。」

尤氏勾了勾唇角。「若真信重我，早將他手裡的東西交給我了，今天才給我，其一是顧家要臉，聽不得我拿嫁妝補貼家用這種話；其二，想來是為了今早我維護了他一場，好歹生出些感激之情。」

莊嬤嬤愣住，苦笑道：「夫人何必這般？老夫人最擔心的便是您，您可還記得她老人家的教導？」

莊嬤嬤是尤老夫人身邊的大丫鬟，後來配人，做了尤老夫人院子裡的管事媳婦。尤氏出嫁時，尤老夫人將莊嬤嬤一家子送給尤氏做陪房，這些話，也只有莊嬤嬤敢對尤氏說。

尤氏扶著她的手，緩步往屋裡走，想到年邁慈祥的母親，面上冷硬的譏誚之色消失不見，含笑點頭。

「母親總說我慧極易傷，教我心思不要太重，凡事看得太透，傷了自己，也沒了趣味；便是看透，也不要說破，須知禍從口出。嬤嬤放心，這些我都記得，也只在妳面前，我才這樣說罷了。」

莊嬤嬤瞧著一派雲淡風輕的尤氏，張嘴想安慰她，然而最後，也只能逸出一聲長長的、無聲的嘆息。

顧從安親自來祠堂，婆子們哪裡敢攔，眼睜睜看著他板著臉走進去，比較機靈的，立刻跑回知慈院報信。

顧華月從早上跪到現在，已經撐不住了。她是很想偷懶，只是才一放鬆，立刻就有婆子來提醒，說顧老太太要她好好跪著，不可在祖宗面前懈怠偷懶，甚至還有婆子專程去回顧老太太，說她跪得不甚用心。

顧老太太聞言，又派了顧冰月過來盯著，直到下晌寒風四起，顧冰月受不了，才命身邊的婆子留下替她看好。

顧華月被尤氏養得嬌滴滴，磕破一點皮都要細養，哪吃過這樣的苦頭？要不是想著尤氏定會來帶她回去，又強撐著不願意被顧冰月看輕，早就哭出來了。

此時見到顧從安，她話未出口，嘴角一撇，眼淚便嘩嘩地流出來，像是受了天大委屈的孩子。

「爹爹……」

之前顧從安氣她頂撞老太太，但得知其實是為了他的緣故，便已愧疚心疼，眼下瞧見顧華月臉青唇白、瑟瑟發抖又涕淚直流的可憐模樣，越發軟了心腸。

「華姐兒，快起來。」顧從安一個箭步走過去，心疼地要把顧華月拉起來。可顧華月的雙腿早已麻木沒了知覺，這一動，鑽心的痛立時襲來。

「腿！我的腿……」

顧從安被她殺豬般的慘叫驚了下，關切問道：「怎麼了？可是那吃了熊心豹子膽的奴才打了妳？」

顧華月一屁股坐在蒲團上，抱著兩隻僵直的腿哀哀直叫。「我的腿麻了，又麻又痛！」

顧從安忙轉身對守在門外陪著顧華月的丫鬟喝道：「還不快過來給姑娘揉一揉！」

麥冬與桃仁連忙跑進來，抹著淚，一人低聲安慰顧華月、一人小心地替她揉捏雙腿。

一時間，整個後院只聞顧華月的慘叫。

好不容易緩和些，顧華月不叫了，只聞一聲一聲的抽泣，襯著白皙小臉上的淚珠，有氣無力，更顯得十分可憐，再無半點以往顧從安不喜的跋扈張揚。

顧從安見狀，心疼壞了，倒懷念起她以往那張揚明豔的模樣，竟是難得耐心地哄著她。「好了、好了，爹爹這就帶妳回去。」

「可是祖母讓我罰跪到明天早上，您領我出去，祖母那裡要怎麼辦？」顧華月抽抽噎噎地開口，眼淚汪汪瞅著他。「爹爹，您來瞧我，我已經很開心了，犯不著為我再惹祖母不高興。我沒事，不過就是跪一晚上罷了，我……我不怕！」

顧桐月曾對她說過，面對顧從安，橫衝直撞的率真可用，但有時候像顧荷月那樣裝裝委屈、扮扮可憐，說不定也有意想不到的收穫。

她姑且一試，瞧著顧從安滿臉的憐愛心疼，這種從前只在他看著顧荷月時才會有的神情，竟真的落在她身上，顧桐月果然沒有說錯。

瞧著顧華月明明委屈害怕，卻還強忍著不讓他難做人，顧從安覺得更加愧對這個女兒。

「不怕，父親帶妳去見妳祖母。」

顧華月這才扶著兩個丫鬟的手站起身，一瘸一拐地跟在顧從安身後走出祠堂大門。

這陰氣森森的鬼地方，她再也不想來了。

——未完，待續，請看文創風658《妻好月圓》2

盛夏祭消暑大回饋

以下**任選十本**，單本超優惠**4**折！

- 購買十本以上會蓋 ☺。
- 未滿十本，單本6折。
- 上下集以套計算，（花蝶1619.1620、1621.1622/橘子說1143.1144則除外，為上下集分售）

書號	作者	書名	定價
花蝶1611	煓梓	情人太霸道	190
花蝶1612	伍薇	膽敢不愛我	190
花蝶1613	柚心	面癱總裁別愛我	190
花蝶1614	雷恩那	我的俊娘子	210
花蝶1615.1616	莫顏	美人謀夫婿 上+下	400
花蝶1617	柚心	馴愛好男人	190
花蝶1618	香朵拉	敗犬這條路	190
花蝶1619	暖暖歌	閃嫁頂級男神 上	190
花蝶1620	暖暖歌	閃嫁頂級男神 下	190
花蝶1621	春十三少	親愛的Sex Friend 上	190
花蝶1622	春十三少	親愛的Sex Friend 下	190
采花1236	宋雨桐	主君的寵兒	190
采花1237	沈韋	玩咖定了心	190
采花1238	夏喬恩	娶得美男歸	190
采花1239	淘淘	獨家愛人	190
采花1241	陶樂思	老公，別想亂來！	190
采花1242	米琪	至尊總裁，狠狠帥	190
采花1243	沈韋	愛上毒舌男	190
采花1244	子澄	上床不補票	190
采花1245	淘淘	愛的賞味期	190
采花1246	伍薇	情定緣投兒	190
采花1247	米琪	醉愛小米酒	190
采花1248	橙諾	相遇油桐花	190
采花1249	陶樂思	老婆，乖乖聽話！	190
采花1250	夏喬恩	情歌暖暖	190
采花1251	蘇鎏	剩女的全盛時代	190
采花1252	黑嘉蕾	總裁今晚等妳愛	190
采花1255	雷恩那	流氓俊娘子	210
采花1256	伍薇	前夫的紅娘	190
采花1257	香奈兒	結婚敢不敢	190
采花1258	柚心	謎樣情人你哪位	190
采花1259.1260	莫顏	獵食美味妻 上+下	400
采花1261	季可薔	騙你一顆相思豆	190
采花1263.1264	余宛宛	膽小者，勿愛 上+下	400
采花1265.1266	雷恩那	美狐王 上+下	420
橘子說1129	金囍	王爺是笨蛋！	190
橘子說1130	唐浣紗	愛情，擦身不過	190
橘子說1131.1132	季可薔	如果有來生 上+下	380
橘子說1133	宋雨桐	愛情拍賣師	190
橘子說1134	梅貝兒	夫君如此多嬌	190
橘子說1135	夏喬恩	老婆別玩火 (限)	190
橘子說1136	子澄	老公我好熱 (限)	190
橘子說1137	柚心	嬌妻得來速	190

盛夏祭 2018

書號	作者	書名	定價
橘子說1138	凱琍	小氣王子豪氣愛	190
橘子說1139	橙諾	幸福咬一口	190
橘子說1140	金囍	吾夫太癡心	190
橘子說1141	子澄	小妞不甜	190
橘子說1142	梁心	呆夫認錯妻	190
橘子說1143	單飛雪	不白馬也不公主 上	200
橘子說1144	單飛雪	不白馬也不公主 下	200
橘子說1145	宋雨桐	不婚不愛	190
橘子說1146	季可薔	下雪的日子想起你	190
橘子說1147	梅貝兒	清風拂面之下堂夫	190
橘子說1148	喬敏	逃愛乖乖牌	190
橘子說1149	夏喬恩	猛男進擊難招架	190
橘子說1150	梁心	萌妻不回家	190
橘子說1151	蘇曼茵	萌上小笨熊	190
橘子說1152	柚心	魅影情人誰是誰	190
橘子說1153	夏喬恩	嫩男入侵好可怕	190
橘子說1154	金囍	吾郎耍心機	190
橘子說1155	子澄	微辣呆妹	190
橘子說1156	香奈兒	誘捕天菜妹	190
橘子說1157	夏喬恩	熟男誘惑火辣辣	190
橘子說1158	橙諾	見鬼才愛你	190
橘子說1159	柚心	一眼就愛你	190
橘子說1160	宋雨桐	暗戀前夫	190
橘子說1161.1162	季可薔	還君明珠 上+下	380
橘子說1163.1164	梅貝兒	清風明月小套書	380
橘子說1165	莫顏	先下手為強	200
橘子說1166	蘇曼茵	曖昧同居關係	190
橘子說1167	喬敏	空降男友	190
橘子說1168	子澄	認養喵喵女	190
橘子說1169	梁心	為妳顛倒世界	190
橘子說1170	伍薇	寧少的婚約	190
橘子說1171	柚心	懷舊派情人	190
橘子說1172	夏喬恩	嘿，我的男神	190
橘子說1173	子澄	假妻拐上床	190
橘子說1174	香奈兒	回收舊情人	190
橘子說1175	金囍	吾妻惹人惜	190
橘子說1177	子澄	追妻密技	190
橘子說1178	季可薔	愛妻如寶	190
橘子說1179	橙諾	順便喜歡妳	190
橘子說1180.1181	余宛宛	真愛距離八百年 上+下	400
橘子說1182.1183	梅貝兒	妃常美好 上+下	380
橘子說1184	柚心	禁愛氣象先生	190
橘子說1185	夏喬恩	面癱秘書真難纏	190
橘子說1187	子澄	包養前妻	190
橘子說1188.1189	季可薔	明朝王爺賴上我 上+下	400
橘子說1190	余宛宛	助妳幸福	210
橘子說1191	雷恩那	我的樓台我的月	220
橘子說1192.1193	宋雨桐	心動那一年 上+下	400

其餘書單請見官網首頁，超殺折扣不買不行～～

文創風
657

妻好月圓 1

國家圖書館出版品預行編目資料

妻好月圓 / 渥丹著. --
初版. -- 臺北市 : 狗屋, 2018.08
冊 ; 公分. --（文創風）
ISBN 978-986-328-890-9（第1冊 : 平裝）. --

857.7 107009607

著作者 渥丹
編輯 安愉
校對 沈毓萍 周貝桂
發行所 狗屋出版社有限公司
地址 台北市104中山區龍江路71巷15號1樓
電話 02-2776-5889～0
發行字號 局版台業字845號
法律顧問 蕭雄淋律師
總經銷 知遠文化事業有限公司
電話 02-2664-8800
初版 2018年8月
國際書碼 ISBN-13 978-986-328-890-9

本著作物由作者授權出版

定價250元
狗屋劃撥帳號：19001626
網址：love.doghouse.com.tw E-mail：love@doghouse.com.tw